Guy de Maupassant

Pierre et Jean

•

삐에르와 장

창 비 세 계 문 학

9

•

삐에르와 장

•

기 드 모빠상

정혜용 옮김

창비

차례

•

일러두기

1. 이 책은 Guy de Maupassant, *Romans*, édition établie par Louis Forestier, Paris: Gallimard, 1987를 번역저본으로 삼았다.

2. 본문 중의 각주는 옮긴이의 것이다.

3. 외국어는 가급적 현지 발음에 준하여 표기하되, 일부 우리말로 굳어진 것은 관용을 따랐다.

소설

이에 대해 동일한 논법으로 대답할 수 있을 것이다.

— 영예롭게도 내 작품을 평가해준 필자의 가장 큰 결함, 그것은 그가 비평가가 아니라는 것이다.

비평가의 가장 중요한 특질들은 과연 어떤 것들일까?

비평가란, 편견 없이, 선입견 없이, 특정학파의 사상에 얽매이지 않고, 그 어떤 예술가 그룹과의 유착도 없이, 가장 첨예하게 대립되는 경향들 전부와 가장 상반되는 기질들을 이해하고 구분해내고 설명해야 하며, 다양하기 짝이 없는 예술적 추구들을 받아들여야만 한다.

그런데『마농 레스꼬』『뽈과 비르지니』『돈 끼호떼』『위험한 관계』『젊은 베르터의 고뇌』『선택적 친화력』『클라리사 할로우』『에밀』『깡디드』『쌩마르』『르네』『삼총사』『모프라』『고리오 영감』『사촌 베뜨』『꼴롱바』『적과 흑』『드 모빵 양』『노트르담 드 빠리』『쌀람보』『마담 보바리』『아돌프』『까모르 씨』『목로주점』『사포』등등의 작품들이 이미 존재하는 마당에도 여전히 "이것은 소설이고 저것은 아니다"라고 써대는 비평가가 있는데, 내 보기에 그가 타고난 통찰력은 무능력과 아주 흡사한 듯하다.

일반적으로 그런 비평가가 소설이라는 말로 의미하려는 것은, 일막에는 발단, 이막에는 전개, 그리고 삼막에는 대단원을 담고 있는, 삼막짜리 희곡처럼 배치된 다소간 진실임 직한 사건이다.

그러한 창작방식을 물론 받아들일 수 있는데, 단, 그외의 다른 창작방식들도 모두 동일하게 받아들이겠다는 조건에서이다.

소설창작의 규칙들이 존재하는가? 그 규칙을 벗어난 이야기에

이 자리를 빌려 이 뒤에 실린 짤막한 소설을 위해 변론을 펼 의도는 조금도 없다. 오히려, 내가 애써서 이해시키려고 드는 생각들이 『삐에르와 장』에서 시도해본 심리연구풍의 소설에 대해 비판을 불러일으키게 될 것 같다.

나의 관심사는 소설 일반이다.

신간이 한권 나올 때마다 늘 같은 비평가들에게서 늘 같은 비난을 받는 사람이 나 혼자는 아니다.

내가 칭찬의 말들 사이에서 어김없이 발견하는 말은 다음과 같은 말인데, 늘 같은 펜들에서 흘러나온 말이다.

──이 작품의 가장 큰 결함, 그것은 이것이 엄밀히 말해 소설이 아니라는 것이다.

는 뭔가 다른 이름을 붙여야 하는가?

『돈 끼호떼』가 소설이라면 『적과 흑』은 또다른 소설일까? 『몬떼 크리스또』가 소설이라면 『목로주점』도 소설일까? 괴테의 『친화력』과 뒤마의 『삼총사』, 플로베르의 『마담 보바리』, O. 푀예 씨의 『까모르 씨』, 그리고 졸라 씨의 『제르미날』 사이에 비교가 성립될 수 있을까? 이 작품들 가운데 어떤 것이 소설일까? 그 자명하다는 규칙들은 어떤 것들일까? 그 규칙들은 어디에서부터 나오는가? 누가 그러한 규칙들을 세웠을까? 어떤 원칙에 따라서, 어떤 권위를 빌려서, 그리고 어떤 논리로?

이렇듯 질문이 꼬리를 물고 이어지는데도, 그런 비평가들은 무엇이 소설을 이루고 있으며, 무엇이 그것과 그것이 아닌 다른 것을 구별 짓는지를 확실하게, 아무런 의심 없이 알고 있는 것 같다. 이는, 그러한 비평가들은 작품을 생산하는 입장이 아니기 때문에 하나의 학파에 들어 있고, 소설가들 그들 스스로도 그러하듯이 자신들의 미학에서 벗어나서 구상되고 실현된 작품들 전부를 거부한다는 말에 불과하다. 총명한 비평가라면 오히려, 기존 소설과의 유사성이 덜한 것일수록 하나도 빠짐없이 연구해야 할 것이고, 젊은이들이 가능한 한 새로운 길을 모색하게 부추겨야 할 것이다.

졸라 씨나 빅또르 위고나 작가들은 모두, 창작에 관한 절대적인 권리를, 논란의 여지 없는 권리를, 그러니까 그들 개인의 예술관에 따라서 상상하거나 관찰할 수 있는 권리를 끈질기게 요구했다. 재능은 독창성에서부터 나오는데, 독창성이란 생각하고 보고 이해하고 판단하는 특별한 방식이다. 그런데 자신이 좋아하는 소설들에서부터 출발하여 갖게 된 소설관에 따라서 소설을 정의하고, 몇가지 불변의 창작법칙을 밝히겠노라고 주장하는 비평가는 늘 새로운 방식을 들고 나오는 예술가의 기질에 맞서 싸우게 될 것이다. 비평가라는 이름에 절대적으로 값하는 비평가는 한쪽으로 기우는 법 없는, 선호하는 것 없는, 열정도 없는 분석가여야만 하며, 그림 감정가처럼 자신에게 맡겨진 예술작품의 예술적 가치만을 평가해야 할 것이다. 그는 일반인으로서는 좋아하지 않으나 판관으로서는 이해해야 하는 작품들까지도 발굴하고 칭찬할 수 있게 모든 것에 이해력을 열어둬야 하며, 자신의 개성을 완전하게 말려버려야 한다.

하지만 대부분의 비평가는 결국 독자들일 뿐이어서, 그 결과 그들의 비난은 거의 타당성이 없거나 그들의 칭찬은 무조건적이고 도를 넘어선다.

책에서 오로지 자신의 타고난 정신적 성향을 만족시키려고만 하는 독자는 작가에게 자신의 지배적 취향에 부응하라고 요구하며, 이상주의적인, 즐거운, 야한, 슬픈, 몽상적인 혹은 긍정적인 자신의 상상력에 들어맞는 작품이나 글귀는, 늘 그러듯이, 주목할 만하거나 제대로 쓴 것으로 간주한다.

결국, 대중은 수많은 그룹으로 구성되어 있으며, 우리에게 다음과 같이 외친다.

──내게 위안을 주시오.

──내게 즐거움을 주시오.

──내게 울적함을 주시오.

──내게 감동을 주시오.

──내가 몽상에 잠기게 해주시오.

──내가 웃게 해주시오.

──내가 전율에 떨게 해주시오.

──내가 울게 해주시오.

──내가 생각하게 해주시오.

오직 뛰어난 정신의 소유자 몇몇만이 예술가에게 부탁한다.

──당신에게 가장 적합한 형식을 빌리고 당신의 기질을 살려서, 내게 뭔가 아름다운 것을 만들어주시오.

예술가는 그러한 시도를 감행하고, 성공하거나 혹은 실패한다.

비평가는 그러한 노력이 어떠한 성질의 것인가만을 고려하여 결과를 평가해야 한다. 그에게는 작품의 성향에 관심을 보일 권리가 없다.

이러한 생각은 이미 수천번도 더 표현되었던 것이지만 그런 말은 뇌고 또 뇌어도 지나치지 않을 것이다. 그리하여, 우리에게 삶에 대해 변형된, 초인적인, 시적인, 감동적인, 매력적인 혹은 뛰어난 비전을 보여주려고 했던 문학 유파들의 뒤를 이어 진실을, 오직 진실만을, 오롯이 진실을 보여주겠다고 주장한 사실주의 혹은 자연주의 유파가 왔다.

그토록 서로 다른 그러한 예술이론들을 골고루 흥미를 갖고서 받아들여야만 하고, 작품의 탄생배경을 이루는 전반적 생각들을 우선적으로 받아들이고 난 뒤에 오로지 작품에 구현된 예술적 가치라는 관점에서만 작품을 평가해야 한다.

어떤 작가에게서 시적인 작품을 만들 권리 혹은 사실주의적 작품을 만들 권리를 반박한다는 것, 그것은 그에게 타고난 기질을 바꾸라고 윽박지르고, 그의 독창성을 부인하고, 자연이 그에게 부여한 눈과 지성을 사용하는 것을 허용하지 않겠노라는 것이다.

어떤 작가가 현실을 아름답게 혹은 추하게, 쩨쩨하게 혹은 웅장하게, 우아하게 혹은 음산하게 본다고 그를 비난하는 것, 그것은 그에게 이런 방식을 혹은 저런 방식을 따른다고 비난하는 것이며, 그가 우리와 흡사한 비전을 갖고 있지 않다고 비난하는 것이다.

작가가 예술가이기만 하다면, 자기 마음에 드는 대로 자유롭게 이해하고 관찰하고 구상하게 내버려두라. 이상주의자를 평가할 때면 시적으로 열광하자. 그리고 그의 몽상이 보잘것없고 진부하고 충분히 열정적이거나 근사하지 않다면, 그렇다는 것을 그에게 보여주자. 하지만 우리가 자연주의자를 평가한다면, 삶에서의 진실이 그의 작품에서의 진실과 어떻게 다른지를 보여주자.

그토록 서로 다른 유파들이 전적으로 상반되는 창작기법들을 사용했으리라는 것은 명백하지 않은가.

적나라하고 불쾌한 항구적 진실을 변형해서 예외적이고 유혹적인 사건을 이끌어내려고 하는 소설가라면, 진실임 직함에 대해 과도하게 신경 쓰지 말고, 사건들을 조작하고 준비하고 배열하여 독자들을 기쁘게 해주거나 독자들의 마음을 움직이거나 혹은 감정을 고취해야 한다. 그에게 소설구상이란 능란하게 결말로 몰고 가는 일련의 교묘한 배합들일 뿐이다. 그리하여 정점을 향해서, 결말의 효과를 향해서 사건들을 점진적으로 배치하는데, 이 결말이란 것은 첫머리에서 불러일으켰던 온갖 호기심들을 충족해주고, 흥미에 빗장을 질러버리고, 최고로 매력적인 그 인물들이 그뒤 어떻게 될지에 대해 알고 싶다는 욕망이 더는 생기지 않도록 완벽하게 이야기를 갈무리하는 중요하고도 결정적인 사건이다.

반대로 삶의 정확한 이미지를 우리에게 보여주겠노라고 나선 소설가라면, 예외적으로 보일 수 있는 일련의 사건들을 모조리 피해야 한다. 그의 목적은 우리에게 이야기를 들려주거나 우리를 즐겁게 해주거나 우리에게 감동을 주는 것이 전혀 아니고, 우리가 사건들의 심오한 숨은 의미를 생각하고 이해하게 만드는 데 있다. 그는 관찰과 성찰을 거듭한 나머지, 자신만의 것인, 그리고 사려 깊은 관찰 전체에서부터 비롯된 그 어떤 특정방식으로 세계와 사물과 사건과 인간을 바라본다. 바로 그러한 개인적 세계관이 그가 책 속에 재현해놓음으로써 우리에게 전달하려고 애쓰는 것이다. 그 자신 삶의 모습들을 바라보며 감동받았듯이 우리를 감동시키려면, 우리 눈앞에 삶을 세밀하게 닮은 모습으로 재현해야만 한다. 그러니까 그는 아주 능숙하고 아주 은밀한 방식으로, 겉보기로는 아무런 꾸밈도 느껴지지 않게 작품을 창작해야 하며, 그럼으로써 소설의 구상을 알아채고 가리켜 보이는 것이, 그리고 소설의 의도를 발견하는 것이 불가능하게 만들어야 한다.

사건을 꾸며내고 흥미진진한 사건전개를 거쳐 대단원에 이르는 대신, 삶의 일정시기를 살아가는 주인공 혹은 등장인물들을 택하여 그다음 시기로 자연스럽게 넘어가도록 그들을 이끌어야 할 것이다. 그는 그러한 방식으로, 때로는 주변상황의 영향을 받으면 사람들이 어떻게 변하는지를 보여줄 테고, 때로는 감정과 정열이 어떻게 발전하는지를, 어떻게 서로 사랑하는지를, 어떻게 서로 증오하는지를, 어떻게 모든 사회계층에서 투쟁하는지를, 어떻게 부르주아의 이해관계가, 돈의 이해관계가, 가족의 이해관계가, 정치적 이해관계가 투쟁하는지를 보여줄 것이다.

따라서 그 경우, 구상 솜씨는 감동이나 매혹, 흥미로운 도입부나 감동적인 파국에 있는 것이 아니라, 일상의 자잘한 사실들을 능숙하게 모아서 작품의 결정적 의미를 도출하는 데 있다. 어떤 하나의 삶을 둘러싸고 있었던 그 모든 존재들 사이에서 그 삶이 지닌 각별하고 특징적인 의미가 무엇이었는지를 보여주고자 십년의 기간을 잘라내어 300페이지에 담아내려면, 셀 수 없이 많은 일상적이고 자잘한 사건들 가운데에서 자신에게 불필요한 것들을 모두 쳐내는 동시에, 통찰력이 부족한 관찰자들에게는 눈에 띄지 않고 넘어갈 수도 있으나 작품의 파급력과 총체적 가치를 만들어내는 모든 세세한 사건을 특별한 방식으로 드러낼 줄 알아야 할 것이다.

누구라도 대번에 알아볼 수 있는 고전적 기법과는 무척이나 다른 그러한 창작방식이 종종 비평가들을 당황하게 만든다는 게 이해가 된다. 또한 플롯이라는 이름으로 불렸던 것이 단 하나의 끈이라면, 요즘의 어떤 예술가들은 하나의 끈 대신 너무나 가느다랗고 너무나 비밀스러워서 거의 눈에 띄지 않을 정도의 실들을 무수히 많이 사용하기에, 비평가들이 그 실들을 파악하지 못한다는 게 이해가 된다.

결국 어제의 소설가가 인생의 위기의 순간들, 그리고 영혼과 마음의 심각한 상태들을 선택하여 들려줬다면, 오늘의 소설가는 평소의 마음과 영혼과 지성에 관한 이야기를 쓴다. 그가 추구하는 효과를 낳으려면, 그러니까 꾸밈없는 현실이 불러일으키는 감동을 낳으려면, 또한 그 현실에서부터 도출하고 싶은 예술적 가르침을 이끌어내려면, 그러니까 그의 눈앞에 보이는 대로 현대인이란 진정 어떤 것인지를 드러내려면, 반박할 수 없는 항구적 진실을 담은 사실들만 사용해야 할 것이다.

그런데 사실주의 예술가들의 관점 자체를 택한다면 '진실만을, 오롯이 진실을'이라는 말로 요약될 수 있을 그들의 이론을 놓고, 이제 의견을 다투고 반박해야 한다.

그들의 의도가 항구적이고 일상적인 몇몇 사실로부터 깨달음을 이끌어내는 것이라면, 진실임 직함을 위해 진실을 희생해가며 사건들을 수정해야만 하는 경우가 종종 발생하게 된다. 다음의 이유에서이다.

진실은 가끔씩 진실임 직하지 않을 수 있다.

사실주의자는, 만약 그가 예술가라면, 삶을 찍은 진부한 사진이 아니라 현실 자체보다 더 완벽하고 더 강렬하고 더 확실한 삶의 비전을 우리에게 보여주려고 들 것이다.

전부 다 이야기한다는 것은 불가능하리라. 우리의 생활을 채우는 무수히 많은 무의미한 사건들을 모조리 나열하자면 하루에 적어도 책 한권은 필요할 테니까.

따라서 취사선택이 강제된다. 이는 '오롯이 진실을'을 주장하는 이론에 가해질 첫번째 타격이다.

게다가 삶은 너무나 다양한 것들로, 너무나 예측할 수 없는 것들로, 너무나 상반되는 것들로, 너무나 잡다한 것들로 이루어진다. 삶은 갑작스럽고, 조리도 없고, 맥락도 없고, 사건사고란에나 분류되어서 들어가야 할, 설명할 길 없고 비논리적이며 모순되는 참사로 가득하다.

바로 그렇기 때문에 예술가는 주제를 선택하고 나면, 우연과 쓸데없는 것들로 거추장스러운 삶 속에서 자신의 주제에 도움이 될 특징적인 세부사항들만을 취하고, 나머지 지엽적인 것은 모두 던져버리게 된다.

수천가지 예가 있지만 하나만 들어본다.

지구상에서 매일 사고로 목숨을 잃는 사람들의 숫자는 엄청나다. 하지만 돌발사에 대한 고려가 필요하다는 핑계로 이야기가 한창 진행되고 있는데, 주인공의 머리 위에 기왓장을 떨어뜨리든가 혹은 달리는 마차 바퀴 밑에 그를 집어던지든가 할 수 있을까?

인생은 모든 것을 동일선상에 놓아두고, 혹은 사건들을 앞당기고, 혹은 한없이 질질 끈다. 정반대로 예술은, 대비하고 준비하여 영리하고 매끄럽게 연결하고, 구성의 솜씨만으로 본질적인 사건들을 드러내고, 나머지 다른 사건들은 중요도에 따라서 부각의 정도를 달리함으로써, 보여주고자 하는 특별한 진실의 깊은 감동을 창출하는 데 있다.

따라서 진실임 직하게 만든다는 것은 사건들의 일상적 논리에 따라 진실에 대한 완벽한 환각을 제공하는 데 있지, 사건들이 뒤죽박죽 일어난 순서대로 그것들을 맹목적으로 베끼는 데 있지 않다.

나는 이로부터, 재능있는 사실주의자들은 차라리 환각을 좇는 자들이라고 불러야 하리라는 결론을 내리겠다.

게다가 현실을 믿는다는 것은 그 얼마나 어린애 같은 짓인가. 우리는 우리의 생각과 우리의 신체기관 속에 우리 각자의 현실을 품고 있기 때문이다. 우리의 눈, 우리의 귀, 우리의 후각, 우리의 서로 다른 미각이 지구에 살고 있는 사람 수만큼의 진리들을 만들어낸다. 그리고 우리의 정신은 서로 다른 인상을 받아들이는 그러한 기관들의 지시를 수용하기에, 우리 각각이 다른 종에 속하기라도 한 양 이해하고 분석하고 판단한다.

따라서 우리 각자는 자신의 천성에 따라서 세상에 대한 환각을, 시적인, 감정적인, 즐거운, 우수에 찬, 더러운 혹은 불결한 환각을 겪게 된다. 그리고 작가는 자신이 습득했고 사용할 수 있는 모든 예술기법을 동원하여, 그러한 환각을 충실하게 재현하는 것 이외의 다른 임무를 띠지 않는다.

미의 환각, 이는 인간 사이의 규약이 아닌가! 추의 환각, 이에 대한 의견은 계속 바뀌지 않는가! 진리의 환각, 이는 절대불변이 아니지 않은가! 비열함의 환각, 이에 끌리는 사람들이 너무도 많다! 위대한 예술가들이란 인류에게 자신들의 특별한 환각을 인정하게 만드는 사람들이다.

그러니까 그 어떤 이론에 대해서도 화내지 말자. 그 이론 각각은 그저 분석대상이 되고 있는 어떤 기질을 일반화한 표현에 불과하니까.

특히 두가지 이론을 놓고, 사람들은 따로따로 받아들이는 대신 서로 대립시켜가면서 종종 논란거리로 삼아왔는데, 하나는 순수분석 소설이론이고 다른 하나는 객관성 소설이론이다. 순수분석 소설이론 지지자들은, 작가가 우리 행위를 결정짓는 가장 은밀한 동기들 전부를 보여주고 어떤 사람의 정신적 변화를 가장 사소한 것까지도 남김없이 보여주는 데 매달리기를 요구하며, 사실 자체에는 부차적인 중요성만 부여하라고 요구한다. 이 경우, 사실은 도착점이며, 단순한 경계석이고, 소설의 구실이다. 따라서 그들의 의견을 따르자면, 심리학 서적을 쓰는 철학자처럼 상상력과 관찰이 뒤섞여 나타나는, 그런 정확하면서도 몽상을 부르는 작품들을 써야 하며, 원인들을 드러내주고 그 기원을 가장 멀리까지 거슬러올라가서 찾아봐야 하며, 각각의 욕망을 야기한 원인들 전부를 말해줘야 하며, 이해관계와 열정 혹은 본능의 충동에 휘둘리는 영혼의 반응 전부를 간파해내야 할 것이다.

반대로, 객관성(참 고약한 말이다!) 소설이론의 지지자들은 삶에서 일어나는 것을 정확하게 재현하겠다고 주장하고, 동기에 관한 복잡한 설명, 장광설은 전부 조심스럽게 피해가며, 우리 눈 아래 인물들과 사건들을 나열하는 데 그쳐버린다.

그들에게 심리란, 실제 삶 속에서 사실들 밑에 숨어 있기에 책에서도 숨어 있어야만 한다.

소설이 이런 방식으로 구상될 때, 흥미를 유발하고 이야기 속에 움직임이 생겨나고 다채로움과 정적이지 않은 삶을 보여줄 수 있다는 점에서는 유리하다.

따라서 객관성을 지향하는 작가들은 인물의 정신상태를 길게 설명하는 대신, 그러한 정신상태와 특정상황이 만났을 때 그 인물이 필연적으로 완수하게 되는 행위 혹은 제스처를 추구한다. 그리고 작품 처음서부터 끝까지, 그 인물의 모든 행위와 모든 동작이 그의 본성과 생각, 그리고 의지나 망설임을 전부 반영할 수 있게 행동을 부여한다. 따라서 그러한 작가들은 심리를 펼쳐놓는 대신 심리를 감추며, 보이지 않는 뼈대가 인체의 골격을 이루듯이 심리로 작품의 골격을 만든다. 우리의 초상화를 그리는 화가가 우리의 뼈대를 보여주는 법은 없지 않은가.

　또한 내 생각에는, 이런 방식으로 실현된 소설이 진정성 면에서도 이롭다. 우선 그러한 소설이 훨씬 더 진실임 직하다. 왜냐하면 우리가 주변에서 보는 사람들이 어떤 행동을 취하면서 자신들이 어떠한 동기에 복종해서 그리하는지를 우리에게 이야기해주지 않기 때문이다.

　그다음, 우리가 사람들을 열심히 관찰한 결과, 거의 모든 상황 속에서 그들의 존재방식을 예견할 수 있을 정도로 정확하게 그들의 천성을 규정할 수 있고 "그런 기질을 타고난 그런 사람은 그런 경우 이렇게 할 것이다"라고 정확하게 말할 수 있다 해도, 우리 생각이 아닌 그들 생각의 가장 은밀한 변화들 전부를, 우리의 본능과 같지 않은 그들 본능의 비밀스러운 부추김 전부를, 그들의 신체 기관과 신경과 피와 살이 우리의 것과 다른데 그들의 막연한 충동 전부를 하나하나 규정할 수 있는 것은 아니라는 사실을 고려해야 한다.

나약하고 온화하고 열정적이지 않고 오로지 과학과 일만을 좋아하는 남자라면 그의 천성이 어떻든지 간에, 비록 그가 자신과 다른 존재, 가령 개방적이고 관능적이고 격렬하며 온갖 욕망과 심지어 온갖 악덕으로 들썩이는 건장한 남자가 삶에서 보여주게 될 모든 행위를 제법 정확하게 예견하고 이야기해줄 수 있다 하더라도, 그 남자의 가장 내밀한 감각들과 충동들을 이해하고 보여줄 수 있을 정도로 그 존재의 영혼과 육체 안으로 완벽하게 들어갈 수는 절대로 없을 것이다.

　결국, 순수 심리소설을 쓰는 작가는 등장인물들을 위해 설정한 그 모든 상황 속에서 스스로가 등장인물들을 대신할 수 있을 뿐이다. 왜냐하면 그가 자신의 신체기관들을 바꿀 수는 없는 일인데, 바로 그 신체기관들이 우리 외부의 삶과 우리를 이어주는 유일한 매개체이며, 자신들이 수용한 감각들을 우리에게 강제하고, 우리의 감성을 규정하고, 우리 주위의 영혼들 그 어느 것과도 본질적으로 같지 않은 영혼을 우리 안에 창조하기 때문이다. 우리는 등장인물들의 내면에 있는 미지의 존재를 드러내서 보여준다고 주장하지만, 우리의 비전, 우리의 감각의 도움을 받아 획득한 세계에 대한 우리의 지식, 삶에 대한 우리의 생각, 이 모든 것을 부분적으로 그 등장인물들 속에 옮겨놓을 수 있을 뿐이다. 따라서 왕의, 암살자의, 도둑놈의 혹은 성실한 남자의, 창녀의, 수녀의, 아가씨의 혹은 장사치 여인의 육신 속에서 우리가 보여주는 것은 늘 우리 자신이다. 왜냐하면 우리는 스스로에게 이렇게 문제를 제기할 수밖에 없기 때문이다. 즉, "만약 내가 왕, 암살자, 도둑놈, 창녀, 수녀, 아가씨, 혹은 장사치 여인이라면 나는 무엇을 할까? 나는 무슨 생각을 할까? 나는 어떻게 행동할까?" 따라서, 우리의 자아가 연령, 성별, 사회적 위치, 그리고 자연이 부여한 넘을 수 없는 장벽인 신체기관들로 둘러싸여 있는 만큼, 우리는 우리의 자아가 놓여 있는 삶의 모든 상황들을 변화시킴으로써만 등장인물들을 다양화한다.

우리가 자아를 가리느라고 사용한 온갖 가면을 뚫고 독자가 그 자아를 알아보지 못하게 하는 것이 솜씨이다.

하지만, 완벽한 정확성의 관점에서만 보자면 순수 심리분석에 이론의 여지가 있을 수 있다 해도, 순수 심리분석 소설 또한 모든 다른 작업방식들만큼 아름다운 예술작품들을 우리에게 제공할 수 있다.

오늘날에는 상징주의자들이 있다. 거론할 만하지 않은가? 그들의 예술가로서의 꿈은 존중받을 만하다. 그들은 예술의 극단적 어려움을 주창하며 그 점을 주지하고 있다는 점에서 무척 흥미롭다.

사실, 요즘 같은 세상에서도 여전히 글을 쓰기 위해서는 미쳤든가, 대담하든가, 자만심이 대단하든가 혹은 얼간이기라도 해야 한다! 그토록 각양각색의 천성을 타고났으며, 그토록 다양한 재능을 타고난 대가들이 무수히 왔다 간 지금, 누군가 해보지 않은 것이면서 아직도 해볼 만한 그 무엇이 남아 있을까? 누군가 말하지 않은 것이면서 아직도 말할 만한 그 무엇이 남아 있을까? 우리 가운데 그 누가 어디엔가 비슷한 모습으로 이미 존재하는 것이 아닌 글을 한장, 문장을 한 줄 썼다고 자랑할 수 있을까? 프랑스 문학으로 꽉 차 있어서 우리 몸뚱이 전체가 말들로 이루어진 밀가루 반죽 같다는 느낌이 들 정도니, 우리가 글을 읽을 때, 우리에게 익숙하지 않은 생각, 적어도 어디선가 본 것 같다는 혼란스런 느낌이 들지 않는 생각, 글귀 한 줄을 발견할 일이 있겠는가?

이미 알려진 수법으로 대중을 기쁘게 할 것만 찾는 작가는 천진난만한 범용함에 젖어, 무지하고 할 일 없는 군중을 상대로 자신만만하게 작품들을 써낸다. 하지만, 어떤 작가들은 좀더 나은 것을 꿈꾸며 모든 것이 이미 신선한 풍미를 잃은 것 같고 자신의 작품이 늘 불필요하고 평범한 작업이라는 인상을 받는 만큼, 지나간 그 모든 세기의 문학에 주눅이 들어 있고, 그 어떤 것에도 만족하지 못하고 모든 것이 다 시들하여, 가장 위대한 대가들이 쓴 글 몇장이 겨우 우리에게 드러내어 보여주는, 잡히지 않고 신비로운 그 어떤 것이 문학예술이라고 판단하기에 이른다.

어느날 문득 눈에 들어온 시 스무 행, 글귀 스무 줄이 마치 놀랄 만한 계시인 양 가슴속에 파문을 일으킨다. 하지만 그다음 시행들은 다른 모든 시들과 흡사하고 그다음 흘러나온 글귀는 다른 모든 글귀들과 흡사하다.

재능있는 사람들은 아마도 그러한 고뇌와 그러한 고통이 아예 없을지도 모르겠다. 왜냐하면 그들은 억제할 수 없는 창의력을 품고 있기 때문이다. 그들은 스스로를 평가하지 않는다. 다른 사람들, 의식적으로 끈질기게 일하는 우리 같은 다른 사람들, 이런 우리가 극복하기 힘든 의기소침에 맞설 수 있는 유일한 방법은 꾸준히 노력하는 것뿐이다.

두 사람이 단순하면서도 명석한 가르침을 통해, 늘 시도해보려는 힘을 내게 주었다. 바로 루이 부예와 귀스따브 플로베르이다.

내가 여기에서 그들과 나에 대해 말한다면, 그것은 작가로서 첫 발걸음을 뗀 사람들이 보통 갖기 마련인 그러한 정도의 자신감도 없는 몇몇 젊은 작가들에게, 단 몇 줄로 요약될 그들의 충고가 유용하리라고 생각하기 때문이다.

플로베르의 우정을 얻기 두해 전, 조금은 사적인 관계로 부예를 먼저 알게 되었는데, 인간으로서는 2급짜리일지언정 시구가 흠잡을 데 없고 재능과 독창성의 진수를 담고 있다면, 백 줄, 아니 백 줄이 못되는 시구만으로도 예술가라는 명성을 얻기에 족하다고 그가 내게 되뇌고 되뇌어준 덕분에, 통찰력과 역량과 습작이 빛을 발하게 되는 날이 왔을 때 우리 정신의 그 모든 기질과 완벽하게 들어맞는 주제와 다행히도 조우하게 되면, 부단히 작업해왔으며 소설가라는 직업을 깊이 이해하고 있는 경우, 간결하고 유일무이하며 우리 능력이 허용하는 만큼의 완벽한 작품이 활짝 피어날 수 있다는 것을 이해하게 되었다.

그다음 내가 이해했던 것은 가장 유명한 작가들은 책을 한권 이상 남긴 적이 거의 없다는 것, 그리고 무엇보다도 우리의 선택을 기다리는 다양한 소재들 가운데에서 우리의 모든 능력과 우리의 가치 전부와 우리의 예술적 역량 전부를 끌어낼 소재를 찾아내고 구별해내는 그러한 운을 가져야 한다는 것이었다.

그뒤로, 내가 가끔씩 만나오던 플로베르가 나를 좋게 보아주었다. 난 그분에게 습작 몇편을 보여드릴 용기를 냈다. 그는 선의를 갖고 그것들을 읽어봐줬고 내게 이렇게 답해줬다. "자네가 재능을 갖게 될지는 모르겠네. 내게 보여줬던 것에서 감각이라고 할 만한 게 보이더군. 하지만 젊은이, 이 점을 잊지 말게나. 재능이란 것은 샤또브리앙의 표현을 따르자면 오랜 인내에 다름 아니라는 걸. 꾸준히 쓰게나."

나는 계속해서 글을 썼고, 그가 나를 마음에 들어한다고 생각하여 그의 집에 종종 찾아갔다. 왜냐하면 그가 웃으면서 나를 자신의 제자라고 불러주기 시작했기 때문이었다.

칠년 동안 시도 썼고, 꽁뜨도 썼고, 누벨도 썼고, 심지어 형편없는 희곡도 써봤다. 그중에 남아 있는 것은 하나도 없다. 스승은 전부 읽고는 그다음 일요일에 식사를 함께하면서 비평을 펼쳐냈고, 내 안에 차츰차츰 원칙들 두세개를 심어줬는데, 이 원칙들은 그의 오래고 끈기있는 가르침의 요약이다. 그는 이렇게 말했다. "만약 독창성이 있다면, 무엇보다도 그 독창성을 끄집어내야만 한다. 만약 독창성이 없다면 독창성을 습득해야 한다."

재능은 오랜 인내이다—자신이 표현하고자 하는 모든 것을, 그 누구도 본 적 없고 말한 적 없는 어떤 측면을 발견할 수 있을 정도로 아주 오래, 그리고 무척 주의해서 바라보는 것이 필요하다. 모든 것 속에는 아직 답사자의 발길이 미치지 않은 곳이 있기 마련이다. 왜냐하면 우리는 지금 바라보고 있는 것에 대해, 사람들이 우리보다 앞서서 생각했던 것을 기억하면서 우리의 눈을 사용하는 데 익숙하기 때문이다. 가장 사소한 것에도 미지의 영역이 조금은 있기 마련이다. 그것을 발견해내자. 활활 타오르는 불을, 그리고 평원의 나무를 묘사하려면 그 불과 그 나무가 더는 다른 그 어떤 나무와도, 그리고 다른 그 어떤 불과도 닮아 보이지 않을 때까지 그 불과 그 나무 앞에 머무르자.

바로 그러한 방식으로 독창성을 갖추게 된다.

더욱이, 모래 알갱이 두 알이, 파리 두 마리가, 두 사람의 손이, 두 사람의 코가 절대적으로 똑같은 경우는 이 세상을 통틀어 있을 수 없다는 진리를 상정했기 때문에, 스승은 하나의 존재 혹은 하나의 사물을 표현할 때 같은 종족 혹은 같은 종류의 나머지 다른 존재 전부 혹은 나머지 다른 사물 전부와 구별되게, 분명한 특징이 드러나게 그것들을 표현하라고 했다.

그는 이렇게 말했다. "가게 문간에 앉아 있는 식료품상 앞이나 파이프 담배를 태우고 있는 수위 앞이나 삯마차 정거장 앞을 지나갈 때, 내가 그 식료품상과 그 수위를 그 어떤 다른 식료품상이나 그 어떤 다른 수위와 혼동하지 않게, 그 두 사람과 그들의 자세, 그리고 능란한 이미지 구사를 통해 드러나는 그들의 천성이 모조리 담긴 육체적 특징 전부를 내게 보여주게. 그리고 삯마차를 끄는 어떤 말이 그 말의 앞뒤로 따라붙은 다른 말들 오십여 필과 어떤 면에서 닮지 않았는지를 단 한마디 말로 내게 보여주게나."

나는 다른 지면을 빌려서 문체에 관한 그의 생각들을 펼쳐 보인 바 있다. 그 생각들은 내가 방금 전개했던 관찰이론과 대단히 연관이 있다.

말하고자 하는 것이 무엇이든지 간에 그것을 표현하기 위한 단어는 하나밖에 없으며, 그것에 생명력을 불어넣을 동사도 하나밖에 없으며, 그것을 형용할 형용사도 하나밖에 없다. 따라서 그것들을 발견할 때까지 그 단어, 그 동사, 그 형용사를 찾아다녀야만 하며, 어려움을 피해가려고, 적합하다 할지라도 속임수와 언어의 광대짓에 도움을 받아서는 결코 안된다.

부알로의 다음과 같은 시구를 적용하면 가장 섬세한 사물들도 표현할 수 있고 가리킬 수 있다.

제자리에 놓인 단어 하나로 영향력이 무엇인지를 가르쳤도다.

생각의 섬세한 의미 전부를 포착하기 위해서, 오늘날 예술적 글쓰기라는 명목하에 우리에게 강요하는 별나고, 복잡하고, 장황하고, 알쏭달쏭한 어휘가 조금도 필요없다. 하지만 하나의 단어가 차지하고 있는 자리에 따라서 그 단어의 값어치에 생겨나는 변화들은 전부 극명하게 분간해야 한다. 의미파악이 거의 불가능할 정도의 명사, 동사, 형용사는 덜 쓰고, 다양하며, 다른 방식으로 구축되고, 교묘하게 끊어지고, 소리의 어우러짐과 재치있는 리듬으로 풍성한 문장들은 더 쓰자. 희귀용어 수집가보다는 뛰어난 문장가가 되도록 노력하자.

사실, 알려지지 않은 고서들 속에서 오늘날 더는 사용되지 않고 의미도 사라졌으며 우리에게는 사어나 마찬가지인 표현들을 찾아내고 새 표현들을 만들어내는 것보다, 마음에 맞게 문장을 다듬고 그 문장이 모든 것을, 문장이 표현하고 있지 않은 것까지도 말하게 하고, 함의와 숨어 있고 진술되지 않은 의도로 채우는 것이 훨씬 더 어렵다.

게다가 프랑스어는 기교파 작가들이 결코 흐려놓지 못했으며 흐려놓을 수 없는 맑은 물이다. 세기마다 이 맑은 흐름 속에 자신의 유행, 멋부린 고풍스러운 표현방식을 던져놓아봤자 그러한 불필요한 시도들에서, 그러한 무력한 노력들에서 그 어떤 것도 표면으로 떠오르지 않는다. 이 언어의 성질은 분명하고, 논리적이고, 예민하다는 것이다. 그 언어는 약해지거나 흐려지거나 타락하는 법이 없다.

오늘날 추상적인 용어들을 경계하지 않고서 이미지들을 만들어내는 사람들, 유리창의 깨끗함 위로 우박이나 비를 뿌리는 사람들은 그들 동료의 소박함에 돌을 던질 수도 있다! 그 돌들이 육체를 지닌 동료들을 맞힐지는 모르겠지만 육체를 타고나지 않은 소박함에 가닿을 수는 절대로 없을 것이다.

기 드 모빠상.

1887년 9월 에트르따의 라기예뜨에서.

삐에르와 장

1

"이런 제길!" 십오분 전부터 꼼짝 않고 앉아서 바닷물을 뚫어져라 바라보며, 가끔 바닷물 깊숙이 드리워놓은 낚싯줄을 슬며시 들어올려보던 롤랑 영감이 갑작스레 소리를 질렀다.

오늘 낚시 나들이에 초대받아 온 로제미유 씨 부인과 나란히 선미에 앉아 선잠에 들었던 롤랑 씨 부인이 화들짝 놀라며 깨어나, 남편을 향해 고개를 돌렸다.

"어머나……! 어머나……! 제롬!"

영감은 성이 잔뜩 나서 대꾸했다.

"어째 전혀 물지를 않잖소. 정오 뒤로는 한마리도 잡지 못했어. 낚시는 남자들끼리 와야 하는 건데. 여자들이 끼면 출항이 늘 늦어진단 말야."

아버지를 따라왔던 장과 삐에르는 검지에 낚싯줄을 감고서 각기 좌현과 우현에 자리 잡고 있다가 동시에 웃음을 터뜨렸다. 장이 대답했다.

"아버지, 초대손님에 대한 배려가 전혀 없으시군요."

롤랑 씨는 당황해하며 변명을 늘어놓았다.

"용서하시오, 로제미유 씨 부인. 내가 이렇다오. 부인네들과 함께 있는 것이 좋아서 초대를 해놓고는, 일단 발밑에서 물의 움직임이 느껴진다 싶으면 물고기 생각 말고는 다른 생각은 하나도 못하거든."

잠이 완전히 달아난 롤랑 씨 부인은 해안절벽과 바다가 어우러진 확 트인 수평선을 부드러운 표정으로 바라보다가 중얼거렸다.

"그래도 꽤 잡으셨잖아요."

남편은 아니라는 뜻으로 고개를 가로저으면서도, 세 남자가 잡아들인 물고기가 들어찬 광주리에 흐뭇한 눈길을 던졌다. 물고기들이 아직도 약하게나마 움직거리는 통에 끈적거리는 비늘과 쳐들린 지느러미 들이 부딪히며 내는 소리가 희미하게 들려왔지만, 무력하고 기운없는 노력일 뿐이었고, 그저 치명적인 대기 속에서 뻐끔댈 뿐이었다.

롤랑 영감은 두 무릎 사이에 버들광주리를 끼더니 바닥에 깔린 물고기들을 보겠다고 광주리를 서서히 기울였고, 물고기 떼들이 은빛 물결을 이루며 광주리 전으로 몰리자, 최후의 몸부림이 더욱 심해지는 바람에, 그 몸뚱어리에서 나는 강렬한 냄새, 싱싱한 비린내가 광주리의 불룩한 곳에서부터 솟구쳤다.

나이 지긋한 어부는 장미 향내를 맡듯이 그 냄새를 흠뻑 들이마시더니 잘라 말했다.

"어허. 싱싱한데, 이놈들!"

그러더니 다시 말을 이었다.

"그래, 어디, 우리 의사 양반께선 얼마나 잡으셨나?"

큰아들 삐에르가 대답했다.

"오! 별로 많이 못 잡았어요. 한 서너마리나 되나."

삐에르는 서른살가량의 사내로, 법관처럼 검은색 구레나룻만을 기르고 콧수염과 턱은 깨끗이 면도하고 있었다.

아버지는 둘째를 향해 몸을 돌렸다.

"그럼 너는, 장?"

키가 크고, 숱 많은 금발에, 형보다 제법 어린 장이 미소를 짓더니 중얼거렸다.

"형하고 비슷해요. 네다섯마리 정도요."

아들 둘은 매번 똑같은 거짓말을 해서 롤랑 영감의 기분을 띄워줬다.

일찌감치 놋좆에 낚싯줄을 감아버렸던 롤랑 영감은 팔짱을 끼더니 자신의 결심을 알려왔다.

"난 앞으로 오후에는 절대로 낚시 안하련다. 일단 10시만 넘어갔다 하면 다 끝난 거야. 더는 물려고를 하지 않으니. 고 고얀 것들이, 해바라기를 하면서 낮잠을 자는가, 원."

그 단순한 인물은 자신이 바다의 소유주라도 되는 듯한 만족스러운 표정으로 주변 바다를 둘러봤다.

그는 빠리에서 보석상점을 운영했었지만 항해와 낚시에 대한 넘치는 애정을 주체하지 못하여, 연금으로 소박하게나마 먹고살 수 있을 정도의 여유가 생기자마자 보석 진열대를 등졌다.

그렇게 은퇴하여 르아브르에 자리 잡은 뒤, 배를 한척 구입하고는 아마추어 뱃사람이 되었다. 두 아들 삐에르와 장은 학업을 계속해야 해서 빠리에 남았고, 방학 때가 되면 가끔씩 내려와서 아버지의 즐거움을 함께 나눴다.

장보다 다섯살 위인 큰아들 삐에르는 중등학교를 졸업한 뒤, 자신에게서 다양한 직업에 대한 소질을 차례차례 발견했기에, 그중에서 한 예닐곱개 정도는 직접 겪어보았고, 한 직업에 대해서 빠르게 정나미가 떨어지자마자 곧 새로운 기대 속으로 뛰어들기를 반복했다.

마지막으로 의학에 끌렸던 삐에르는 엄청난 열성을 보이며 공부를 시작했고 덕분에 상당히 짧은 기간 동안 학업을 마치고 문부성으로부터 연수기간 면제를 받아낸 뒤 막 의사로 받아들여진 참이었다. 삐에르는 열정적이며 머리가 좋았고, 변덕스러우나 끈질겼으며, 비현실적인 생각들과 철학적 생각들로 가득했다.

형이 흑발이면 장은 금발이었고, 형이 흥분하기 쉬운 편이라면 장은 침착하였고, 형이 집념이 강한 편이라면 장은 다정다감했는데, 지금은 차분하게 법학공부를 마친 뒤 삐에르가 의사 자격증을 취득한 것과 동시에 학사학위를 취득한 참이었다.

그런 만큼 둘 다 가족 품에 돌아와 조금 쉬고 있던 중이었고, 둘 다 만족스러운 조건에서 정착할 수만 있다면 르아브르에 터전을 잡을 계획을 품고 있었다.

하지만 막연한 질투, 형제나 자매 사이에서 성인이 될 때까지 거의 눈에 보이지 않게 점점 자라나다가 결혼식이나 상대방에게 우연처럼 찾아온 행복을 계기로 터져나오고 마는 질투, 그처럼 가라앉아 있는 질투 때문에 두 형제는 우애와 뒤섞인 무해한 반감의 불씨를 서로에게 품고 있었다. 물론 둘은 서로 좋아하면서도 서로를 탐색했다. 장이 태어날 당시 다섯살이었던 삐에르는 응석받이로 키워진 작은 짐승답게, 어머니 아버지 품에 안겨 갑자기 등장한 뒤로 부모의 사랑과 귀염을 듬뿍 받는 그 또다른 어린 짐승을 적의를 품고서 바라보았다.

장은 어릴 때부터 부드러움, 선의, 평온한 성품의 화신이었다. 삐에르에게는, 장에게서 나타나는 부드러움은 유약함으로, 선의는 어리석음으로, 호의는 맹목으로밖에 보이지 않았기에, 그 우람한 소년을 끊임없이 칭찬하는 소리를 듣다보니 그로서는 차츰차츰 짜증이 나기 시작했다. 순한 성품의 사람들로서, 아들들을 위해 떳떳하며 평범한 지위를 꿈꾸던 부모는 삐에르가 결정을 내리지 않고, 쉽게 열광하고, 이것저것 시도하다가 실패하고, 실현도 못할 고귀한 생각과 허울뿐인 직업 들에 끌린다고 나무랐다.

삐에르가 어른이 된 뒤로는 "장을 보렴. 좀 본받으려무나!"라는 말을 더는 하지 않았지만, "장이 이렇게 했단다. 장이 저렇게 했단다"라는 말을 반복해서 들을 때마다 그는 속뜻과 그 말 속에 숨은 암시를 제대로 이해했다.

깔끔한 성품에, 조금 감상적인 구석이 있으나 야금박스러운 부르주아 여인이며, 상점에서 손님 맞던 여인답게 상냥한 성품을 타고난 어머니는, 장성한 두 아들이 한집에서 생활하며 부딪치는 자질구레한 것들로부터 매일같이 생겨나는 사소한 경쟁심을 가라앉혔다. 게다가 요즈음 가벼운 사건 하나가 어머니의 평정심을 흐려놓았고, 어머니는 문제가 복잡해질까봐 걱정하고 있었다. 어머니는 겨울 동안, 그러니까 아이들이 제각각 전공공부를 마치는 동안, 이년 전 바다에서 목숨을 잃은 원양선박 선장의 미망인인 로제미유 씨 부인을 사귀게 되었다. 아직 새파랗게 젊은 그 스물세살 미망인은 지적이지는 않으나 건전하고 너그러운 정신으로 판단 내리며, 별별 일들을 보고 겪고 깨닫기라도 한 양, 마치 자유로운 동물처럼 본능적으로 삶을 알고 있는 당당한 여인으로서, 자신에게 차한잔을 대접하는 친절한 이웃을 찾아가서 자수 한 자락을 놓으며 잠시 대화를 나누곤 했었다.

뱃사람의 허세에 관한 거라면 사족을 못 쓰는 롤랑 영감은 새로 사귄 친구에게 고인이 된 선장을 두고 질문을 퍼부었고, 그러면 로제미유 씨 부인은 삶을 사랑하고 죽음을 존중하는, 현명하고 운명에 순응하는 여인답게 남편과 남편이 했던 여행, 남편에 얽힌 옛이야기들을 당황하지 않고 들려줬다.

두 아들은 집에 돌아오자마자 예쁘장한 미망인이 집에 드나드는 것을 발견하고는, 그녀의 마음에 들고 싶은 욕망보다는 상대방을 밀쳐내고 그녀를 차지하려는 욕심에, 곧장 그녀의 환심을 사려고 애를 쓰기 시작했다.

신중하고 실제적인 성격의 어머니는 젊은 여인이 부유한 만큼 두 아들 가운데 한명이 승리하기를 바라긴 했지만 그렇다고 해서 다른 한명이 그로 인해 조금이라도 상심하는 일은 없었으면 했다.

로제미유 씨 부인은 푸른 눈에 금발머리였고, 미풍이 살짝만 불어와도 화관처럼 말아올린 머리카락이 제멋대로 나풀거렸으며, 표정 또한 도도하여, 그 건전한 사고방식과는 전혀 어울리지 않는 겉모습을 보여줬다.

로제미유 씨 부인은 천성이 비슷한 장에게 끌렸기에, 이미 장을 더 마음에 들어하는 것 같았다. 하지만 이러한 호감도 목소리와 시선 속에서 거의 알아챌 수 없을 정도의 차이를 통해서만, 그리고 가끔 장과 의견을 같이한다는 점에서만 드러났을 뿐이다.

그녀는 장의 견해는 자신의 견해를 튼튼히 뒷받침해주겠지만 삐에르의 견해는 다를 게 틀림없으리라는 것을 꿰뚫어본 듯했다. 로제미유 씨 부인이 젊은 의사가 품은 생각들에 대해서, 정치, 예술, 철학, 윤리에 관한 그의 생각들에 대해서 말할 때면 가끔씩 "의사 선생님의 황당한 생각들"이라는 말을 했다. 그러면 삐에르는 여자들, 여성 전체의 재판을 심리하는 법관처럼 냉엄한 눈초리로 로제미유 씨 부인을 바라봤다. 그 가련한 존재들!

롤랑 영감이 자기 아내도 한번 데려간 적이 없는 낚시에 로제미유 씨 부인을 초대했다지만, 이런 일은 아들들이 집에 내려오기 전에는 전혀 없던 일이었다. 롤랑 영감은, 밀물 때 항구에서 만난 뒤로 둘도 없는 친구가 되었으며 원양어선 선장으로 근무하다가 은퇴한 보지르 선장과, 유명한 해적의 이름을 따서 일명 장바르라고 불리며 선박의 윈치를 담당하는 나이 든 뱃사람 빠빠그리를 데리고, 해뜨기 전에 배에 오르기를 좋아했으니까.

그런데 지난주, 어느 저녁나절, 롤랑 영감 집에 와서 저녁식사를 함께하고 난 로제미유 씨 부인이 "참 재미있을 것 같아요, 낚시하러 가면요"라며 전직 보석상의 열광적 취미생활에 관심을 보이자 그만 으쓱해진 그는 사제처럼 자신의 열정을 퍼뜨려 신도로 포섭하고 싶다는 욕망에 사로잡혀 대뜸 목청을 높였다.

"같이 가보겠소?"

"오, 좋아요."

"다음 주 화요일?"

"그러죠. 다음 주 화요일요."

"새벽 5시에 출발할 수 있는 여성이신가?"

로제미유 씨 부인은 기가 막혀 비명을 지르다시피 했다.

"오! 천만에요. 무슨 그런 말씀을."

그는 실망했고, 흥이 식어버렸고, 퍼뜩 그러한 사명에 대한 의심이 들었다. 그럼에도 롤랑 영감은 계속 물었다.

"그럼 몇시에 떠날 수 있는데?"

"글쎄…… 9시요!"

"더 전에는 안되고?"

"네, 안돼요. 그것도 너무 이른걸요!"

그 단순한 인물은 망설였다. 영락없이 한마리도 잡지 못할 것이다. 햇살이 따가워지면 물고기들이 더는 입질을 하지 않으니까. 하지만 아들 둘이 서둘러 조율하고 말끔하게 전부 계획하더니 그 자리에서 모조리 해결해버렸다.

그리하여 그다음 주 화요일, 뻬를호號가 에브 곶의 백색 바위 밑에 닻을 내리게 되었던 것이다. 정오까지 낚시를 하고, 그러다가 졸고, 다시 낚시를 했건만 하나도 잡히지 않자, 롤랑 영감은 사실 로제미유 씨 부인이 좋아하고 열광하는 것은 배를 타고 바다를 둘러보는 것뿐이라는 사실을 뒤늦게 깨달았고, 자신이 던져놓은 낚싯줄들이 더는 꿈쩍도 않는 것을 보고는 자신도 모르게 초조한 몸짓을 보이며 잡히지 않는 물고기들만큼이나 무관심한 미망인에게도 해당하는 제길을 격렬하게 내뱉었던 것이다.

이제 그는 잡아올린 물고기, 바로 자신의 물고기를 노랑이처럼 생생한 즐거움을 내비치며 바라보고 있었다. 그러다가 하늘을 올려다보고는 태양이 기울고 있음을 알아차렸다.

"저런! 얘들아, 이제 집에 돌아갈까?" 그가 말했다.

두 아들은 낚싯줄을 거둬들여서 감고, 깨끗이 씻은 낚싯바늘을 코르크 마개에 꽂고 난 뒤, 기다렸다.

롤랑은 일어나서 선장답게 수평선이 어떤지 살펴봤다.

"바람 한점 없구나." 그가 말했다. "어이, 얘들아! 노를 저어야겠다."

그러다가 갑자기 팔을 북쪽으로 뻗으며 덧붙여 말했다.

"저런, 저런. 싸우샘프턴에서 오는 선박이로군."

가없이 펼쳐진 쪽빛의 반짝이는 천을 편평하게 잡아당겨놓은 듯한 바다, 금빛과 불꽃이 어른거리는 바다 위로, 팔이 가리키는 방향 저 멀리에서 장밋빛 하늘을 배경으로 시커먼 구름이 솟아오르고 있었다. 그 밑으로, 너무 먼 거리라 아주 작게 보이는 선박 한척이 눈에 들어왔다.

남쪽을 보니, 수많은 또다른 연기들이 르아브르의 방파제를 향해 다 같이 움직이고 있는 모습이 보였고, 방파제의 흰색 가로선과 그 끝에 뿔처럼 우뚝 솟아 있는 등대를 겨우 알아볼 수 있었다.

롤랑이 물었다.

"노르망디호가 들어오는 날이 오늘이 아니던가?"

장이 대답했다.

"맞아요, 아빠."

"내 망원경을 다오. 저기 보이는 것이 맞는 것 같구나."

아버지는 청동관을 길게 잡아뽑은 뒤 눈에 갖다대고 초점을 맞추기 시작했다. 그러다가 갑자기 목표물이 눈에 들어오자 들뜬 목소리로 말했다.

"맞아, 맞아, 노르망디호로군, 저 굴뚝 두개만 봐도 알 수 있지. 로제미유 씨 부인, 한번 보려오?"

로제미유 씨 부인은 망원경을 받아서 저 멀리 떠 있는 대서양 횡단 여객선을 향해 방향을 돌렸지만 제대로 잡아내지 못한 모양이었다. 아무것도 똑똑하게 보이지 않았고, 보이는 거라고는 색색의 동그라미들, 그러니까 완벽하게 동그란 무지개와 그 속에 가득한 푸른색뿐이더니, 그다음에는 속을 울렁거리게 만드는 기이한 물체들, 갖가지 이지러진 물체들뿐이었다.

로제미유 씨 부인은 망원경을 돌려주고 말았다.

"전 이 도구를 단 한번도 제대로 이용해본 적이 없어요. 몇시간이고 창가에 붙어서서 선박들이 지나가는 것을 지켜보곤 하던 남편은 그 때문에 심지어 화를 내기도 했었죠."

롤랑 영감은 기분이 상해서 대꾸했다.

"부인 눈에 뭔가 결함이 있나보군요. 내 망원경은 성능이 아주 뛰어나다오."

그러더니 자기 아내에게 망원경을 들이밀었다.

"당신도 한번 보지그래?"

"난 됐어요. 보나 마나 제대로 보지 못할 게 뻔한데요, 뭐."

롤랑 씨 부인은 그렇게 보이지 않지만 마흔여덟살 난 여인으로, 그 누구보다도 이 순간의 바다 나들이와 해 지는 광경을 즐기는 것 같았다.

밤색 머리카락 사이로 흰 머리카락이 듬성듬성 생겨나기 시작하고 있었다. 침착하고 분별있어 보이는 표정에, 보고 있으면 즐거워지는 행복하고 선량한 모습이었다. 아들 삐에르의 표현에 따르면, 롤랑 씨 부인은 돈의 가치를 알지만 그렇다고 몽상의 매력을 맛보는 데 조금도 지장을 받지 않았다. 책 읽기를 좋아하여 소설과 시 들을 즐겨 읽었는데, 그 예술적 가치 때문이 아니라 그 작품들이 일깨워주는 우수 어린 부드러운 몽상 때문이었다. 시 한편, 종종 진부하고, 종종 형편없는 시 한편이 본인 스스로 이야기하듯 그녀의 여린 심금을 울리며, 은밀한 욕망이 거의 실현된 듯한 느낌을 안겨줬다. 그리고 회계장부처럼 정리가 말끔하게 되어 있는 그녀의 영혼을 살그머니 흔들어놓는 이 가벼운 감정들을 즐겼다.

르아브르에 정착한 뒤로 제법 눈에 띌 정도로 살이 올라서 이전의 낭창거리고 호리호리한 몸매가 보여주던 날렵함을 잃었다.

이번 바다 나들이는 그녀에게 대단한 기쁨을 안겨줬다. 남편은 아내를 거칠게 대했는데, 상점을 찾은 폭군들이 화가 난 것도 아니요, 적의를 가진 것도 아니면서, 주문하는 소린지 욕하는 소린지 구별이 안 가게 거친 매너를 보여주는 것과 비슷했다. 롤랑 영감은 누구든 낯선 이 앞에서는 자신을 억제했지만 가정에서는 마음 내키는 대로여서, 모든 사람들을 두려워하면서도 겉으로는 무시무시한 표정을 지어댔다. 아내는 집안에서 시끄러운 소리가 날까봐, 부부싸움으로 번질까봐, 아무 소용 없는 변명을 늘어놓아야 할 일이 끔찍해서 늘 양보했으며, 단 한번도 뭔가 요구해본 적이 없었다. 그래서 아주 오래전부터, 바다 나들이에 자신도 데리고 나가달라는 부탁을 감히 입에 올릴 생각조차 하지 않았다. 그런 만큼 아주 기쁘게 이번 기회를 받아들였고 이 진귀하고 신선한 즐거움을 만끽했다.

배가 움직이기 시작한 뒤로 롤랑 씨 부인은 자신의 전부를, 몸과 마음을 모두, 물 위를 부드럽게 미끄러져가는 움직임에 내맡겼다. 그녀는 아무런 생각도 하지 않았고, 추억 속으로 빠져들지도 않았고 기대 속으로 빠져들지도 않았으며, 육신뿐만 아니라 마음마저도, 말랑거리고 출렁이며 감미로운 그 무엇, 자신을 살살 흔들어주며 몽롱함에 빠져들게 하는 그 무엇 위를 떠다니게 풀어놓은 것만 같았다.

아버지가 "자, 제 위치로!"하며 귀가하자는 명령을 내리자, 장성한 아들 둘이 윗도리를 벗어놓고 와이셔츠의 소매를 걷어올려 맨 팔뚝을 드러냈고, 그녀는 그 모습을 바라보며 미소 지었다.

여인들과 가까운 곳에 있던 삐에르가 우현의 노를 잡았고 장은 좌현의 노를 잡았다. 두 사람은 일정한 속도로 노를 젓고 싶었기 때문에 선장이 "양현 앞으로!"라고 외치기를 기다렸다.

두 사람은 다 같이, 똑같은 노력을 들여서, 노를 바닷물 속에 떨구었다가 몸을 뒤로 젖히며 온 힘을 다해 잡아당겼다. 서로의 기운을 과시하기 위한 싸움이 시작되었다. 올 때는 돛을 펼치고 아주 천천히 갔지만 산들바람이 잦아들고 서로 힘을 겨루게 될 상황이 되자 두 형제에게서는 수컷의 자존심이 갑자기 눈을 떴다.

두 아들은 아버지하고만 낚시를 하러 갈 때면 이렇게 조종하는 사람 없이 노를 저었다. 그럴 때면, 롤랑이 낚싯줄을 준비하면서 동작 하나로 혹은 말 한마디로 배를 조종하며 배의 운행을 지켜봤다. 가령, "장, 늦춰라" "삐에르, 넌 좀 더 세게"라거나 혹은 "자, 1번. 자, 2번. 팔에 기름칠 좀더 하고"라고 말하곤 했다. 딴생각에 빠져 있던 쪽이 좀더 힘차게 노를 젓고 열의가 넘치는 쪽이 열성을 덜 보이면 배는 다시 제대로 방향을 잡았다.

오늘은 둘 다 이두근을 내보일 참이었다. 삐에르의 팔은 털이 수북했고 약간 마른 듯했지만 힘이 세 보였다. 장의 팔은 두툼하고 하얗고 약간 분홍빛이 돌았으며, 피부 밑에서 울퉁불퉁한 근육들이 굴러다녔다.

처음에는 삐에르가 우세했다. 이를 악물고 이마에 주름을 잡고 다리를 팽팽하게 긴장시킨 채, 노를 두 손으로 꽉 움켜쥐고 한번씩 기운을 쓸 때마다 노를 옆으로 눕혀가며 저었다. 삐를호는 해안을 향해 움직였다. 고물 쪽 자리를 여성들에게 내준 롤랑 영감은 이물 쪽에 앉아서 허파가 터져나가라고 명령을 해댔다. "1번, 천천히—2번, 더 세게." 1번이 맹렬하게 속도를 올려대자 그 광포한 노젓기를 2번이 따라가지 못했다.

선장이 마침내 명령을 내렸다. "스톱!" 노 두개가 다 같이 들어올려졌고 아버지의 명령에 따라 장이 잠시 혼자서 노를 저었다. 하지만 이 순간부터는 장이 기선을 잡았다. 장이 활기를 띠고 몸이 더워진 반면, 갑작스레 기운을 쏟아서 숨이 차고 기진해버린 삐에르는 기운을 잃고 헐떡거렸다. 그뒤 연달아 네번, 장남이 숨 돌릴 틈을 주기 위해서, 그리고 선박의 방향을 다시 바로잡기 위해서 롤랑 영감은 노 젓기를 중지시켰다. 그러면 의사는, 이마에는 땀이 홍건하고 양 뺨은 창백한 채, 모욕감에 성이 나 중얼거렸다.

"뭣 때문에 이런지 모르겠는데, 심장에 경련이 이는군. 시작할 때는 아주 좋았는데, 지금은 완전히 기진맥진이야."

장이 물었다.

"나 혼자 쌍노로 저을까?"

"아니, 됐어. 지나가겠지."

살짝 걱정이 된 어머니가 말했다.

"이런, 삐에르. 그렇게까지 할 필요가 있을까? 애도 아니면서 왜 그래."

그는 어깨를 으쓱하더니 다시 노를 젓기 시작했다.

로제미유 씨 부인은 못 본 척, 모르는 척, 못 들은 척하고 있었다. 배가 앞으로 나아갈 때마다 금발에 감싸인 그 작은 얼굴이 뒤로 휙휙 귀엽게 넘어갔고, 그 바람에 관자놀이께의 가느다란 머리카락들이 나풀거렸다.

그런데 롤랑 영감이 소리를 질렀다. "저런. 프랑스알베르호號가 우리를 따라잡겠는걸." 모두 바라봤다. 길고, 나지막하며, 뒤쪽으로 휜 굴뚝 두개와 둥그런 뺨을 닮은 노란색 윈치드럼 두개가 달린 싸우샘프턴발 여객선이 승객들과 활짝 펼친 양산들로 가득한 채 전속력으로 다가오고 있었다. 빠른 속도로 요란스럽게 돌아가는 물레방아식 추진기가 바닷물을 내리쳐서 바닷물이 흰 거품으로 부서져내리는 모습이 무척 다급해 보였고 급하게 내달리는 전령처럼 보였다. 쭉 뻗은 뱃머리가 좌우로 물살을 가르니 얇고 투명한 칼날 두개가 좌우 뱃전을 따라서 미끄러지는 것만 같았다.

프랑스알베르호가 삐를호에 바짝 다가오자 롤랑 영감은 모자를 들어올리고 여성 둘은 손수건을 꺼내어 흔들었고, 이 인사에 대한 대답으로 여객선 위의 양산 대여섯개가 맹렬하게 흔들렸으며, 여객선은 잔잔하고 반짝이는 수면 위로 네댓 겹으로 느릿느릿 번져가는 물결을 남기고 멀어져갔다.

또다른 선박들이 머리 위에 역시 연기를 이고서 수평선 여기저기서부터 방파제를 향해 달려가는 모습이 눈에 띄었으며, 길지 않은 흰색 방파제는 선박들을 하나씩 하나씩 삼켜버리는 아가리 같았다. 그 게걸스러운 식인귀를 향하여 고기잡이배들과, 보일 듯 말 듯한 예인선들에 이끌려 하늘을 배경 삼아 미끄러지는 가벼운 돛을 단 대형범선들, 그들 모두가 빠르게 혹은 느리게 나아갔고, 식인귀는 가끔씩 배불리 먹은 듯 난바다를 향해 대형 여객선, 쌍돛대 범선, 스쿠너선, 뒤죽박죽 쌓아올린 나뭇가지들을 잔뜩 실은 세 돛대 범선들을 왈칵 토해냈다. 조급증이 난 기선들이 대서양의 편편한 배腹 위에서 오른쪽 왼쪽으로 달아나고 있는가 하면, 소형 정찰선이 예인해와서 버려둔 대형범선들은 큰 돛대의 장루에서부터 작은 돛에 이르기까지 매달린 하얀색 천 혹은 갈색 천을 석양빛으로 붉게 물들이며 미동도 없이 한자리에 서 있었다.

롤랑 씨 부인이 눈을 반쯤 감고서 중얼거렸다.

"세상에! 정말 아름답구나, 이 바다 좀 봐!"

"그렇죠. 하지만 가끔씩 아주 고약한 짓도 한답니다."

로제미유 씨 부인이 대답을 하며 긴 한숨을 곁들였지만 슬픈 느낌이라고는 전혀 없었다.

롤랑이 외쳤다.

"저기 입구에 노르망디호의 모습이 보이는구나. 정말 거대하군, 그렇지?"

그러더니 정면에 보이는, 저기, 저기, 쎈 강 하구—20킬로요, 이 하구가 말이오, 그가 말했다—저쪽 편의 해안에 대해서 설명했다. 그는 빌레르빌, 트루빌, 울가뜨, 뤼끄, 아로망슈, 깡 강ㅍ, 그리고 셰르부르까지 이어지는 뱃길을 위험하게 만드는 깔바도스의 바위들을 보여줬다. 그러더니 쎈 강의 모래톱 문제로 넘어가서, 끼유뵈프의 뱃사공들마저도 매일 운하를 오가지 않는 한 밀물 때마다 움직이는 모래톱 때문에 실수할 판이라고 했다. 그는 르아브르가 어떻게 상부 노르망디와 하부 노르망디를 나누는지를 알려줬다. 하부 노르망디에는 편평한 해안이 발달하여 방목장, 목초지, 들판이 바다까지 이어졌다. 반대로, 상부 노르망디의 해안은 깎아지른 듯하

고 거대한 절벽이며, 톱니 모양이고 들쭉날쭉하며 웅장하고, 뎅께
르끄까지 거대한 흰색 장벽이 이어지는데, 깊숙이 들어간 지점마
다 에트르따, 페깡, 쌩발레리, 르트레뽀르, 디에쁘 등 마을이나 항
구가 숨어 있었다.

두 여인은 롤랑 영감의 말에 조금도 귀를 기울이지 않았는데, 안
락한 느낌에 푹 잠겨 몽롱한 상태였던데다가, 짐승들이 은신처 주
변을 바쁘게 오가듯 분주한 선박들로 뒤덮인 대서양의 광경에 감
동한 상태였다. 그리하여 두 여인은 입을 다물고 있었는데, 대기와
물이 어우러진 이 광막한 수평선을 보며 약간 압도되었고, 마음을
어루만져주는 장엄한 일몰 앞에서 말을 잃을 수밖에 없었다. 유일
하게 롤랑만이 끝도 없이 떠들어대고 있었다. 그는 그 무엇에도 마
음이 움직이지 않는 그런 사람들 축에 속했다. 여성들은 보다 예민
하여 왜인지는 알지 못하지만 가끔씩 불필요한 목소리가 내는 소
음이 욕설처럼 거슬린다고 느낀다.

뻬에르와 장은 차분하게 느릿느릿 노를 저어갔다. 뻬를호는 항
구를 향해 나아갔고, 대형선박과 스칠 때면 아주 작아 보였다.

뻬를호가 부두에 도착하자, 뱃사람 빠빠그리가 기다리고 있다가
부인들 손을 잡아 배에서 내려줬다. 일행은 시내로 들어섰다. 만조
시간이면 늘 북적거리는 방파제로 나와서 느긋하게 돌아다니던 사
람들도 돌아갔다.

롤랑 씨 부인과 로제미유 씨 부인이 앞에서 걸었고, 남자 셋이
그 뒤를 따랐다. 여인 둘은 빠리 가街를 올라가면서 때때로 의상실
혹은 금은방 앞에 멈춰서서 모자나 보석을 기웃거렸다. 그러고는

서로 의견을 주고받은 뒤 다시 걸음을 옮겼다.

롤랑은, 매일 그러듯이, 라부르스 광장 앞에 오자 선박이 즐비한 르꼬메르스 독을 바라보았는데, 줄줄이 늘어선 또다른 독들에는 거대한 늑재들이 불룩 튀어나온 부분끼리 서로 맞댄 채 네댓 줄 빼곡하게 늘어서 있었다. 방파제 수킬로미터에 걸쳐 있는 돛대들이, 활대, 가로장, 밧줄이 설치된 돛대들이 한데 어우러지면서, 시내 한가운데에 자리한 이 트인 공간이 말라죽은 거대한 숲처럼 보였다. 단 하나의 이파리도 달려 있지 않은 이 숲 위로는 갈매기들이, 그어떤 음식 부스러기든지 떨어지기만 하면 돌멩이가 허공에서 떨어지듯 달려들 양으로 엿보고 있는 갈매기들이 빙빙 돌고 있었다. 어린 뱃사공 하나가 돛대 끝에 도르래를 연결하고 있는 모습이 마치 새 둥지를 찾기 위해 거기 올라가 있는 것만 같았다.

"우리와 같이 편하게 저녁을 들면서 오늘 하루를 함께 마치면 어떻겠어요?" 롤랑 씨 부인이 로제미유 씨 부인에게 물었다.

"그럼 저야 좋죠. 저 역시 편하게 받아들이겠어요. 오늘 밤 혼자 집에 돌아가면 쓸쓸할 것 같아요."

삐에르는 이 대화를 듣고서 그 젊은 여인의 눈치 없음에 기분이 상해서 중얼거렸다. "이런, 이제 저 과부가 눌러앉을 작정이로군." 며칠 전부터 그는 '과부'라는 호칭을 사용하기 시작했다. 그 자체로는 아무것도 나타내지 않는 이 단어가 장의 기분을 상하게 했는데, 장에게는 그 억양만으로도 심술궂고 모욕적으로 느껴졌다.

그뒤 세 남자들은 집 문간에 도착할 때까지 더는 단 한마디도 하지 않았다. 주택은 3층짜리로 폭이 좁았으며, 벨노르망드 가에 있

었다. 열아홉살 난 소녀이자, 농투성이들에게서 보이는 얼빠진 짐
승 같은 표정을 넘치게 지닌, 헐값의 시골 출신 하녀 조제핀이 문
을 열어주러 나왔고, 문을 다시 닫고 주인들의 뒤를 따라서 2층 거
실까지 올라가서야 말을 꺼냈다.

"어떤 분이 왔었는데, 세번요."

소리를 지르지 않고서는, 그리고 욕을 섞지 않고서는 하녀에게
말을 건네는 법이 없는 롤랑 영감이 목청을 높였다.

"이런, 개 같은 일이 있나, 당최 누가 왔단 말이야?"

하녀는 주인의 목소리가 쩌렁쩌렁 울려도 전혀 흔들리지 않고
다시 말했다.

"공증인 사무소 분인데요."

"어떤 공증인?"

"그러니까, 까뉘 씨요."

"그 양반이 뭐랬는데?"

"저녁에 직접 들르시겠다고요."

르까뉘 씨는 공증인이고, 사업상 인연으로 롤랑 영감과 약간 친
분이 있었다. 저녁때 방문하겠다고 알려온 걸 보면 뭔가 위급하고
중요한 용건임이 틀림없었다. 롤랑네 네 식구는, 계약, 유산, 소송,
바람직하거나 혹은 무시무시한 일들과 연관된 오만가지 생각을 일
깨우는 공증인의 개입이 있을 때마다 보잘것없는 재산을 갖고 있
는 사람들이라면 누구나 할 것 없이 그러듯이, 이 소식에 불안을
느끼며 서로를 바라보았다. 잠시 침묵을 지키고 있던 아버지가 중
얼거렸다.

"도대체 무슨 일이려나?"

로제미유 씨 부인이 웃음을 터뜨렸다.

"에이, 유산일 거예요. 제가 장담하죠. 저는 행운을 가져다준답니다."

하지만 그들은 누군가가 죽어서 자신들에게 뭔가 남겨줄 수 있기를 바라지는 않았다.

친인척에 관한 한 뛰어난 기억력을 타고난 롤랑 씨 부인이 즉각 남편 쪽과 자신 쪽의 인척관계를 샅샅이 뒤지고, 가계를 거슬러올라가보고, 방계들을 따라가보는 등, 조사에 착수했다.

롤랑 씨 부인이 모자도 벗지 않고서 물었다.

"봐요, 아버지."(그녀는 남편을 집에서는 '아버지'라고 불렀고 외부인들 앞에서는 가끔씩 '롤랑 씨'라고 부르기도 했다) "봐요, 아버지, 조제프 르브뤼와 재혼했던 사람 기억해요?"

"그럼. 뒤메닐이라고 지물상 딸이었지."

"그분에게 자녀들이 있던가요?"

"그럴걸. 적어도 네명인가 다섯명은 될 거야."

"그럼 아니네. 그쪽으로는 아무것도 걸리는 게 없어."

벌써 롤랑 씨 부인은 이런 조사를 하면서 활기를 띠었고, 하늘에서 떨어질 약간의 안락함에 대한 기대에 매달렸다. 하지만 어머니를 아주 많이 사랑했고 어머니에게 약간 몽상적인 구석이 있다는 것을 알고 있는 삐에르는, 좋은 소식이 아니라 나쁜 소식일 경우 어머니가 실망하고 살짝 슬퍼하고 살짝 울적해할까봐 멈춰세웠다.

"너무 흥분하지 마세요, 엄마. 미국에 건너간 부자 삼촌이란 건

이제 없다고요! 제 생각엔, 차라리 장을 위한 혼처가 아닐까 싶은
데요."

모두 이런 생각에 깜짝 놀랐고, 장은 형이 로제미유 씨 부인 앞
에서 이런 이야기를 한 것 때문에 약간 언짢아졌다.

"차라리 형이면 형이지 왜 난데? 그 가설은 반박할 여지가 아주
많은데. 형이 나보다 나이가 많으니 당연히 사람들이 먼저 떠올리
게 되는 건 형이지. 그리고 난 말이야, 결혼할 생각이 없어."

삐에르가 비웃었다.

"그러니까 사랑에 빠지셨군."

동생이 불만스럽게 대답했다.

"아직 결혼 생각이 없다는 말을 하려면 반드시 사랑에 빠져야
하나봐?"

"아하! '아직'이라고? 그럼 말이 완전히 달라지는데. 때를 기다
린단 말이지."

"형이 그러고 싶다면 기다리는 걸로 해두지."

하지만 두 아들의 대화를 듣고 곰곰 생각에 잠겼던 롤랑 영감은
갑자기 가장 그럴듯해 보이는 해답을 찾아냈다.

"암! 멍청이처럼 괜히 골머리들을 썩였어. 르까뉘 씨는 우리 친
구고, 삐에르가 병원을 내려고 하고 장은 변호사 사무실을 내려고
한다는 걸 알고 있다고. 너희 둘 중 한명이 자리 잡을 만한 곳을 찾
았나보다."

너무나 단순하면서도 그럴듯한 가정이라서 모두가 이 생각에
동의했다.

"식사 준비 됐어요." 하녀가 말했다.

그러자 식탁 앞에 자리 잡기 전에 손을 씻기 위해서 각자 자기 방으로 갔다.

십분 후, 1층에 자리한 자그마한 식당에서 모두 저녁식사를 하고 있었다.

처음에는 거의 이야기를 나누지 않았다. 하지만 잠시 뒤 롤랑이 공증인의 방문을 놓고 새삼 놀라움을 나타냈다.

"그러니까 말이야, 왜 편지를 들려보내지 않았을까? 왜 세번이나 견습서기를 보냈을까? 왜 자신이 직접 온다는 걸까?"

삐에르는 그게 자연스럽다고 생각했다.

"아마도 즉각 대답을 들어야 할 사안인가보죠. 그리고 비밀조항들일 경우 그다지 글로 남기고 싶어하지 않는 법이니, 아마 우리에게 전달해야 할 비밀조항들이 있는 모양입니다."

하지만 롤랑네 식구들은 그 일에 정신이 팔려서, 식구끼리 토론하고 결정을 내려야 할 일이 있을지도 모르는데 방해가 될 외부인을 식사에 초대한 것이 조금 난처한 상황이었다.

그들이 막 거실로 다시 올라가자 공증인의 도착을 알려왔다.

롤랑이 벌떡 일어섰다.

"어서 오시오, 영감님."

그는 르까뉘 씨에게 모든 공증인들 이름 앞에 붙기 마련인 '영감님'이라는 호칭을 붙여줬다.

로제미유 씨 부인이 일어섰다.

"전 그만 가보겠어요. 많이 피곤하네요."

롤랑네 식구들이 미약하나마 그녀를 잡는 시늉을 했다. 하지만 그녀는 조금의 여지도 보이지 않고 떠났고, 평소에는 세 남자 중 한명이 배웅을 했지만 이번에는 그러지 않았다.

롤랑 씨 부인이 새로 도착한 손님에게 다가가 부산을 떨었다.

"커피 한잔하시겠어요?"

"아니요, 괜찮습니다. 저녁을 막 끝낸 참이라서요."

"그러시다면 차 한잔은 어떠세요?"

"싫다고는 않겠습니다. 하지만 조금 있다가요. 일 얘기부터 하지요."

이 말이 떨어지자 깊은 침묵이 자리 잡았고 괘종시계의 규칙적인 움직임과, 너무 멍청해서 문간에서 엿들을 생각도 하지 못하는 하녀가 아래층에서 냄비들을 설거지하는 소리만이 들려왔다.

공증인이 다시 입을 열었다.

"빠리에 거주하는 마레샬 씨라는 분을, 레옹 마레샬이라는 분을 알고 계셨나요?"

롤랑과 부인이 똑같이 탄성을 내질렀다. "그럼요!"

"친구분이셨나봐요?"

롤랑이 단언했다.

"가장 친한 친구요. 하지만 지독한 빠리내기인지라 성 밖으로 나간 적이 없다오. 재무성 국장이고. 내가 빠리를 떠난 뒤로는 다시 만난 적이 없소. 그러고는 서신왕래도 끊어져버렸고. 아시다시피 서로 멀리 떨어져서 살게 되면……"

공증인이 침통한 목소리로 말을 이었다.

"마레샬 씨가 사망하셨습니다."

사내와 여인은, 예기치 않은 슬픈 소식에 깜짝 놀랐다는 자그마한 동작을, 진짜든 가짜든 이런 종류의 소식에 접하면 재빨리 취하기 마련인 그러한 동작을 똑같이 보여줬다.

르까뉘 씨가 말을 이어갔다.

"빠리에 있는 제 동료가 그분이 남긴 유언장의 중요조항을 막 알려왔는데, 롤랑 씨의 아들 장, 장 롤랑 씨를 포괄유증 수혜자로 삼는다는 내용이었습니다."

너무 크게 놀라 그 누구도 할 말을 찾지 못했다.

제일 먼저 입을 연 롤랑 씨 부인이 감정을 억누르며 더듬거렸다.

"맙소사, 그 가여운 레옹이…… 우리의 가여운 친구가…… 맙소사…… 맙소사…… 죽다니……!"

눈물이, 여인들의 그 말없는 눈물, 영혼에서부터 솟아나 두 뺨 위로 흘러내리고 그토록 투명하여 그토록 고통스러워 보이는 슬픔의 물방울들이 두 눈에 차올랐다.

하지만 롤랑은 상실의 슬픔보다는 예고된 희망을 생각했다. 하지만 유언장의 조항들과 유산의 액수에 대해서 즉각 질문을 던질 엄두는 내지 못했다. 그래서 관심사에 대한 질문에 도달하기 위해서 먼저 다른 질문을 던졌다.

"사망원인이 뭐랍디까? 그 가엾은 친구 마레샬은?"

르까뉘 씨는 그것에 대해서 전혀 몰랐다.

"내가 알고 있는 건, 그분이 직계 상속자 없이 사망했고, 자신의 전재산을, 그러니까 이자율 3%짜리 채권으로 된 연금 이만여 프랑을, 본인이 나고 자라는 것을 봤으며 이 유산을 받을 자격이 있다고 판단하는 댁의 둘째 아드님께 물려준다는 것뿐입니다. 장 씨가 수락하지 않는다면 유산은 버림받은 아이들에게로 돌아가게 됩니다."

이미 기쁨을 감출 수가 없게 된 롤랑 영감이 소리를 질렀다.

"허, 빌어먹을! 정말이지 그거야말로 마음을 착하게 쓰는 거지. 만약 내게 후손이 없었다면 나 역시 그 선량한 친구를 조금도 잊지 않았을 게요! 틀림없어!"

공증인이 미소를 지었다.

"저 역시 그런 사실을 알리게 되어서 아주 기뻤습니다. 사람들에게 좋은 소식을 전해주는 것은 늘 즐거운 일이죠."

그는 이 좋은 소식이라는 것이 롤랑 영감의 어떤 친구, 제일 친한 친구의 죽음이라는 사실에 조금도 생각이 미치지 못했는데, 사실 롤랑 영감 그 자신도 조금 전에 단호하게 천명했던 둘 사이의 친교를 막 망각한 참이었다.

롤랑 씨 부인과 두 아들만이 여전히 슬픈 모습이었다. 그녀는 여전히 조금씩 흐느끼고 있었는데, 손수건으로 눈가를 훔치다가는 커다란 한숨이 터져나오는 것을 막느라고 손수건을 입에 갖다대었다.

의사가 중얼거렸다.

"참 좋은 분이셨어요. 아주 다정하셨고. 우리, 그러니까 동생과 저를 저녁식사에 종종 초대하셨어요."

장은 번쩍거리는 두 눈을 크게 뜨고 근사한 금빛 수염을 익숙한 동작으로 오른손에 쥐고서, 마치 수염을 늘씬하게 늘이기라도 하려는 듯 끝까지 쏠어내렸다.

그 또한 뭔가 적합한 말을 해보려고 입술을 두어 차례 움직거렸지만, 오랜 시간 고심 끝에 찾아낸 거라고는 고작 이런 말이었다.

"그분은 절 아주 좋아하셨어요. 정말이지 그분은 뵈러 갔을 때마다 절 안아주곤 하셨거든요."

하지만 아버지의 생각은 앞서 달려가고 있었다. 아버지의 생각은 그 예고된 유산, 이미 획득한 유산, 문 뒤에 숨어 있다가 조금 뒤 내일, 수락의사만 밝히면 문을 열고 들어오게 될 그 돈 주위를 경중경중 뛰어다니고 있었다.

롤랑 영감이 물었다.

"혹시, 곤란한 문제는 없겠소……? 소송은 없겠소……? 이의제기라든가……"

르까뉘 영감님은 평온해 보였다.

"없을 겁니다. 빠리의 동료가 상황이 아주 깔끔하다고 알려옵디다. 장 씨가 수락하기만 하면 됩니다."

"아주 좋군. 그러면…… 재산상황은 깨끗하오?"

"아주 깨끗합니다."

"필요한 절차는 다 밟았고?"

"전부 다요."

갑자기 전직 보석상은 약간의 부끄러움을, 정보를 서둘러 캐내는 자신의 모습을 보며 막연하고 본능적이나 스쳐가고 말 부끄러움을 느끼고는 말을 이었다.

"잘 아시다시피 내가 즉각 이런 사항들에 대해 묻는 것은, 아들

은 예상할 수 없을 불쾌한 일들을 피해가게 하려는 거요. 가끔씩
빚이나 난처한 상황이나, 난들 알겠소만은 그런 것들이 있지 않소?
그리되면 풀 길 없이 뒤엉킨 가시덤불 속에 걸려들게 되더군. 어쨌
든 유산 받을 사람이 나는 아니지만, 나야 꼬마 생각을 가장 먼저
하니까."

가족끼리는, 장이 삐에르보다 훨씬 더 키가 큰데도, 여전히 장을
'꼬마'라고 불렀다.

롤랑 씨 부인은 깊은 생각에 잠겨 있다가 갑자기, 전에 듣긴 했
는데 그에 대한 확신은 없는, 거의 잊고 있던 먼 옛날 일이 갑자기
생각이라도 난 듯 더듬거렸다.

"혹시, 우리 가여운 마레샬이 재산을 막내 장에게 물려줬다고 말
씀하시지 않았나요?"

"그렇습니다, 부인."

그러자 그녀는 단순하게 의견을 표명했다.

"제겐 커다란 기쁨이에요. 그분이 우리를 사랑했다는 증거니까
요."

롤랑은 자리에서 이미 일어나 있었다.

"영감님, 내 아들이 지금 당장 수락서명을 하는 게 좋겠소?"

"아니에요…… 아닙니다…… 롤랑 씨. 내일, 내일 하죠. 제 사무
실에서 2시에 어떨까요."

"좋아요, 아주 좋아요, 되고말고요."

그러자, 마찬가지로 일어나 있었던 롤랑 씨 부인이 이제는 눈물
을 그치고 미소를 띠며 공증인을 향해 두어 걸음 옮기더니, 공증인

이 앉아 있는 의자 등에 손을 올려놓고는 고마워하는 어머니다운 잔잔한 눈길로 공증인을 감싸며 물었다.

"이제 차 한잔하시겠어요, 르까뉘 씨?"

"이제는, 부인, 기꺼이 그러죠."

하녀를 부르자 우선 속이 깊은 양철통들에 들어 있는 건과, 어찌나 바싹 구웠는지 앵무새 부리에나 어울릴 법해 보이며 세계일주 여행을 위해 금속통에 집어넣고 용접이라도 해버린 것 같은, 맛없고 퍽퍽한 영국식 과자를 내왔다. 그러더니 자그마하게 정사각형으로 접은 잿빛 냅킨, 넉넉지 못한 가정에서는 결코 세탁하는 법이 없는 차 접대용 냅킨을 찾으러 갔다. 설탕그릇과 찻잔들을 갖고서 세번째로 다시 왔다. 그러더니 물을 데우러 다시 나갔다. 그리하여 모두 가만히 기다렸다.

그 누구도 말을 꺼내지 않았다. 생각할 게 너무 많았고 할 말은 아무것도 없었다. 롤랑 씨 부인만이 평범한 이야기들을 꺼내려고 애를 썼다. 그녀는 낚시 나들이에 대해 이야기했고 뻬를호와 로제미유 씨 부인에 대해 칭찬을 늘어놓았다.

"매력적이죠. 매력적이에요." 공증인이 되풀이 말했다.

롤랑은 겨울에 벽난로에 불을 지피면 그러듯이 벽난로 대리석에 허리를 기대고, 양손은 주머니에 넣고, 마치 휘파람이라도 불듯 입술을 움직거리며 서 있다가, 자신이 느끼는 기쁨 전부를 터뜨리고 싶은 절대적 욕망에 시달리는 바람에 더는 가만히 한자리에 있을 수가 없었다.

두 형제는 중앙의 조그만 원탁을 사이에 두고 각기 오른쪽 왼쪽의 똑같이 생긴 의자에 앉아서, 똑같은 방식으로 다리를 꼬고 비슷한 자세로 자신의 앞을 뚫어져라 바라보고 있었는데, 표정은 확연히 달랐다.

마침내 차가 나왔다. 공증인은 찻잔을 들고 설탕을 치고 깨물기에는 너무 딱딱한 비스킷을 차에 담가 잘게 조각을 낸 뒤 차를 마셨다. 그러더니 일어나서 악수를 하고는 돌아갔다.

"그럼, 내일, 사무실에서 2시에 보는 거요." 롤랑이 한번 더 확인했다.

"그럽시다. 내일 2시에."

장은 아까부터 단 한마디도 하지 않았다.

공증인이 떠나고 난 뒤에도 침묵이 지배하고 있었는데, 롤랑 영감이 둘째 아들에게 다가가 활짝 편 손바닥으로 양어깨를 때리더니 외쳤다.

"거참, 이 억세게 운 좋은 녀석아, 아버지하고 한번 얼싸안아야지 않겠어?"

그러자 장이 미소를 지으면서 아버지를 얼싸안고 말했다.

"아까는 꼭 그래야 할 것 같지는 않았거든요."

하지만 그 단순한 인물은 더는 기쁨을 억제할 수 없었다. 이리저리 걷다가 서투른 손놀림으로 가구 위를 피아노 치듯 가볍게 두들기다가는 발뒤꿈치로 중심을 잡고 휙 돌기도 했다가, 한 말을 하고 또 했다.

"정말 운이 좋아! 정말 운이 좋아! 바로 이런 걸 운이 좋다고 하는 게지!"

삐에르가 물었다.

"그러니까 이전에 그분과, 그 마레샬이라는 분과 아주 잘 아는 사이셨나봐요?"

아버지가 대답했다.

"암, 그렇고말고! 매일 우리 집에 와서 저녁을 보냈단다. 왜, 너도 기억나지? 종종, 외출일에는 널 데리러 중등학교로 갔다가 저녁을 먹인 뒤 다시 널 데려다줬잖니. 가만있자. 그렇지. 장이 태어나던 날 아침에 의사를 데리러 갔던 사람도 바로 그이였구나! 네 어머니가 아파서 힘들어할 때 마침 그 친구가 우리 집에서 점심을 들고 있었거든. 우리는 즉각 무슨 일인지 알아차렸고, 그 친구가 달려나갔지. 서두르다가 자기 모자 대신 내 모자를 들고 갔단다. 나중에 그 일을 놓고 어찌나 웃었던지 아직도 그 일이 생각나는구나. 아마그 친구도 임종의 순간에 이 사건을 기억해냈나보다. 후계자라고는 없으니 이렇게 생각했겠지. '그래, 내가 그 아이 태어나는 데 기여했지. 그 녀석에게 내 재산을 물려줘야겠다.'"

롤랑 씨 부인은 커다란 안락의자에 푹 파묻혀서 추억을 더듬고 있는 것 같았다. 그녀는 자신의 생각을 소리 내어 말하기라도 하듯이 중얼거렸다.

"아! 정말 충직한 분이셨어. 아주 헌신적이고, 아주 충실한, 요즘 같은 시대에 보기 드문 사람이었어."

장이 벌떡 일어섰다.

"잠깐 산책하고 올게요." 그가 말했다.

아버지는 깜짝 놀라 만류하려고 했다. 둘이 이야기를 나누고, 계획을 세우고, 결정을 내려야만 했기 때문이다. 하지만 청년은 약속이 있다는 구실을 대면서 고집을 굽히지 않았다. 더구나 유산의 소유자가 되기 전에 서로 이야기할 시간이 얼마든지 있지 않는가 말이다.

장이 나갔다. 혼자서 생각을 해보고 싶어서였다. 이번에는 삐에르가 외출하겠노라고 말하더니 몇분 뒤 동생에 이어서 나갔다.

롤랑 영감은 아내와 단둘이 남게 되자마자 아내를 품에 안고, 양 뺨에 각각 열번씩 키스를 하더니, 아내가 평소에 자주 자신에게 건넸던 비난에 대해 응수했다.

"당신도 봤지? 내가 이곳에 와서 건강을 추스르는 대신 빠리에 좀더 오래 있으면서 아이들을 위해 죽어라고 일해봤자 아무런 도움도 되지 않았을 거야. 우리 머리 위로 저절로 재산이 떨어지잖소."

롤랑 씨 부인은 정색을 했다.

"그 재산은 장을 위해 하늘에서 떨어진 거죠." 그녀가 말했다. "하지만 삐에르는요?"

"삐에르! 그 아이는 의사잖아. 벌어들이겠지…… 돈이야…… 그리고 동생이 형을 위해 뭔가 하지 않겠소."

"그건 아니죠. 삐에르가 받아들이지 않을 거예요. 그리고 이 유산은 장의 것이에요. 오로지 장만의 것이라고요. 그러니 삐에르는 아주 난처한 입장에 놓이게 됐네요."

그 단순한 인물은 당황한 듯했다.

"그럼 우리가 유언을 남겨서 삐에르에게 조금 더 물려주면 되잖아."

"아니죠. 그것도 그다지 공정한 건 아니에요."

그가 소리를 질렀다.

"아! 어쩌라고, 염병할! 내가 뭘 어쩌기를 바라는데? 당신은 늘 뭔가 기분 나쁜 생각들만 잔뜩 찾으려고 들지. 당신은 내 즐거움을 몽땅 망쳐놓아야만 하는 거야. 에이, 난 자러 가겠소. 잘 자라고. 그렇다고 해도 이건 정말 행운이야. 억세게 운이 좋은 거라고!"

그러더니 이러고저러고 해도 잔뜩 들떠서는 그토록 관대함을 보여주고 저세상으로 간 친구에 대한 유감의 말 한마디 없이 가버렸다.

롤랑 씨 부인은 심지가 검게 그슬린 램프 앞에서 생각에 빠져들기 시작했다.

2

바깥으로 나오자마자 삐에르는 빠리 가, 그러니까 불빛이 환하
고 활기 넘치며 시끌벅적한 르아브르의 중심가를 향해 걸음을 옮
겼다. 바닷가의 약간 선선한 대기가 삐에르의 얼굴에 감겨왔고, 그
는 겨드랑이에 단장을 끼고 뒷짐을 진 채 느릿느릿 걸었다.

그는 마음이 편치 않았고, 몸이 묵직한 느낌이었고, 기분 나쁜
소식을 받아들게 되면 그러듯이 불만스러웠다. 꼭 집어낼 수 있는
어떤 생각 때문에 마음이 상한 것이 전혀 아니어서, 처음에는 영혼
의 짓눌림과 육체의 묵직함이 어디에서부터 비롯되는지 말할 수
없었으리라. 어느 곳인지는 모르겠지만 어딘가가 괴로웠다. 고통
을 낳는 아주 미세한 지점이, 정확한 자리를 찾아내지 못하나 거북
스러움, 피로, 슬픔, 짜증을 유발하는 상처가, 별다른 느낌은 없지

만 치명적이라고 할 만한 그러한 상처가, 겪어보지 못한 가벼운 고통, 슬픔 한 알갱이 같은 그 무엇인가가 그의 안에 들어 있었다.

르떼아트르 광장에 도착한 삐에르는 까페 또르또니의 불빛에 끌려 불빛이 환한 건물 정면을 향해 천천히 다가갔다. 하지만 들어서려는 순간 그곳에서는 친구들, 아는 사람들, 이야기를 주거니 받거니 해야 할 사람들을 만나게 되리라는 데 생각이 미쳤다. 커피한 잔이나 술 한잔을 앞에 놓고 친구들과 나누는 그런 평범한 친교에 대해 갑작스러운 혐오감이 몰려들었다. 그래서 발길을 돌려 항구로 이어지는 중심가로 들어섰다.

그는 "어디로 가야 할까?"라는 질문을 스스로에게 던지면서, 마음에 드는 장소, 지금 그의 기분에 거슬리지 않을 만한 장소를 물색했다. 그런 장소를 발견하지 못했는데, 혼자인 것에 짜증이 나서였지만, 그렇다고 그 누군가를 만나고 싶지도 않았으리라.

부두에 도착해서도 한번 더 망설였고 그러고는 방파제를 향해 몸을 돌렸다. 고독을 택했던 것이다.

삐에르는 방파제에 놓인 벤치를 지나치다가, 걷는 게 벌써 지겨워졌고 산책을 제대로 해보기도 전에 산책할 마음이 싹 달아나서 벤치에 앉아버렸다.

그는 스스로에게 물었다. "오늘 저녁 내가 왜 이러지?" 그는 어떤 일이 자신의 신경에 거슬렸는지, 마치 발열의 원인을 알아내기 위해서 환자에게 묻듯 기억을 더듬기 시작했다.

그는 흥분하기 쉬운 동시에 신중한 성질을 타고나서, 열을 냈다가는 사리를 따져보고 자신의 충동적 행위를 칭찬하거나 꾸짖었다. 하지만 그에게서 마지막 순간에 남는 것은 가장 강한 천성이어서, 예민한 인간이 늘 지적인 인간을 압도했다.

그리하여 그러한 짜증이, 하고 싶은 것이 아무것도 없으면서도 움직이고 싶다는 그러한 욕구가, 다투기 위해서 누군가를 만나고 싶은 그러한 욕구가, 또한 그가 만날 수 있을 사람들과 그들이 해줄 이야기에 대한 그러한 역겨움이 어디서부터 온 것인지를 찾아보았다.

그러고는 자신에게 이러한 질문을 던졌다. "장의 유산 때문인가?"

그래, 이것저것 따져보니 그럴 법했다. 공증인이 그 소식을 알려왔을 때 삐에르는 자신의 심장이 조금 더 세차게 뛰는 것을 느꼈었다. 물론, 사람들이 늘 자기 자신의 주인은 아니어서, 저절로 솟아나 사라지지 않으며 그에 맞선 투쟁을 아무 소용 없게 만들어버리는 감정에 휘둘리기 마련이다.

하나의 사실이 본능적 존재에게서 불러일으킨 반응이라는 생리학적 문제에 대해서 깊은 생각에 잠기기 시작했는데, 지성을 가꿔감에 따라서 본능적 존재보다 더 우월해진 사고의 존재가 선하고 건강한 것이라고 판단하여 요구하고 열망하는 생각 및 감각이 존재한다면, 그러한 반응은 이러한 생각 및 감각과는 상반되는, 그것이 고통스럽든 즐겁든 간에 상반되는 일련의 생각 및 감각을 본능적 존재 안에서 만들어낸다.

그는 엄청난 재산을 상속받게 되어서, 유산 덕분에 오래전부터 원해왔으나 아버지의, 비록 사랑하나 섭섭함도 느끼게 하는 아버지의 수전노 기질에 막혀서 할 수 없었던 온갖 즐거움을 누리게 된 아들의 기분은 어떨지를 상상해보려고 해봤다.

삐에르는 일어서서 방파제 끝을 향해 걸음을 옮기기 시작했다. 이제는 알아냈기에, 스스로의 모습을 불시에 들여다봤기에, 우리 모두의 내면에 들어 있는 타자의 모습을 벗겨봤기에 만족스러웠고, 기분이 훨씬 좋아졌다.

'그러니까 내가 장을 질투했던 거로군.' 그는 생각했다. '거참, 정말이지 그건 상당히 저열한 일인데! 이젠 확실해졌어. 장과 로제미유 씨 부인이 결혼하리라는 생각이 가장 먼저 떠올랐었으니까. 하지만 나는 합리적이고, 지나치게 상식적이고 분별이 있어서 질리게 만드는 그 멍청한 여자를 좋아하지 않아. 그러니까 이건 순수한 질투고, 질투의 본질 그 자체고, 이유 없이 그저 존재하는 질투라고! 이런 건 고쳐야 하는데!'

삐에르는 항구에 설치된 수위 표시등 앞에 도착하자 성냥불을 켜고, 항해 중으로 표시된 선박들과 다음번 밀물 때 입항할 예정인 선박들의 목록을 읽었다. 브라질과 라쁠라따, 칠레, 일본에서 출발한 기선들, 덴마크발 범선 둘, 노르웨이발 스쿠너선 하나, 터키발 증기선 하나가 들어올 예정이었다. 삐에르는 터키발 증기선이라는 글자를 보고서 '스위스발 증기선'이라는 글자를 읽기라도 한 양 깜짝 놀랐다. 야릇한 몽상에 빠진 것과 다름없는 상태인 그의 눈앞에, 터번을 두르고 통 넓은 바지를 입고 밧줄 더미 위에 올라선 사나이들로 가득한 커다란 범선이 떠올랐다.

'나도 참 어리석기도 하지.' 그는 생각했다. '스위스야 내륙국가

지만, 터키 국민은 어쨌든 해양민족 아니야.'

삐에르는 몇 걸음 더 떼어놓은 뒤 정박지를 바라보려고 걸음을 멈추었다. 그의 오른편에, 쌩따드레스 위쪽으로, 흉측한 외눈박이 거인 쌍둥이와 흡사하며 전기를 광원으로 쓰는 등대 두개가 라에 브 곶에 우뚝 솟은 채 강렬한 눈길을 바다 위로 길게 던지고 있었 다. 이웃한 광원 두개로부터 나와서 나란히 뻗어나간 두 줄기 빛은 마치 혜성 두개가 지나가며 그리는 거대한 꼬리 같았으며, 해안지 대의 꼭대기 지점에서부터 수평선 저 끝까지 일직선의 거대한 경 사를 그리고 있었다. 그러고는 두 방파제 위에서 그 거인들에 비하 면 아이 같은 또다른 불빛 두개가 르아브르의 입구를 알려주었다. 그리고 저쪽, 쎈 강의 저쪽 편으로 여전히 또다른 불빛들이 보였는 데, 부동등이든 섬광등이든 간에 회전식과 점멸식의 무수한 불빛 들이 눈처럼, 선박들이 오가는 어둑한 바다를 엿보는 황색, 적색, 녹색인 항구의 눈처럼 깜박이는 모습이, 마치 환대하는 대지의 생 기 넘치는 눈들이 눈꺼풀을 올렸다 내렸다 하는 동일하고 규칙적 인 기계적 동작만으로 "나야, 나, 트루빌, 나는 옹플뢰르, 나는 뽕또 드메르 강이야."라고 말하는 듯했다. 다른 모든 등대들을 내려다보 고 있으며, 허공으로 하도 높이 솟아올라, 멀리서 보면 행성으로 착 각할 정도인 에뚜빌의 등대가 너른 강 하구의 모래톱들 사이로 루 앙으로 가는 길을 가리키고 있었다.

그리고 깊은 바다 위로는, 밤하늘보다 더 어둑한 가없는 바다 위 로는, 별들이 여기저기 돋아난 것만 같았다. 그 별들은 저녁 안개 속에서 자그마했고, 가깝거나 멀었고, 백색, 녹색 혹은 적색의 빛을

내며 깜빡이고 있었다. 그것들 대부분은 제자리에 있었지만 몇몇
은 달음박질치는 듯했다. 다음번 밀물 때를 기다리며 닻을 내리고
있는 선박들이나 정박할 곳을 찾아서 움직이는 선박들에게서 나오
는 불빛들이었다.

바로 이 순간 시가지 뒤편에서부터 달이 떠올랐다. 달은 진짜 별
무리 선단을 인도하려고 창공에 켜진 신의 거대한 등대처럼 보였다.

삐에르는 제법 크다 싶을 정도의 목소리로 중얼거렸다. "맞아,
우린 정말이지 별것도 아닌 일로 속을 끓인다니까!"

두 방파제 사이에 벌어진 어두컴컴하고 너른 공간으로 갑자기
그림자 하나가, 꿈인가 생시인가 싶게 커다란 그림자 하나가 삐에
르를 스치기라도 할 듯 미끄러져갔다. 방파제의 화강암 벽 위로 몸
을 수그려 내려다보니, 낚싯배 한척이 인기척도 없이, 물결치는 소
리도 없이, 노 젓는 소리도 없이, 먼바다에서 불어오는 바람에 팽팽
해진 갈색 돛의 힘만으로 조용히 들어온 것이었다.

삐에르는 생각에 잠겼다. '저 위에서 살아갈 수 있다면, 마음이
참말로 평온하겠지!' 그러고는 몇 걸음을 더 옮기고 나서야 방파제
맨 끝에 어떤 사람이 앉아 있는 것을 알아차렸다.

몽상에 잠긴 사람인가? 사랑에 빠진 남자? 현명한 사람? 행복한
사람? 아니면 슬픔에 잠긴 사람? 누구일까? 삐에르는 호기심이 발
동해서 그 고독한 인물의 얼굴을 보려고 다가갔다가 동생임을 알
아보았다.

"이런, 너구나, 장?"

"어…… 삐에르…… 여기에는 뭐하러 온 건데?"

"바람 쐬러. 너는?"

장이 웃기 시작했다.

"나도 바람 쐬러."

삐에르가 동생 옆에 앉았다.

"봐, 저거 정말로 아름답지?"

"응, 그러네."

삐에르는 그 말소리에서 장이 아무것도 보지 못했다는 것을 알 아차렸다. 삐에르가 다시 말을 이었다.

"난 말이야, 여기 나오면 떠나고 싶어서 미칠 것 같아. 북으로든 남으로든 이 모든 선박들과 함께 어딘가로 가버리고 싶어. 생각해 봐. 저기, 저 작은 불빛들은 세상 구석구석으로부터 도착한 거잖아. 그게 커다란 꽃들이 피는 나라들일 수도 있고, 창백한 피부나 구릿 빛 피부의 아름다운 아가씨들이 있는 나라일 수도 있고, 벌새, 코끼리, 야생 사자, 깜둥이 왕이 있는 나라들일 수도 있어. 「흰 암고 양이」 이야기도 「잠자는 숲 속의 공주」 이야기도 더는 믿지 않지만 우리에게는 그 모든 나라들이 요정 이야기들인 게지. 그런 곳에 다 니러 갈 수 있다면 정말로 멋질 텐데. 잠깐 다녀올 수 있다면 정말 로 멋질 텐데. 하지만 그러자면 돈이 필요하지, 그것도 많이……"

동생은 지금 그걸, 그러한 돈을 갖고 있으며, 그 모든 근심에서 놓여나, 일상의 잡사에서 풀려나, 자유롭게 아무런 방해도 받지 않 고서 행복하고 즐겁게, 어디든 좋아 보이는 곳으로, 스웨덴의 금발 여인을 향해서든 아바나의 갈색머리 여인을 향해서든 갈 수 있다 는 데 생각이 미치자 삐에르는 갑자기 입을 다물었다.

그러자, 어떤 생각이 그의 뇌리를 스쳐갔는데, 의지와 상관없이 그에게서 출몰하는, 너무나 급작스럽고 너무나 재빨라서 그로서는 예상할 수도 없고 중단할 수도 없으며 고쳐볼 수도 없는 그런 생각들, 마치 그와 무관한 폭력적인 또 하나의 영혼이 있어서 생겨난 것만 같은 그런 생각들과 흡사했다. '허! 애는 너무 어리석으니, 그 보잘것없는 로제미유와 결혼하겠지.'

삐에르가 일어섰다.

"네가 미래를 꿈꾸게 먼저 간다. 난 좀 걸어야겠어."

삐에르는 동생과 악수했고, 그러더니 아주 정중한 어투로 말을 이어갔다.

"그래, 장, 이젠 부자가 됐구나! 오늘 저녁에 혼자 있는 너를 우연히 만나서, 그 일을 기쁘게 생각하고 축하한다고, 널 사랑한다고 말할 수 있어서 좋구나."

천성이 다감하고 부드러운 장이 몹시 감동을 받았는지 말을 더듬었다.

"고마워…… 고마워…… 착한 삐에르, 고마워."

그리고 나서 삐에르는 몸을 돌려서, 단장을 겨드랑이에 끼고 뒷짐을 진 채 느릿느릿 걸어갔다.

삐에르는 시내로 들어오자 다시 또 무엇을 할 것인지 스스로에게 물었다. 동생의 존재가 바다를 앗아가버린 바람에 산책이 예정보다 짧아져서 기분이 좋지 않았다.

갑자기 퍼뜩 생각이 났다. '마로브스꼬 영감네 가서 술 한잔 청해야겠군.' 그래서 삐에르는 앵구빌 가를 향해 되올라갔다.

그는 빠리에서 수련의 생활을 할 때 마로브스꼬 영감을 알게 되었다. 그는 나이 든 폴란드 사람으로, 떠도는 소문에 의하면 그곳에서 끔찍한 일들을 겪었고, 약사 자격시험을 새로 봐서 약사 일을 계속할 요량으로 프랑스에 왔다는 것이었다. 그의 과거의 삶에 대해서는 알려진 게 전혀 없었다. 인턴들, 조수들, 그리고 나중에는 동포들 사이에서 전설 같은 이야기들이 퍼져나갔었다. 무시무시한 음모가, 니힐리스트, 시역자, 기적적으로 죽음을 피해갔으며 뭐든 할 준비가 된 애국자라는 명성이 삐에르 롤랑의 다분히 모험적이고 활발한 상상력을 사로잡았다. 그리하여 삐에르는 늙은 폴란드인의 친구가 되었지만, 폴란드인으로부터 과거 행적에 대한 아무런 고백도 이끌어내지 못했다. 그 인물은 갓 자격증을 딴 의사가 자신에게 보내줄 근사한 고객들을 기대하며 젊은 의사의 덕을 보겠다고 르아브르에 와서 정착했던 것이다.

그리되기를 기다리는 동안 마로브스꼬 영감은 자기 동네의 소시민들과 노동자들에게 약을 팔면서, 누추한 약국에서 근근이 살아갔다.

삐에르는 종종, 저녁을 먹고 난 뒤 그를 보러 가서 한시간 정도 이야기를 나누곤 했다. 삐에르는 마로브스꼬의 침착한 표정과 드문드문 이어지는 대화가 좋았고, 대화 사이에 자리 잡은 긴 침묵들을 심오하다고 생각해서였다.

가스등 하나가 약병으로 가득 찬 판매대 위에서 불을 밝히고 있었다. 진열장에 놓인 가스등들은 가스를 절약하느라고 켜놓는 적이 없었다. 이 판매대 뒤에서, 벗어진 이마에서부터 이어지고 있는 커다란 매부리코 때문에 표정이 슬픈 앵무새 같은 어떤 대머리 노인이 다리를 길게 포개고 고개는 가슴팍 위로 떨구고 깊은 잠에 빠져 있었다.

노인은 종소리에 잠에서 깨어나 일어섰고, 의사를 알아보고는 두 손을 내밀며 그 앞으로 다가갔다.

산酸과 물약이 튀어서 얼룩덜룩하며, 작고 마른 몸에 비해 지나치게 품이 넓은 검은색 프록코트는 구식 수단처럼 보였다. 노인이 말을 하면 강한 폴란드 악센트 때문에 그의 가늘고 높은 목소리에서 뭔가 아이다운 것이, 막 말을 배우기 시작한 어린애 특유의 억양과 혀 짧은 소리가 느껴졌다.

삐에르가 자리에 앉자 마로브스꼬가 물었다.

"무슨 일이라도 있소, 의사 양반?"

"아무 일도 없어요. 어딜 가나 늘 똑같죠, 뭐."

"오늘 저녁에는 표정이 영 즐겁지가 않네."

"종종 그렇잖아요."

"자, 자, 털어버려요. 술 한잔하겠소?"

"그러죠. 좋아요."

"자, 내가 새로 준비한 술을 맛보게 해주지. 사실 두달 전부터 구스베리에서 뭔가를 끌어내보려고 했다오. 여태껏 그 열매로는 물약만을 만들어들 왔잖소…… 그런데! 내가 찾아냈지…… 내가 찾아냈어…… 좋은 술이, 아주 좋은, 아주 기가 막힌 술이 나왔다오."

그러더니 환한 얼굴로 수납장으로 다가가 문을 열고 플라스크하나를 골라내어 들고 왔다. 툭툭 끊어지는 동작으로 플라스크를 흔들고 내용물을 뒤섞었는데, 그는 동작을 결코 완결하는 법이 없어서, 팔을 끝까지 쭉 뻗는 법도 없었고 다리를 크게 벌리는 일도 없었으니, 완벽하게 뚝 떨어지는 동작을 하는 법이 결코 없었다. 그가 하는 생각들도 그가 하는 행동들과 똑같은 듯했다. 그는 생각들을 분명하게 표현하는 법이 없어서 넌지시 가리키고, 알려오고, 윤곽을 그려주고, 암시하기만 했다.

인생에서 그의 가장 큰 관심거리는 물약과 술의 제조인 것 같았다. "좋은 물약이나 좋은 술 하나로 한재산 만들 수 있다오." 그는 종종 그렇게 말했다.

그는 단 하나도 시장에 내놓지 못하면서도 백여가지의 달달한 조제술을 만들어냈었다. 삐에르는 마로브스꼬를 보면 의학도 출신으로 실험을 즐겼던 혁명파 마라가 생각난다고 말해주곤 했다.

가게 뒷방에서 집어온 작은 잔 두개가 조제대 위에 놓였다. 두 남자는 가스등 불빛을 향해 잔을 들어올리면서 술의 색채를 감상했다.

"아름다운 루비색이네요!" 삐에르가 말했다.

"그렇지?"

폴란드인의 앵무새처럼 생긴 나이 든 얼굴에 희색이 도는 듯했다.

의사는 한입 머금고 맛을 음미하고 생각에 잠겼다가, 다시 한입 머금고 생각해보고는 의견을 들려줬다.

"아주 좋군. 아주 좋아요. 풍미가 아주 새로워요. 대단한 발견인데요."

"아! 정말! 그렇게 말해주니 아주 기쁘오."

그러자 마로브스꼬는 새 술을 뭐라고 명명할지에 대해 삐에르의 의견을 구했다. 그는 '구스베리 에센스'나 '순수 구스베리' 혹은 '그로젤리아' 혹은 '그로젤린'이라고 부르려고 했다.

삐에르는 그 이름들 중 그 어떤 이름에도 찬성하지 않았다.

노인네에게 어떤 생각이 떠올랐다.

"의사 선생이 조금 전에 말했던 것, 그게 제일 좋겠소. 제일 낫겠는걸. '아름다운 루비' 말이오."

의사는 자신이 찾아낸 이름이긴 하지만 그것에 대해서는 그다지 탐탁지 않아하며 단순하게 '그로제예뜨'라고 하는 것이 어떻겠냐는 제안을 했고 마로브스꼬는 아주 근사하다는 반응을 보였다.

그러고는 둘 다 입을 다물었고, 단 하나뿐인 가스등의 불빛을 받으며 아무 말 없이 가만히 앉아 있었다.

마침내 삐에르가 거의 자신도 모르는 새 말을 꺼냈다.

"그런데 오늘 저녁, 우리한테 상당히 이상한 일이 일어났어요. 아버지 친구분 중 한분이 돌아가시면서 재산을 제 동생에게 물려줬답니다."

약사는 대번에 삐에르의 말을 이해한 것 같지 않았고, 잠깐 생각해보더니 그중 절반은 의사 선생 몫이기를 바란다고 했다. 상황이 어떤지를 분명하게 설명해주고 나자 그는 놀람과 유감의 표정을 지었다. 그는 자신의 젊은 친구가 혜택을 못 받는 것에 대해 불만을 표현하고자 여러번 되뇌었다.

"그리되면 좋지 않은 인상을 줄 텐데."

다시 신경이 곤두서기 시작한 삐에르는 마로브스꼬가 무슨 의미로 그런 말을 한 것인지 알고자 했다──왜 그게 좋지 않은 인상을 주게 될까? 동생이 집안의 친구분으로부터 재산을 물려받게 되었다는데, 그 사실로부터 어떤 나쁜 인상이 발생할 수 있을까?

하지만 그 조심스러운 인물은 자신의 의견을 좀더 분명하게 설명하지 않았다.

"그런 경우 보통은 두 형제에게 똑같이 물려주니까, 좋지 않은 인상을 줄 거라는 말이오."

그러고 나서 의사는 짜증이 난 상태로 약국을 나섰고, 아버지의 집으로 돌아가서 잠자리에 들었다.

삐에르는 잠시 장이 옆방에서 조용히 걸어다니는 소리를 듣다가, 물 두 잔을 마시고 나서 잠이 들었다.

3

다음 날 아침, 의사가 잠에서 깼을 때, 한재산 만들어야겠다는 굳은 결심이 선 상태였다.

이미 여러번 그러한 결심을 했었지만 현실에서 결심한 대로 밀고 나간 적은 없었다. 새로운 직업의 길로 들어설 때마다 처음에는 빠르게 재산을 일구겠다는 희망으로 노력을 늦추지 않고 자신감을 잃지 않으려 했지만, 첫번째 장애물을, 첫번째 실패를 만나는 바로 그 순간 다시 새로운 길로 뛰어들고 말았다.

삐에르는 따뜻한 이불 속에 푹 파묻혀서 생각에 잠겼다. 짧은 기간 동안 백만장자가 된 의사들이 얼마나 있을까! 정말이지 아주 약간의 수완만 있으면 충분했다. 의학공부를 하는 동안 가장 유명하다는 의대교수들을 평가할 기회가 있었는데, 삐에르는 그들 모두가 멍청하다는 평가를 내렸다. 더욱이 그는 자신이 그들보다 더 뛰어나지는 않더라도 그들만큼의 실력은 있다고 생각했다. 만약 그어떤 수단을 동원해서든 르아브르의 고상한 부유층 고객을 끌어들이게만 된다면, 일년에 10만 프랑은 손쉽게 벌 수 있으리라. 그러고는 정확하게 확실하게 들어올 수입을 계산해보았다. 오전은 왕진을 할 테니까 환자들 집을 방문할 것이다. 아주 낮게 평균을 잡는다 해도, 하루에 환자 열명을 보고 20프랑씩 받는다고 치면 최소한 일년에 7만 2000프랑이 나오는데, 실제로는 열명보다 더 보게 될 테니 7만 5000프랑까지 벌 수 있을 것이다. 오후에는 진료실에서 역시 평균 환자 열명을 보고 10프랑씩 받는다고 치면 3만 6000프랑이 들어오리라. 그러면 어림잡아 12만 프랑은 된다. 단골고객들과 친구들의 경우에는 왕진 10프랑, 병원진료 5프랑으로 깎아줘야 할 테니 아마도 이 총액에서 약간 줄어들게 되겠지만, 줄어든 액수는 다른 의사들과의 협진으로, 의사라는 직업에 딸려오기 마련인 자잘한 소득으로 보충될 수 있으리라.

교묘한 광고로, 빠리 의사협회가 그를 주목하고 있으며 젊고 겸손한 르아브르의 학자가 시도한 놀라운 치료법에 관심을 갖고 있음을 암시하는 풍문들을 『르 피가로』에 싣기만 한다면, 그러한 목표에 도달하는 것보다 더 쉬운 일은 없을 것이다. 그리되면 그는 동생보다 훨씬 더 부유한, 훨씬 더 부유하며 훨씬 더 유명한 인물이 될 테고 스스로에게 만족할 텐데, 왜냐하면 순전히 자신의 힘만으로 재산을 일군 것이 되기 때문이다. 또한 자신이 거머쥔 명성에 자랑스러워할 나이 든 양친에게도 너그러움을 보여줄 것이다. 결혼은 하지 않을 텐데, 귀찮게 할 단 한명의 여자와 살면서 자신의 생활에 방해받고 싶은 생각이 조금도 없기 때문이고, 그렇지만 가장 예쁜 여성 고객들 가운데에서 정부는 여럿 둘 생각이다.

삐에르는 성공이 너무나 확실하다는 생각이 들어서, 마치 당장이라도 성공을 거머쥐려는 사람처럼 침대에서 후다닥 내려섰고, 자신에게 맞춤한 아파트를 구하러 시내에 나가보려고 옷을 입었다.

그리하여 삐에르는 거리를 돌아다니면서 우리 행위의 결정요인들이 얼마나 하찮은지를 곰곰이 생각했다. 삼주 전부터 얼마든지 그렇게 결심할 수 있었고 그래야 했지만 가만히 있었고, 그러다가 갑자기 결심이 섰는데, 아마도 동생의 유산 사건의 여파로 인한 것이었으리라.

그는 아름다운 아파트 세놓음 혹은 호화로운 아파트 세놓음이라고 적힌 푯말이 걸려 있는 대문 앞에서만 걸음을 멈췄는데, 아무런 수식어도 없는 표지는 그에게서 경멸의 감정을 잔뜩 불러일으켰기 때문이었다. 그래서 오만한 태도로 세놓은 집들을 방문하여 천장의 높이를 재보고 수첩에다가 도면, 도로, 출구 위치를 그리고, 자신은 의사인데 환자가 많다고 밝혔다. 계단이 넓고 관리가 잘되어 있어야 한다. 또한 2층 이상으로는 올라갈 수 없다.

주소 일고여덟개를 적어놓고 정보 이백여개를 갈겨쓴 뒤 십오분 정도 늦게 점심을 먹으러 돌아갔다.

현관에서부터 접시 소리가 들려왔다. 그러니까 그를 빼놓고 식사를 하고 있었다. 왜일까? 집에서 그렇게까지 정확히 시간을 지키는 법이 없었다. 삐에르는 조금 예민한 편이어서 기분이 상했고 불만스러웠다. 그가 들어서자마자 롤랑이 말을 건넸다.

"이런, 제길, 삐에르, 서둘러라! 2시에 공증인 집으로 가기로 했잖니. 오늘 같은 날 빈둥거리면 안되지."

의사는 아무런 대꾸 없이 어머니 볼에 키스하고 아버지, 동생과는 악수를 나눈 뒤 자리에 앉았다. 그러고는 식탁 한가운데에 놓인 움푹한 접시에서 그의 몫으로 남겨놓은 돼지갈비를 집어들었다. 갈비는 차갑게 식었고 뻣뻣했다. 보나 마나 가장 안 좋은 부분을 남겨놓았을 거다. 그는 자신이 도착할 때까지 오븐에 넣어뒀을 수도 있는 일이고, 또다른 아들, 장남은 감쪽같이 잊어버릴 정도로 분별을 잃을 것까지 뭐 있나라는 생각을 했다. 그가 들어오면서 중단됐던 대화가 끊겼던 그 지점에서부터 다시 이어졌다.

"나 같으면 말이야." 롤랑 씨 부인이 장에게 늘어놓았다. "얼른 이런 것들부터 하겠어. 우선 호화로운 집에 자리부터 잡아야겠지. 눈이 돌아갈 정도로 호화로워야 해. 사교계에 선을 보일 거고, 승마도 할 거고, 흥미로운 소송 한두건을 골라 변론을 맡을 테고, 그러면서 법조계에서 확고한 지위를 쌓아나가겠어. 사람들이 많이 찾는 아마추어 변호사 정도면 아주 좋을 텐데. 하느님 덕분에 넌 생활비 걱정은 면했잖니. 그러니까 네가 직업을 갖는다면 공부한 결실이 헛되지 않게 하기 위해서인 게지. 그리고 자고로 남자란 아무 하는 일 없이 가만히 있는 법이 아니란다."

롤랑 영감은 배 껍질을 벗기면서 단호하게 말을 꺼냈다.

"뭐! 나 같으면 근사한 선박을 한척 구입하겠다. 물길 안내인들이 모는 소형범선처럼 생긴 외돛대 범선으로다가. 그걸 타고 쎄네

갈까지 가겠어."

이번에는 삐에르가 자신의 의견을 피력했다. 요컨대 정신적 가치를, 지적 가치를 만드는 것은 재산이 아니다. 범속한 인간들에게 재산이란 타락의 원인일 뿐이지만 정반대로 강자들의 손에 들어가면 장애물을 들어올릴 강력한 힘이 된다. 그런데 그런 사람들, 강자들은 드물기 마련이다. 장이 진정 뛰어난 인물이라면 생활 걱정을 면한 지금 자신이 그런 인물이라는 것을 보여줄 수 있을 것이다. 하지만, 지금과는 다른 상황에서라면 그랬을 것보다도 백배는 더 일을 해야 할 것이다. 과부나 고아를 변호하는 그들을 상대로 소송을 제기하든, 승소하거나 패소한 재판에 대해 얼마만큼의 사례비를 받든, 그런 것이 중요한 것이 아니라 저명한 법률가가, 법조계의 빛이 되는 것이 중요하다.

그러고는 결론으로 이런 말을 덧붙였다.

"내게 돈이 있다면, 수없이 해부해볼 텐데. 사체 말이야!"

롤랑 영감은 어깨를 으쓱거렸다.

"얼씨구! 살면서 가장 현명한 것은 물 흐르듯 순탄한 삶을 사는 거라고. 우리는 막일에 동원된 짐승들이 아니라 인간이거든. 가난하게 태어난다면 일을 해야겠지. 거야, 뭐, 어쩌겠니, 일해야지. 하지만 연금이 있다면, 제길! 순진한 멍청이나 되어야 죽어라고 고생할걸."

삐에르는 도도하게 대꾸했다.

"우린 서로 다른 성향을 타고났군요! 저로서야, 존중해야 할 것은 지식과 지성뿐입니다. 나머지 것들이야 몽땅 무시해도 그만이죠."

롤랑 씨 부인은 아버지와 아들 사이의 끊이지 않는 충돌을 완화하려고 항상 애를 써왔다. 그래서 대화를 다른 곳으로 돌렸고, 전주에 볼베끄누앵또에서 발생한 살인사건에 대한 이야기를 꺼냈다. 곧 그 중범죄를 둘러싼 정황에 정신들이 팔렸고, 천박하고 수치스럽고 역겹다 할지라도 야릇하면서도 모호한 매혹의 발산을 통해, 인간의 호기심을 부추기는 범죄들이 풍기기 마련인 비밀스러움, 흥미로운 공포 분위기에 빠져들어갔다.

그래도, 롤랑 영감은 가끔씩 시계를 끄집어냈다.

"자, 이제 길을 나서야겠다."

삐에르가 비아냥거렸다.

"아직 1시도 안됐어요. 그런 것 때문에 제게 다 식어빠진 갈비를 먹일 것까지는 없었잖아요."

"공증인 사무실에 너도 갈래?" 어머니가 물었다.

그는 쌀쌀맞게 대답했다.

"아뇨. 뭐하려요? 내가 있어봤자 아무 소용도 없을 텐데요."

장은 자신과 관련된 일이 아니라는 듯 침묵을 지키고 있었다. 다같이 볼베끄 살인사건에 관한 이야기를 나눌 때, 그저 법학자로서 몇가지 생각을 말했고 범죄와 범죄자를 주제로 몇몇 고찰을 늘어놓았다. 이제 그는 다시 입을 다물고 있었는데, 하지만 그 눈의 번쩍임과 양 뺨에 도는 붉은 기운에서부터 수염에 흐르는 윤기에 이르기까지 그 모든 것이 그의 행복을 명백히 보여주는 듯했다.

가족들이 출발하고 난 뒤 삐에르는 다시 혼자가 되자 세놓은 아파트들을 돌아다니면서 아침에 했던 조사를 다시 시작했다. 두세 시간 동안 계단들을 오르락내리락한 뒤, 드디어 프랑수아프르미에 대로변에서 근사한 물건을 발견했다. 반이층에 위치한 커다란 아파트로, 서로 다른 길로 나 있는 출구 둘, 거실 둘, 차례를 기다리는 환자들이 꽃을 감상하며 거닐 만한 한쪽 면이 유리인 복도, 그리고 바다가 내다보이는 원형의 멋진 식당 하나를 갖추고 있었다.

임대하려는 순간 3000프랑이라는 가격에 주춤했는데, 일년 치 집세를 선불해야 한다는데 아무것도, 단 한푼도 수중에 없었기 때문이었다.

아버지가 모아놓은 보잘것없는 재산이라야 고작 팔천 프랑의 연금에 불과했다. 삐에르는 진로를 선택할 때 너무 오랜 시간 망설이고 여러가지 시도들을 항상 포기로 끝내고, 끊임없이 새로운 공부를 다시 시작하여 종종 부모를 곤혹스럽게 했던 것을 놓고 스스로를 책망했다. 그래서 이틀 내로 대답을 주겠다는 약속을 하고서 떠났다. 장이 유산을 소유하게 되자마자 동생에게 1기분 집세를, 아니 2기분 집세까지, 그러니까 1500프랑을 부탁해볼까 하는 생각이 퍼뜩 들었다.

'고작 몇달 동안 빌리는 거잖아.' 그는 생각했다. '어쩌면 금년 말이 되기도 전에 갚을 수 있을지도 몰라. 정말 간단한 문제지. 더구나 장은 날 위해 그런 일을 해줄 수 있어서 만족스러워할 거야.'

아직 4시도 되지 않았는데, 아무런, 정말로 아무런 할 일도 없었기 때문에 그는 공원에 가서 앉아 있을 작정을 했다. 그는 한참을 벤치에 앉아서 아무런 생각도 없이 눈길을 땅에 두고 권태에 시달렸는데, 권태는 괴로움으로 변해갔다.

하지만 본가로 돌아온 뒤 매일 그런 식으로 살아오면서도, 삶의 공백과 무위에 그토록 잔인한 고통을 느낀 적이 없지 않았던가? 도대체 일어나서 잠들 때까지 어떻게 시간을 보냈던가?

그는 밀물 때면 방파제에서 빈둥거리고 거리에서 빈둥거리고 카페에서 빈둥거리고 마로브스꼬의 약국에서 빈둥거리고 사방에서 빈둥댔다. 그런데 갑자기 지금껏 견뎌온 그러한 삶이 가증스러워졌고 견딜 수 없어졌다. 수중에 돈이 있다면 마차를 한대 구입해서 너도밤나무와 느릅나무가 그늘을 드리운 농가의 수로를 따라서 한가하게 돌아다닐 것이다. 하지만 그는 맥주 한잔이나 우표 한장 값도 한푼 한푼 세야 할 처지였으니 그런 변덕스러운 욕구는 그에게 전혀 허용되지 않았다. 그는 갑자기, 서른살이 지났는데도 얼굴을 붉히면서 어머니에게 때때로 1루이를 구할 수밖에 없는 처지가 얼마나 고달픈가 하는 생각을 했다. 그는 단장 끝으로 땅바닥을 긁어대면서 중얼거렸다.

"제길! 돈만 있으면!"

동생이 상속받은 유산 생각이 벌침이 뚫고 들어오듯 다시금 그의 머릿속으로 들어왔다. 하지만 그는 질투라는 경사진 길에 자신을 부려놓고 싶은 생각이 조금도 없었기에 초조하게 그러한 생각을 쫓아버렸다.

주위에서는 아이들이 길바닥에서 피어오르는 뿌연 먼지를 둘러쓰며 놀고 있었다. 아이들은 긴 금발머리를 늘어뜨리고 있었고, 아주 진지한 표정으로 심각하게 주의를 기울여가며 자그마한 모래산을 쌓았다가, 단 한번의 발길질로 무너뜨려댔다.

삐에르에게 오늘은 아주 음울한, 자기 영혼의 구석구석을 들여다보고 접힌 주름마다 들춰보게 되는 그런 날들 가운데 하나였다.

'우리의 노동이란 것도 이 꼬맹이들이 하는 일과 흡사하구나.' 그는 생각했다. 그러고는 인생에서 가장 현명한 것이 이런 불필요한 어린 존재들을 둘이나 셋 낳아놓고 자기만족과 호기심을 갖고 그 어린것들이 자라나는 것을 지켜보는 게 아니겠는가라고 생각했다. 그러자 결혼하고 싶은 욕구가 그를 스쳐갔다. 더는 혼자가 아니라면 그렇게 망연자실하지도 않는다. 혼란스럽고 불안할 때 적어도 누군가 자기 곁에서 움직이는 소리가 들리고, 힘들 때 어떤 여인에게 '당신'이라고 말을 하는 것만으로 이미 대단한 것이다.

그는 여자들에 대해 생각하기 시작했다.

그의 여자경험은 아주 적었고, 그가 학생들의 거리인 라틴 구역에서 맺었던 애정관계라고 해봤자 보름짜리여서, 그달 치 용돈을 다 쓰면 관계가 끊어졌다가 그다음 달이 되면 다시 이어지든가 다른 관계가 시작되든가 했다. 그럼에도 아주 착하고, 아주 다정하며, 아주 위로가 되는 그런 여인들이 어딘가 존재할 터였다. 어머니는 집안의 지주이자 매력이 아니었던가? 여인을, 진정한 여인을 알았더라면 얼마나 좋았을까!

그는 로제미유 씨 부인을 잠깐 방문하러 가야겠다는 결심을 하고서 벌떡 일어섰다.

그러고는 느닷없이 다시 자리에 앉았다. 그 여인, 그는 그 여인이 마음에 들지 않았다! 왜? 그 여인에게서는 속되고 저급한 상식이 넘쳐흘렀다. 더구나 그 여자는 장을 더 좋아하는 것 같지 않았는가? 자신의 입으로 그 사실을 분명하게 털어놓지 않는다 하더라도 그가 과부를 과소평가하는 데에는 과부가 동생을 더 좋아한다는 사실이 중요하게 개입했는데, 동생을 사랑하지만 동생이 그다지 뛰어난 인물은 아니라는 판단과 자신이 동생보다 월등히 낫다는 생각을 억제할 수 없었기 때문이었다.

어쨌든 그곳에 밤이 될 때까지 머무를 생각은 없었다. 그래서 전날 저녁과 마찬가지로 스스로에게 "이제 뭘 하지?"라는 질문을 초조하게 던졌다.

그는 스스로를 누그러뜨릴 필요성을, 누군가에게 안겨 위로받아야 할 필요성을 영혼에서부터 느꼈다. 무엇에 대한 위로인가? 그 자신도 뭐라고 말해야 할지 알 수 없었을 테지만, 지금 그는 여인의 존재, 여인의 어루만짐, 손이 닿고 치마가 스치고 검거나 푸른 눈이 다정하게 바라봐주는 것이 우리 마음에 당장 필요한 듯한 순간들, 그런 순간 속에 놓여 있었다.

그러자 그가 집에 데려다준 적이 있고 띄엄띄엄 만나왔던 어떤 맥주홀 여종업원 기억이 났다.

그래서 그 아가씨와 맥주 한잔을 마시러 가기 위해 다시 자리에서 일어섰다. 그 아가씨에게 무슨 말을 할까? 그 아가씨는 그에게 무슨 말을 할까? 아마, 아무 말도 나누지 않을 것이다. 무슨 상관이랴? 그 아가씨 손을 몇초간이라도 쥐고 있을 텐데! 그 아가씨는 그가 싫지 않은 것 같았다. 그렇다면 그 아가씨를 더 자주 보지 않을 이유가 뭐가 있겠는가?

그는 비다시피 한 맥주홀의 의자 하나를 차지하고 앉아서 졸고 있는 아가씨를 찾아냈다. 손님 셋이 떡갈나무 식탁에 팔꿈치를 괴고서 파이프를 피우고 있었고 계산대 보는 여인은 소설을 읽고 있었으며 셔츠 바람의 주인은 긴 의자에서 푹 잠들어 있었다.

여종업원은 그를 알아보자마자 재빨리 일어나서 그에게로 다가왔다.

"안녕하세요? 어떻게 지냈어요?"

"그럭저럭. 당신은?"

"나도 잘 지냈어요. 왜 그렇게 보기 힘들어요?"

"그렇지? 시간이 거의 나질 않는군. 알다시피 의사잖아."

"어머나, 그런 말씀 안하시더니. 알았더라면 지난주에 아팠을 때 진찰받으러 갔잖아요. 뭐 마실래요?"

"맥주 한잔. 당신은?"

"나도 맥주로 할래. 자기가 내 것도 살 테니까."

그러더니 그녀는 이러한 음료접대가 마치 무언의 허락이라도 된다는 듯이 그에게 무람없는 말투를 사용하기 시작했다. 그러고는 서로 얼굴을 맞대고 앉아서 이야기를 나눴다. 가끔씩 그녀는 애무를 파는 여자들이 쉽게 내보이기 마련인 친숙한 태도로 그의 손을 잡았고, 부추기는 눈초리로 그를 바라보면서 그에게 말했다.

"왜 더 자주 안 와요? 자기 아주 마음에 드는데."

하지만 그는 멍청하고, 평범하며, 서민티를 팍팍 풍기는 여자의 모습을 보고서 이미 오만 정이 떨어졌다. 여자들이란, 그의 생각으로는, 꿈속에서 혹은 그들의 천박함을 아름답게 가려주는 호사로

움의 후광 속에서 나타나야만 한다.

그녀가 그에게 물었다.

"저번 날 아침에 보니, 수염을 길게 기른 근사한 금발 남자랑 지나가던데, 동생 맞죠?"

"응. 내 동생이야."

"끝내주게 잘생겼더라."

"그렇게 보여?"

"그럼요. 게다가 성격도 시원시원해 보이던걸요."

어떤 기이한 욕구가 갑자기 그를 충동질해서 그 맥주홀 여종업원에게 장이 상속받은 유산 이야기를 꺼내게 했을까? 자기 혼자 있을 때에는 물리쳤으며 자신의 영혼에 가져올 혼란이 두려워서 밀어냈던 그러한 생각이 왜 그 순간 그의 입술에서 맴돌았으며, 씁쓸함으로 부풀어오른 마음을 누군가의 앞에서 다시금 비워내야만 할 필요를 느끼기라도 한 것처럼 왜 그 생각이 그의 입술에서 흘러나오게 내버려뒀을까?

그는 다리를 꼬면서 말했다.

"내 동생 말이지, 엄청 운 좋은 놈이야. 20000프랑의 연금을 물려받은 참이지."

여자는 탐욕이 가득한 푸른색 두 눈을 아주 커다랗게 떴다.

"오! 대체 누가 그런 재산을 남겼대? 할머니? 아님 고모?"

"아니야. 부모님의 오랜 친구분."

"그저 친구분이라고요? 말도 안돼! 자기는? 자기한테는 아무것도 안 남겼고?"

"응. 난 그분을 거의 몰라."

그 여자는 잠시 생각에 잠겼다가 입술에 야릇한 미소를 띠었다.

"저런! 그런 종류의 사람들을 안다니 자기 동생은 운이 좋네! 어째, 동생이 자기하고 거의 닮지 않았다고 놀랄 일이 아니구나!"

그는 정확히 왜인지는 모르지만 여자의 따귀를 갈기고 싶다고 느꼈고, 입술에 경련을 일으키며 물었다.

"무슨 의미야?"

여자는 멍청하고 순진한 표정을 지었다.

"아무것도 아니에요. 그저 자기 동생이 자기보다 더 운이 좋다는 얘기지."

그는 테이블에 20수를 집어던지고 밖으로 나가버렸다.

이제 그는 그 문장을 되뇌었다. "동생이 자기하고 거의 닮지 않았다고 놀랄 일이 아니구나."

그 여자는 그 말을 하면서 무슨 생각을 했을까? 무엇을 암시했던 걸까? 확실히 거기에는 악의가, 심술궂음이, 야비함이 있었다. 그랬다. 그 여자는 장이 마레샬의 아들이라고 생각한 게 틀림없었다.

어머니에게 덮어씌워진 그러한 의심을 생각하자 어찌나 격렬한 감정이 끓어올랐는지 그는 걸음을 멈추고 앉을 만한 곳을 눈으로 찾았다.

또다른 까페가 맞은편에 보여서 그곳으로 들어가 의자에 앉았고, 종업원이 다가오자 "맥주 한잔."이라고 말했다.

그는 가슴이 뛰는 것을 느꼈다. 피부에 소름이 돋았다. 갑자기 마로브스꼬가 전날 그에게 했던 말이 기억났다. "그리되면 좋지 않은 인상을 줄 텐데." 그도 그 웃기지도 않은 계집애하고 똑같은 생각을, 똑같은 의심을 품었던 것인가?

맥주잔 위로 고개를 숙이고, 하얀 거품이 튀다가 녹아 없어지는 것을 지켜보며 스스로에게 물었다. "그런 일을 믿는 것이 가능한가?"

사람들 머릿속에 그런 가증스러운 의심이 태어나게 만들 만한 이유들이 이제 그에게 하나씩 둘씩 선명하고 분명하게, 분노를 불러일으키며 모습을 드러냈다. 자식이 없는 노총각이 자신의 재산을 친구의 두 자녀에게 물려주는 것, 그보다 더 단순하고 더 자연스러운 것은 없지만, 전재산을 그 아이들 중 한명에게만 물려준다면 사람들은 놀라워하고 소곤거리고 끝내 슬며시 미소를 짓는다. 어떻게 그가 그것을 예상하지 못했을까? 어떻게 아버지가 그것을 감지하지 못했을까? 어떻게 어머니가 그것을 짐작하지 못했을까? 그랬다. 예기치 못한 돈이 그렇게 굴러들어와 잔뜩 들뜬 바람에 그런 생각은 그들의 뇌리를 스쳐가지조차 않았다. 게다가 그 단순한 인물들이 어떻게 그런 비열한 의심을 품을 수 있었겠는가?

하지만 사람들, 하지만 이웃, 상인, 배달꾼 등 그들을 알고 있는 사람들은 모두 그런 끔찍한 이야기를 하고 또 하며, 재미있어하고 즐거움을 맛보고, 아버지를 웃음거리로 삼고 어머니를 경멸하지 않겠는가?

장은 금발이고 그는 갈색머리이며, 둘은 얼굴도, 태도도, 말투도, 지능도 서로 같지 않다는 맥주홀 여종업원의 지적은 이제 모든 이의 눈과 머리에 강한 인상을 남길 것이다. 누군가 롤랑네 아들에 대해 말하면 "누구? 진짜 아님 가짜?" 하고 말할 것이다.

그는 동생에게 미리 알리고 어머니의 명예를 위협하는 이 끔찍스러운 위험에 대해서 주의를 줘야겠다는 결심을 하고 일어섰다. 하지만 장이 어떻게 하려나? 가장 간단한 것은, 유산을 거부하면 가난한 사람들에게로 유산이 돌아간다고 하더라도 그리하고, 그 유산에 대해서 알고 있는 친지들에게는 유언장에 장을 상속자가 아니라 수탁자로 만드는, 받아들일 수 없는 조항과 조건 들이 있어서라고만 말하는 것이리라.

그는 본가로 돌아가는 길에, 그런 문제에 대해 부모 앞에서는 입도 뻥긋할 수 없으니 장이 혼자 있을 때 만나봐야 한다는 생각을 했다.

거실에서 흘러나온 커다란 목소리와 웃음소리가 문간서부터 들려왔고, 그가 거실에 들어서자 아버지가 희소식을 축하하기 위해 데리고 와서 저녁때까지 붙잡아둔 로제미유 씨 부인과 보지르 선장의 목소리가 들렸다.

식전주로 베르무뜨와 압생뜨를 가져오라고 시켰고 기분들이 한창 좋았다. 보지르 선장은 자그마한 사내로 오랜 세월 바다 위에서 구른 덕분에 둥글둥글했고, 하는 생각마저도 전부 바닷가 조약돌처럼 둥글둥글한 것 같았고, 웃을 때는 목구멍에서 혀를 굴리는 듯한 소리를 냈으며, 삶이란 끝내주게 좋은 거라 삶의 모든 것이 움켜쥘 만하다고 생각했다.

그는 롤랑 영감과 잔을 부딪쳤고, 장은 두 여인에게 새로 가득 따른 술잔을 내밀었다.

로제미유 씨 부인이 거절하자, 세상을 떠난 그녀의 남편을 알았던 보지르 선장이 소리를 질렀다.

"자, 자, 부인, 비스 레뻬띠따 쁠라센뜨라는 말도 있잖소. 우리 지방 사투리로 무슨 말인고 하면, '베르무뜨 술 두 잔은 결코 해롭지 않다'라는 말이지요. 나로 말할 것 같으면, 항해를 그만둔 뒤로 매일 저녁식사 전에 그 말을 실천해서, 그러니까 인공 옆질을 두세 차례 정도 스스로에게 먹인다오! 커피를 마시고 난 뒤에는 키질 한 차례를 덧붙이고. 그러면 저녁나절 내내 거친 바다 위를 떠다니는 셈이지요. 그렇다고 해서 폭풍우까지 가는 법은 절대, 절대, 절대로 없어요. 내가 또 해손海損은 무서워하거든."

원양어선 선장이 항해라면 사족을 못 쓰는 롤랑의 괴벽을 부추겼고, 롤랑은 압생뜨 술로 인해 얼굴이 이미 벌겋게 달아오르고 눈빛이 흐려진 채 진심으로 웃어댔다. 그는 상점주인답게 엄청난 배불뚝이라서 배밖에 없는 것 같았고, 그 배 안으로 그의 몸뚱어리 나머지 부분이 몽땅 숨어버린 것 같았다. 늘 앉아 있는데다가 의자 바닥이 모든 살덩어리들을 한군데로 꼭꼭 다져놓았기에 더는 허벅지도 가슴도 팔도 목도 없는, 늘 앉아 있어야 하는 남자들의 물렁물렁한 그런 배였다.

반대로 보지르는 짜리몽땅하고 뚱뚱하긴 하지만 달걀처럼 속이 꽉 찼고 공처럼 탄탄했다.

롤랑 씨 부인은 첫번째 잔도 다 비우지 않았지만 행복으로 발그스레했고 반짝이는 눈으로 아들 장을 바라보고 있었다.

지금 집에서는 기쁨이 격렬하게 터져나오는 중이었다. 이제 마무리가 다 되었고, 서명까지 했으니, 장은 20000프랑의 연금을 갖게 되었다. 그가 웃고, 보다 우렁찬 목소리로 말하고, 사람들을 바라보는 방식에서, 그의 보다 단정적인 태도에서, 그의 보다 큰 자신감에서, 돈이 준 안정감이 느껴졌다.

저녁식사가 준비되었다고 알려왔고, 롤랑 영감이 로제미유 씨 부인이 팔짱을 낄 수 있게 다가갔다. "아니죠, 아니죠, 아버지." 그의 아내가 외쳤다. "오늘은 모든 게 장 위주여야죠."

평소에는 볼 수 없던 식탁 위의 호사로움이 눈길을 확 잡아끌었다. 아버지 자리에 대신 앉은 장의 접시 앞에, 가는 비단 리본이 들어찬 꽃다발이, 대대적인 의식에 등장하는 거대한 꽃다발이 깃발 꽂힌 궁륭처럼 우뚝 솟아 있었고, 꽃다발 주위에는 과일조림 그릇 네개가 놓여 있었는데, 그중 첫번째 그릇에는 근사한 배梨들이 피라미드 모양으로 쌓여 있었고, 두번째 그릇에는 휘핑크림이 가득하고 설탕을 녹여 만든 종들로 뒤덮인 기념비적인 케이크가 놓여 있었고, 세번째 그릇에는 말간 시럽에 잠긴 파인애플 조각들이 담겨 있었고, 상상을 초월하게 호화로운 네번째 그릇에는 열대의 나라들에서 나는 검은 포도송이들이 놓여 있었다.

"우와!" 삐에르가 자리에 앉으면서 말했다. "부유한 자 장의 도래를 경하합시다."

뽀따주를 들고 나더니 마데이라산 포도주를 권커니 잣거니 했다. 사람들은 벌써 각자 동시에 마구 떠들고 있었다. 보지르는 쌩도맹그에서 어떤 깜둥이 장군의 초대를 받아 함께 나눴던 저녁식사 이야기를 들려주고 있었다. 롤랑 영감은 그의 이야기에 귀를 기울이면서, 뙤동에 친구가 한명 있는데, 그가 베푼 식사에 초대받아 간 손님 모두가 보름간 탈이 났었다는 이야기를 보지르 영감의 이야기 사이사이에 끼워넣으려고 애를 썼다. 로제미유 씨 부인과 장, 그리고 어머니는 쌩주앵에 소풍 가서 점심식사를 할 계획을 짜면서 벌써부터 소풍이 안겨줄 끝없을 즐거움에 들떠 있었다. 그리고 삐에르는 신경을 건드리는 그 모든 소란, 그 웃음소리, 그 기쁨을 피해 바닷가의 싸구려 식당에 들어가 혼자 저녁을 먹지 않은 것에 대해 후회하고 있었다.

그는 동생에게 자신의 두려움을 털어놓으려면, 이미 유산을 받아들인 동생이 앞질러 그것을 누리며 잔뜩 도취한 상태임에도 유산을 거부하게 만들려면 어떻게 시작해야 할지 방법을 모색했다. 물론 장에게는 무척 힘든 일이 될 테지만 그래야만 한다. 어머니의 평판이 위협받고 있는데 망설일 수는 없는 일이다.

거대한 농어의 등장으로 롤랑 영감의 이야기가 낚시로 튀었다. 보지르 영감이 가봉, 마다가스까르의 쌩뜨마리, 그리고 특히, 물고기들이 그곳의 주민들만큼이나 이상한 모습이었던 중국과 일본 연해에서 겪은 깜짝 놀랄 만한 낚시 이야기를 시작했다. 그러더니 그 물고기들의 생김새에 관한 이야기를 들려줬는데, 그 커다란 황금빛 눈알과 푸르거나 붉은 배, 부챗살 모양의 희한한 지느러미, 초승달 모양의 꼬리 이야기를 손짓 발짓 곁들여 어찌나 재미있게 하는지 모두가 이야기를 듣다가 눈물이 날 정도로 웃어댔다.

오직 삐에르만이 믿지 못하겠다는 표정으로 중얼거리고 있었다. "노르망디인들은 북쪽의 가스꼬뉴인들이라고 하더니, 저 허풍을 보니, 다 그럴 만한 이유가 있구나."

생선 다음으로 파이 속에 고기를 다져넣은 볼로방이, 그다음에는 구운 닭 요리가, 쌜러드가, 껍질콩이, 그러고는 삐띠비에 지방의 종달새 고기 파이가 나왔다. 로제미유 씨 부인의 하녀가 요리를 도왔다. 좌중의 즐거움은 포도주 잔 수가 늘어감에 따라서 커져갔다. 첫번째 샴페인 병마개가 튀어오르자, 무척 흥분한 롤랑 영감이 이 폭발음을 입으로 흉내 내며 단호하게 말했다.

"난 총알이 발사되는 소리보다는 이게 훨씬 좋다고."

점점 더 신경이 곤두선 삐에르는 빈정거리면서 대꾸했다.

"그런데 그게 어쩌면 아버지에게는 훨씬 더 위험할지도 모른답니다."

막 샴페인을 마시려던 롤랑은 술이 가득한 잔을 식탁 위에 내려놓고 물었다.

"대체 어째서?"

오래전부터 그는 자신의 건강에 대해서, 몸의 무거움, 현기증, 설명할 길 없으나 늘 어딘가 편치 않은 기분에 대해서 불평해오고 있었다. 의사가 다시 말을 이었다.

"총알이야 빗겨갈 수도 있지만 그 잔에 든 술은 어김없이 배로 들어가니까요."

"그리고?"

"그리고 위를 긁어대고 신경계를 흔들어놓고 혈액순환을 느리게 하며, 아버지 같은 체질을 타고난 남자들 모두에게 위협거리인 뇌졸중을 서서히 불러오지요."

점점 높아가던 전직 보석상의 취기가 바람에 흩어져버린 연기처럼 사라진 듯했다. 그는 불안한 눈초리로 뚫어져라 아들을 바라보며 아들이 농담을 하는 건 아닌지 알아내려고 했다.

하지만 보지르가 소리를 질렀다.

"아! 이 빌어먹을 의사들은 늘 똑같단 말이야. 먹는 것도 안된다, 마시는 것도 안된다, 사랑도 안된다, 춤도 춰선 안된다. 이 모든 게 그 잘난 건강에 해가 된단 말이지. 쳇! 이봐요, 선생, 나로 말할 것 같으면, 세계 곳곳에서, 할 수만 있다면 그 어디에서든지, 그리고 할 수만 있다면 한껏, 하지 말라는 건 다 했지만 그렇다고 내 건강이 나쁘진 않다오."

삐에르는 신랄하게 대꾸했다.

"우선, 선장님, 선장님께서는 아버지보다 더 튼튼하세요. 그리고 술꾼들은 전부 그런 변고…… 그만 넘어가죠. 어쨌든 그러기 전에야 선장님처럼 말하지만, 그러고 난 다음 날 다시 돌아와서, 신중했던 의사에게 '의사 선생님 말이 맞았어요'라는 말을 해주지는 않죠. 제 아버지가 본인에게 가장 안 좋고 가장 위험한 짓을 하는 걸 보고서 아버지에게 경고하는 것은 아주 당연한 겁니다. 제가 다르게 행동한다면 전 나쁜 아들이겠죠."

이번에는 난처해진 롤랑 씨 부인이 끼어들었다.

"자, 자, 삐에르, 무슨 일이니? 한번쯤 그러신다고 크게 안 좋을 일은 없을 거야. 아버지에게, 그리고 우리에게, 이게 어떤 축하연인지 생각해보렴. 아버지의 즐거움을 망쳐버리고 우리 모두를 슬프게 만들 참이니. 그거, 지금 네가 하는 짓 말이야, 정말이지 고약하구나!"

그는 어깨를 으쓱하면서 중얼거렸다.

"아버지 원하시는 대로 하시라고 하세요. 전 어쨌든 경고했습니다."

하지만 롤랑 영감은 마시지 않았다. 그는 자신의 잔을, 환하고 맑은 포도주로 가득한 자신의 잔을, 잔 바닥에서부터 솟아올라 다닥다닥 들러붙은 채 빠르게 표면으로 떠올랐다가 날아가버리는 자잘한 기포들을 통해서, 포도주의 가뿐한 영혼이, 취기에 젖은 영혼이 날아오르는 것을 바라보았다. 롤랑 영감은 암탉이 죽은 걸 발견하고 덫의 냄새를 맡은 여우처럼 의심의 눈초리로 잔을 바라보았다.

그는 주저하면서 물었다.

"네 생각에 많이 안 좋을 것 같아?"

삐에르는 후회했고, 자신의 유쾌하지 못한 기분으로 다른 사람들을 힘들게 한 것을 자책했다.

"아니에요. 한번쯤은 마셔도 됩니다. 하지만 과음은 금물이고 습관이 돼서도 안됩니다."

그러자 롤랑 영감은 여전히 잔을 입에 갖다댈 것인지 결심하지 못한 채로 잔을 들어올렸다. 그는 고통스럽게, 욕망과 두려움이 뒤섞인 표정으로 잔을 바라보았다. 그러더니 냄새를 맡고, 맛을 보고, 조금씩 음미하면서 마셨는데, 마음속에는 고뇌와 나약함과 탐욕이, 그리고 마지막 한 방울을 마시자마자 후회가 차올랐다.

삐에르는 갑자기 로제미유 씨 부인의 눈길과 마주쳤다. 투명하고 새파란, 꿰뚫어보는 냉혹한 두 눈이 그에게 고정되어 있었다. 삐에르는 그 시선에 분명하게 드러난 생각, 단순하면서 곧은 정신의 소유자인 그 평범한 여인의 짜증이 담긴 생각을 느끼고, 꿰뚫고, 알아챘는데, 왜냐하면 그 시선은 "이봐요, 당신 질투하는군요. 수치스러운 거예요, 그런 건"이라고 말하고 있었기 때문이다.

그는 고개를 숙이고 다시 음식을 먹기 시작했다.

그는 배가 고프지 않았고 전부 맛이 없는 것 같았다. 떠나고 싶다는 욕구, 그 사람들과 더는 섞여 있고 싶지 않다는, 더는 그들이 수다를 떨고 농담을 하고 웃음을 터뜨리는 소리를 듣고 싶지 않다는 욕구에 시달렸다.

하지만 포도주가 안겨준 취기에 몽롱해지기 시작한 롤랑 영감은 벌써 아들의 충고는 잊어버리고, 자신의 접시 옆에 놓인, 아직도 가득 차다시피 한 샴페인병을 사랑스럽다는 듯 비스듬한 눈길로 바라보고 있었다. 그는 다시 한번 설교를 듣게 될까봐 겁이 나서 샴페인병에 손댈 엄두를 내지 못하고 있었지만, 어떻게 약삭빠르게, 어떻게 교묘하게 삐에르의 잔소리를 촉발하지 않으면서도 그 병을 집어들 수 있을지를 궁리하고 있었다. 그러다가 한가지 묘안이, 모든 묘안들 가운데에서 가장 단순한 묘안이 떠올랐다. 그는 무심한 태도로 샴페인병을 집었고, 병 아랫부분을 잡고 마침 비어 있던 의사의 잔을 가장 먼저 채우려고 식탁을 가로질러 팔을 뻗었다. 그다음에는 나머지 잔들을 돌아가며 채웠고 자기 잔 차례가 오자 커다란 소리로 떠들기 시작하여, 그가 잔 안에 뭔가를 쏟아부었을 때 사람들은 틀림없이 어쩌다가 그리된 거라고 맹세라도 했을 것이다. 게다가 그 누구도 거기에는 신경 쓰지 않았다.

삐에르는 그런 생각은 하지 않고서 술을 많이 마셨다. 신경이 곤두서고 짜증이 났던 그는 줄곧 목이 가늘고 긴 크리스털 샴페인 잔을 들어올려 무의식적인 동작으로 입에 갖다댔는데, 잔에 담긴 투명하고 생기 넘치는 액체 속에서 기포들이 줄지어 달리는 것이 보였다. 그제야 그는 혓바닥 위에서 날아가버리는 가스의 달달하면서도 톡 쏘는 맛을 느끼려고 샴페인을 입안으로 아주 천천히 흘려보냈다.

차츰차츰 뭉근한 열기가 그의 몸을 채웠다. 그 진원지인 듯한 배에서부터 출발한 열기는 가슴을 점령하고 팔다리를 휩쓸더니, 마치 열기와 더불어 기쁨을 실어나르는 따뜻하고 자비로운 물결인 양 온몸으로 번져나갔다. 그는 기분이 훨씬 나아졌고 덜 초조했으며 덜 불만스러웠다. 그리고 오늘 밤 당장 동생에게 말해야겠다는 결심이 약해졌는데, 그만둬야겠다는 생각이 스쳐갔기 때문이 아니라 동생이 느끼는 행복을 그렇게 빨리 흐려놓고 싶지 않아서였다.

보지르는 축배를 들자며 일어섰다.

사방에 인사를 하고 나서 연설을 시작했다.

"우아한 부인님네들, 고귀한 남정네 여러분, 우리는 막 우리 친구에게 벌어졌던 행복한 사건을 축하하기 위해서 모였습니다. 옛말에 행운은 앞 못 보는 봉사라는 말이 있었죠. 제 생각엔 그저 근시였거나 아니면 장난꾸러기였던 것 같습니다. 그 행운이 고성능 항해용 망원경을 막 구입했고 그 덕분에 삐를호의 선장인 우리의 선량한 동료 롤랑의 아들을 르아브르 항구에서 골라냈거든요."

이 입 저 입에서 브라보 소리가 박수 소리와 함께 터져나왔다.

그러자 롤랑 영감이 화답하기 위해서 일어섰다.

목구멍이 걸걸하고 혓바닥이 약간 묵직하다고 느꼈기 때문에 큼큼 목청을 가다듬은 후 더듬거리며 입을 열었다.

"고맙소, 선장. 나와 내 아들을 위해 고맙다는 말을 해야겠군. 이런 상황에서 당신이 우리에게 해준 일들을 결코 잊지 않을 거요. 선장님의 원하는 바를 위해 건배."

롤랑 영감은 눈물로 두 눈이 축축하고 코가 맹맹한 채 더는 할 말을 찾지 못하고 다시 자리에 앉았다.

이번에는 웃고 있던 장이 말을 받았다.

"오히려 제가 고맙다는 말씀을 드려야 하는데." 그가 말했다. "오늘 이렇게 제게 갖는 애정에 대한 감동적인 증거를 보여준 헌신적인 친구들, 훌륭한 친구들(그는 로제미유 씨 부인을 바라보았다)에게 말이죠. 하지만 그분들에 대한 저의 감사하는 마음을 말을 통해서 표현할 수는 없습니다. 앞으로, 내 삶의 매 순간, 늘, 제 마음을 그분들에게 증명해드리겠습니다. 우리의 우정은 지나가버릴 그런 우정이 아니니까요."

무척 감동한 어머니가 중얼거렸다.

"잘했어, 애야."

그런데 보지르가 소리를 질렀다.

"자, 로제미유 씨 부인, 아름다운 성性을 대표해서 한 말씀 하시구려."

그녀는 잔을 들어올렸고 약간 슬픈 기색이 느껴지는 사근사근한 목소리로 말을 했다.

"저는요, 마레샬 씨를 추모하며 건배하겠어요."

기도 후에 그러듯이 잠시 잠잠히 정숙한 묵상의 순간을 가졌다. 그러자 입에 발린 칭찬을 잘하는 보지르가 이렇게 언급했다.

"이런 종류의 세심함을 보여주는 것은 여자들뿐이오."

그러더니 아버지 롤랑을 향해 몸을 돌렸다.

"실제로, 이 마레샬이라는 양반은 어땠소? 그러니까 여러분은 그분과 정말로 친했겠네?"

취기로 마음이 약해진 노인이 울기 시작했고 알아듣기 힘들게 대답했다.

"형제요…… 알잖소…… 그런 사람들을 다시 만나기는 힘들지…… 우린 서로 떨어진 적이 없었소…… 매일 저녁 우리 집에서 식사를 했었는데…… 우리를 극장에 데리고 가서 작은 축제들을 베풀었지…… 내 할 수 있는 말이라고는 이것뿐이오…… 이것뿐이지…… 이것뿐이야…… 친구, 진정한 친구…… 진정한…… 안 그래, 루이즈?"

아내가 간단하게 대답했다.

"그럼요. 충실한 친구였죠."

삐에르는 아버지와 어머니를 바라보고 있다가 다른 이야기로 넘어가자 다시 술을 마시기 시작했다.

그는 그날 저녁 모임이 어떻게 끝났는지에 대한 기억이 거의 없었다. 커피를 마셨고 술을 들이켰고 농담을 하면서 몹시 웃어댔다. 그러고 나서 그는 자정이 다 되어서 혼란스러운 마음과 묵직한 머리로 잠자리에 들었다. 그는 짐승처럼 다음 날 9시까지 자버렸다.

4

 아마도 샴페인과 샤르트뢰즈에 젖어 잠이 든 덕분에 삐에르는 기분이 누그러들고 진정되었던 모양이다. 잠에서 깨어났을 때 한껏 너그러운 기분이 되어 있었으니까. 그는 옷을 갈아입으면서 전날 자신의 감정들을 평가하고 재어보고 달아보고, 아주 분명하고 아주 완벽하게, 그러한 감정의 실제 원인들, 숨은 원인들, 개인적 원인들, 동시에 외부적 원인들을 파악하려고 하였다.

 실제로, 롤랑네 아들들 가운데 한명만이 알지 못하는 사람으로부터 유산을 상속받는다는 사실을 알게 된 맥주홀 아가씨가 악의적인 생각, 진정 창녀다운 생각을 가졌을 수도 있었다. 그런 부류의 여자들은 모든 정숙한 여인들에 대해서 그런 의심을 할 만한 희미한 이유조차 찾아볼 수 없는데도 늘 그와 흡사한 의심을 갖지 않던가? 그런 여자들은 입을 열 때마다, 본인들 스스로도 흠잡을 거리가 전혀 없음을 알고 있는 여인들을 모두 싸잡아서 욕하고, 험담하고, 명예를 훼손하는 이야기를 입에 올리지 않던가? 누군가 그런 여자들 앞에서 공격할 거리가 전혀 없는 여인의 이름을 입에 올릴 때마다, 그 여인이 마치 자신들을 모욕하기라도 한 것처럼 그 여자들은 화를 내며 큰 소리로 반격한다. "아! 당신도 알겠지만, 당신의 그 잘난 유부녀들 내가 좀 알거든! 말도 안되는 소리를 하네! 그 여자들은 우리보다도 훨씬 더 많은 애인들을 거느리고 있다고. 단지 위선자들이라서 숨기고 있다 뿐이지. 아! 그렇고말고, 말도 안되는 소리!"

다른 경우라면 그 어떤 경우든지, 그런 인간이 그토록 선하고, 그토록 단순하며, 그토록 품위있는 자신의 어머니를 겨누고 내뱉은 묘한 암시를 이해하지 못하는 것은 물론이요, 그것이 가능하리라는 가정조차 하지 못했을 것이다. 하지만 자기 안에서 발효되고 있는 질투라는 효모로 마음이 흐려진 상태였다. 그는 신경과민 상태였고, 이를테면 자신도 모르게 동생에게 해가 될 수 있는 거라면 아무거라도 걸려들기를 노리고 있는 상태였기에, 그 자신이 맥주홀 여종업원에게 그녀가 원래 갖고 있지 않았던 가증스러운 의도를 부여했을 수도 있는 일이었다. 그의 상상력이 홀로, 그가 조금도 다스리지 못하며 끊임없이 그의 의지에서 벗어나버리는 그 상상력이, 자유롭고 대담하며 모험을 좇는 교활한 그 상상력이 무한한 생각의 우주를 떠돌다가, 그 자신 그의 마음속 영혼의 밑바닥에, 측정할 수 없이 깊은 골마다에 훔친 물건인 양 숨겨뒀던 털어놓을 수 없는 수치스러운 생각들을 가져오는 것일 수도 있었다. 그 상상력이 홀로 그처럼 끔찍스러운 의심을 자아내고 만들어낸 것일 수도 있었다. 그의 마음이, 그 자신의 마음이 그에게마저도 숨기는 비밀들을 지니고 있다는 것은 확실하다. 그 상처 입은 마음이 그처럼 끔찍스러운 의심 속에서 질투를 불러일으킨 유산을 동생에게서 빼앗을 방법을 발견하지 않았겠는가.

물론, 로제미유 씨 부인이 비록 지적으로 한계가 있다 하더라도, 그녀 역시 여인 특유의 요령과 통찰력, 섬세한 감각이 있었다. 그런데 그런 로제미유 씨 부인이 더할 나위 없는 단순함을 보여주며 고故 마레샬을 추모하는 건배를 제안했다는 것은 그녀에게는 그런 생각이 떠오르지조차 않았다는 것이다. 만약 자그마한 의심이라도 머릿속을 스쳐갔더라면 그런 행동을 절대로 하지 않았을 테니까. 이제 그는 더는 의심하지 않았는데, 동생에게 굴러들어온 재산에 대한 본의 아닌 불만과 또한 어머니에 대한 그의 종교적 애정이 그에게서 양심의 가책을, 경건하며 존중할 만하나 과장된 가책을 불러일으켜놨다.

이렇게 결론을 내리자 선행을 하고 났을 때처럼 만족스러웠고, 그 괴벽과 어리석은 단언들, 천박한 의견들, 지나치게 눈에 띄는 범용함이 끊임없이 그의 기분에 거슬렸던 아버지를 필두로 모두에게 잘해줘야겠다는 결심을 했다.

그는 점심식사 시간에 늦지 않게 들어왔고 재치와 유쾌한 기분으로 식구 전부를 즐겁게 해줬다.

어머니는 그의 애칭을 사용해가며 그에게 환한 표정으로 말했다.

"우리 삐에로, 그럴 마음만 있다면 네가 얼마든지 재미있고 재치 있을 수 있다는 걸 넌 모를 거야."

그리고 그는 이야기를 하고, 적절한 표현들을 찾아내고, 친구들의 모습을 교묘하게 묘사해서 웃게 만들었다. 보지르가 그의 과녁 노릇을 해줬고, 로제미유 씨 부인도 약간 언급되었지만 은근하게, 과하게 심술궂지 않은 방식으로 그랬다. 그리고 그는 동생을 바라보면서 생각했다. '이 순진한 사람아, 그 여자 변호 좀 해보라고. 네가 부자면 뭐하니. 그럴 마음만 든다면 난 언제라도 널 보잘것없이 만들 텐데.'

그는 커피가 나올 때 아버지에게 말했다.

"오늘 뻬를호 쓰실 건가요?"

"아니다, 애야."

"그럼 장바르와 함께 배 타고 나가도 되죠?"

"암. 마음대로 하렴."

그는 첫번째로 만난 담배가게에서 고급 시가를 샀고 경쾌한 발걸음으로 항구를 향해 내려갔다.

하늘을 바라보니 맑고, 밝고, 연한 푸른빛을 띤데다, 해풍에 씻겨 말갰다.

선원 빠빠그리, 일명 장바르가 아침에 낚시하러 가질 않을 때에는 매일 정오에 출항 준비를 해둬야 하는 배 구석에 처박혀서 졸고 있었다.

"선장님, 오늘은 우리 둘 차지예요!" 삐에르가 소리쳤다.

그는 부둣가의 철제 사다리를 타고 내려가 배로 뛰어들었다.

"바람은 어떻죠?" 그가 물었다.

"내륙에서 불어와요, 계속요, 삐에르 선생님. 먼바다는 바람이 조아요." 빠빠그리가 어눌하게 대답했다.

"좋군요! 자, 출발합시다."

두 사람이 앞돛을 끌어올리고 닻을 들어올리자, 놓여난 배가 항구의 잔잔한 물 위에서 방파제를 향해 천천히 미끄러지기 시작했다. 거리에서 불어오는 살랑바람이 돛 상단에 닿았지만 어찌나 부드럽던지 아무것도 느껴지지 않았기에, 뻬를호는 스스로의 생명력으로, 배들의 생명력으로 저절로 움직이는 듯했고, 자신 안에 숨어 있던 신비로운 힘에 떠밀려가는 듯했다. 삐에르가 키를 잡았는데, 그는 입에는 시가를 물고, 두 다리는 벤치 위로 쭉 뻗고, 작열하는 태양빛에 두 눈은 반쯤 감은 채, 방파제의 역청 먹인 거대한 목재 구조물들이 자신과 반대방향으로 지나가는 것을 바라보았다.

두 사람을 보호해주는 방파제의 북단을 지나 난바다로 빠져나가자, 보다 선선한 미풍이 조금은 서늘한 느낌의 애무인 양 의사의 얼굴과 손 위를 스쳐갔고, 긴 들숨으로 그 바람을 들이마시려고 활짝 열린 의사의 허파 속으로 파고들었고, 돛대의 갈색 천을 둥글게 부풀어오르게 했는데, 그 바람에 뻬를호가 기우뚱하더니 보다 속도가 빨라졌다.

장바르가 갑자기 이물의 삼각돛을 끌어올리자 한가득 바람을 맞아 퍼덕이는 삼각돛이 날개처럼 보였다. 장바르는 성큼성큼 두어 걸음 만에 고물로 옮겨가서 밧줄로 돛대에 묶어뒀던 뒷돛을 풀어놓았다.

그러자 배가 갑자기 옆구리 쪽으로 비스듬히 누워 전속력으로 미끄러지니, 바닷물이 부글거리다 사라지며 연신 부드럽고 생생한 소리를 냈다.

　뱃머리가 빠르게 움직이는 쟁기 날처럼 바다를 갈랐고, 논밭을 갈아엎으면 갈색의 묵직한 흙덩이가 땅으로 떨어지듯이, 거품이 하얗게 인 바닷물이 유연하게 출렁이며 둥글게 부풀어올랐다가 가라앉았다.

　매번 새로운 파도를 만날 때마다——파도 사이의 간격은 짧고 가까웠다——이물의 삼각돛에서부터 삐에르의 손에서 떨고 있는 키에 이르기까지, 뻬를호 전체에서 진동이 느껴졌다. 잠시 바람이 좀 더 강하게 불어오자 파도가 배를 덮치기라도 하려는 듯 뱃전에서 넘실거렸다. 리버풀발 석탄 운반선이 밀물 때를 기다리며 닻을 내려놓은 상태였다. 두 사람은 석탄 운반선의 뒤쪽으로 돌아나간 뒤 정박 중인 선박들을 하나하나 구경했고, 그러고 나서 저 멀리 펼쳐진 해안을 바라보기 위해서 좀더 먼 바다로 나아갔다.

　세시간 동안 삐에르는 평온하고 고요하고 만족스러운 상태로, 날개 돋친 민첩하고 온순한 짐승처럼 자신의 손가락이 어느정도의 힘을 주는가에 따라서, 자신이 변덕을 부리는 대로 왔다 갔다 하는 이 목재와 천으로 만들어진 물건을 조종하면서 일렁이는 물 위를 떠돌아다녔다.

　그는 사람들이 말 등에 올라타고 혹은 선박의 갑판에 올라서서 그러듯이 몽상에 잠긴 채, 자신의 아름다울 미래와 현명하게 살아가며 누릴 즐거움에 대해 생각했다. 당장 내일이라도, 프랑수아프르미에 가의 근사한 아파트로 당장 들어가기 위해서 동생에게 석 달 기한으로 1500프랑을 꾸어달라는 부탁을 해야겠다.

선원이 갑자기 말을 붙였다.

"삐에르 선생님, 바다안갠데, 돌아갑죠."

눈을 들어보니, 북쪽에서 낮게 드리워진 회색빛 그림자가 빠르게 움직이는 것이 보였는데, 그 그림자는 하늘을 휘감고 바다를 뒤덮으며 하늘에서 굴러떨어진 구름인 양 그들을 향해 달려오고 있었다.

그는 항로를 바꿔 뒤에서 불어오는 바람을 받으며 방파제를 향해 달렸지만 빠르게 움직이는 바다안개에 뒷덜미를 채였다. 삐를 호를 따라잡은 바다안개의 두터움을 느낄 수는 없었지만 삐를호가 그 속에 푹 파묻히게 되자, 싸늘한 기운에 삐에르의 팔다리에는 소름이 쫙 돋았다. 그는 연기내와 곰팡내가, 바다안개 특유의 야릇한 냄새가 맡아지자, 그 습하고 차디찬 안개구름을 맛보고 싶은 생각이 조금도 없어서 입을 꾹 다물었다. 배가 늘 정박하던 곳에 자리 잡았을 즈음에는, 방울져 떨어져내리지는 않아도 비처럼 적시며, 흘러가는 강물처럼 집과 거리 위를 휩쓸고 지나가는 그 미세한 수증기로 도시 전체가 뒤덮인 상태였다.

손발이 꽁꽁 언 삐에르는 서둘러 집으로 돌아가, 저녁식사 때까지 자두려고 침대로 들어갔다. 그가 식당에 나타났을 때 어머니가 장에게 말을 건네고 있었다.

"그 복도 말이야, 아주 근사할 거야. 그곳에 꽃을 놓을 거거든. 두고 보라고. 꽃 관리와 유지는 내가 맡으마. 네가 연회라도 베푼다면 환상적인 눈요깃감이 될 테지."

"무슨 이야기를 나누고들 계세요?" 의사가 물었다.

"네 동생을 위해 근사한 아파트를 하나 막 계약하고 왔거든. 뜻밖의 발견이었지. 반이층이고, 출입구가 두개인데 서로 다른 길로 나 있단다. 거실 두개에 한 면에 유리를 댄 복도, 그리고 원형의 자그마한 식당까지, 총각이 살기엔 넘치게 매력적이더구나."

삐에르의 얼굴에서 핏기가 가셨다. 분노가 그의 심장을 옥죄었다.

"어느 위치죠? 그 아파트요." 그가 말했다.

"프랑수아프르미에 가란다."

더는 의심할 필요가 없게 된 삐에르는 자리에 앉았고, 화가 치받쳐올라 소리라도 지르고 싶었다. '정말이지 해도 너무하는군! 그러니까 이젠 몽땅 재 차지로구나.'

어머니가 환한 얼굴로 계속 이야기를 했다.

"얘야, 내가 그걸 2800프랑에 얻어냈단다. 3000프랑을 달라고 했지만 삼년 단위로 임대를 하면서 200프랑을 깎았지. 네 동생과는 완벽하게 어울릴 거야. 우아한 실내장식만 해놓으면 변호사로 출세하는 데 문제없을걸. 그런 게 고객을 끌어오고 고객의 마음을 후려서 묶어두는 법이지. 게다가 그래야 고객이 존경심을 갖고, 이런 데 자리 잡은 변호사라면 변론비도 비싼 게 당연하다고 생각하지 않겠니."

어머니는 잠시 입을 다물었다가 다시 말을 이었다.

"네게도 마땅한 걸 찾아줘야 할 텐데. 넌 가진 게 아무것도 없으니 좀더 소박한 걸로, 그래도 제법 쓸 만한 걸로 말이야. 네게 반드시 많은 도움이 될 게다."

삐에르는 거만한 말투로 대답했다.

"오! 저야, 노동과 수완을 통해서 출세해야죠."

어머니는 굽히지 않았다.

"그렇지. 그래도 괜찮은 진료실이 네게 당장 도움이 될 게다."

식사가 한창일 때 삐에르가 갑자기 물었다.

"어떻게 아시게 된 거예요? 그 마레샬이라는 분요."

롤랑 영감은 고개를 들더니 기억을 더듬었다.

"잠깐. 이젠 기억이 잘 나지 않는구나. 하도 오래된 일이라서. 아! 그래, 그랬지. 네 어머니가 상점을 보다가 알게 됐었지. 그렇지 않소, 루이즈? 뭔가 주문을 하러 왔었고, 그뒤 자주 왔지. 그러니까 그를 친구로서 알기 전에 고객으로 먼저 알았지."

강낭콩을 먹으면서, 꼬치에 꿰기라도 하는 것처럼 강낭콩을 포크 끝으로 한알 한알 꿰고 있던 삐에르가 다시 입을 열었다.

"그게 언제쯤이었나요? 그분을 알게 된 게요."

롤랑은 다시 기억을 뒤져댔지만 더는 아무것도 기억이 나지 않자 아내의 기억에 도움을 청했다.

"몇년도였지? 가만있자. 루이즈, 당신은 기억력이 워낙 좋으니 잊지 않았을 거야. 글쎄…… 그러니까…… 그게…… 55년이었던 가? 아님 56년……? 거, 기억 좀 해보구려. 나보다야 당신이 훨씬 잘 알 거 아닌가?"

어머니는 잠시 기억을 더듬더니 자신있는 차분한 목소리로 대답을 했다.

"58년도였어요. 그때 삐에르는 세살배기였죠. 틀렸을 리가 없는 게, 그해 아이가 성홍열에 걸렸고, 그때만 해도 잘 알지도 못하는 사이였는데 마레샬이 우리에게 큰 도움을 줬거든요."

롤랑이 커다란 목소리로 말했다.

"맞아, 그랬지. 그 양반 멋졌었지! 네 어미는 너무 지쳐서 꼼짝도 할 수 없었고 나는 상점에 묶여 있을 때였는데, 그 사람이 네 약을 찾아 약국에 가줬거든. 참말로 마음씨 좋은 사람이었어. 네가 다 낫자 그 양반이 얼마나 좋아하면서 널 꼭 안아주던지, 넌 상상도 못할 거다. 그때부터 우리는 절친한 사이가 되었단다."

그러자 총알이 뚫고 들어와서 찢어발기듯, 갑작스럽고 격렬한 어떤 생각이 삐에르의 영혼 속으로 들어왔다. '그분이 나를 먼저 알았고 내게 그다지도 헌신적이었다면서, 나를 사랑하여 그토록 안아줬다면서, 내가 어머니 아버지와 대단한 인연을 맺게 한 원인 이라면서, 대체 왜 그분은 전재산을 동생에게 물려주고 내게는 아무것도 남겨주지 않은 걸까?'

그는 더는 질문하지 않았고 몽상에 잠겼다기보다는 뭔가에 정신을 빼앗긴 듯 침울한 표정으로, 아직 분명하지는 않으나 새로운 불안을, 새로운 고통의 은밀한 씨앗을 품게 되었다.

그는 일찌감치 집에서 나와 거리를 배회하기 시작했다. 거리는 안개에 휘감겼고, 그 때문에 밤이 무겁고 탁하고 역겨운 것이 되어 버렸다. 악취 풍기는 연기가 대지를 내리덮은 것만 같았다. 안개가 가스등 위로 지나가는 게 보였고, 안개가 가스등 불빛을 가릴 때마다 가스등이 꺼진 것처럼 보였다. 얇게 얼음이 언 저녁나절처럼 거리의 보도가 미끄럽게 변했고, 지하실, 구덩이, 하수구, 가난한 부엌의 악취가, 온갖 고약한 냄새가 집 안에서부터 흘러나와 어슬렁거리는 이 바다안개의 끔찍스러운 냄새와 뒤섞이는 듯했다.

구부정한 자세로 두 손을 주머니에 집어넣고 걷던 삐에르는 이 추위에 밖에 머물고 싶은 생각이 조금도 없었기에 마로브스꼬의 약국으로 향했다.

늙은 약사는 자신을 위해 밝혀둔 가스등 불빛 아래에서 또 잠들어 있었다. 충성스러운 개가 애정을 바치듯 삐에르를 좋아하는 그는, 삐에르를 알아보고는 잠기를 떨쳐내고서 술잔 두개를 찾아 구스베리 술을 담아 갖고 왔다.

"자!" 의사가 물었다. "술 판매는 사정이 어때요?"

폴란드인은 어떻게 시내의 주요 까페 네군데가 구스베리 술 유통에 뛰어들기로 했는지, 그리고 어떻게 기자들에게 몇가지 의약품을 조제해준 대가로 『르 파르 드 라 꼬뜨』와 『르 쎄마포르 아브래』에서 술 선전을 해주기로 했는지에 대해 설명했다.

마로브스꼬가 한참 침묵을 지키더니, 장이 정말로 재산을 취득했는지 물었다. 그러더니 다시 그 주제에 대해 모호한 질문 몇가지를 덧붙였다. 삐에르에게 헌신적인 그는 삐에르에 대한 근심을 떨쳐내지 못해 그런 편파적 유산상속에 반발했던 것이다. 삐에르는 자신의 귀에 그의 생각이 들려오는 것 같았고, 시선을 피하는 그 눈과 주저하는 그 말투에서, 그토록 신중하고 그토록 소심하며 그토록 능갈맞은 그가 입술까지 올라왔으나 절대로 말하지 않을 문장들을 짐작했고, 이해했고, 읽어냈다.

이제 그는 더는 의심하지 않았는데, 그 늙은 폴란드인은 이렇게 생각하고 있었다. '어머니에 대해 안 좋은 말들이 돌 테니, 동생이 그 유산을 수락하게 해서는 안되는 거였다오.' 심지어 장이 마레샬의 아들이라는 생각까지 하는지도 몰랐다. 확실히 그는 그렇게 생각했다! 그런 일이 있을 법해 보이고, 그럴 법해 보이고, 뻔해 보일 텐데, 그가 어떻게 그런 생각을 하지 않겠는가? 하지만 그 자신은, 그는, 삐에르는, 아들은 사흘 전부터 온 힘을 다해서, 머리를 써서 온갖 교묘한 구실들을 내세우며, 이성을 속이기 위해 싸워오지 않았던가? 그 끔찍한 의심에 대항해 싸워오지 않았던가?

그러자 다시금 갑작스럽게, 생각을 해보고, 이 문제를 놓고 자기 자신과 논의해보고, 이 끔찍하나 있을 법한 일을 대담하게 거리낌 없이 유약함에 빠지지 않고 검토해보기 위해서 혼자 있고 싶다는 욕구가 솟구쳤고, 그 욕구가 어찌나 위압적이었는지 그는 구스베리 술을 다 마시지도 않고서 벌떡 일어나, 어리둥절해진 약사와 작별의 악수를 하고는 거리에 가득 찬 안개 속으로 다시 빠져들어갔다.

그는 서서히 생각에 잠겼다. '왜 그 마레샬이라는 인물은 전재산을 장에게 물려줬을까?'

이제 그가 그 까닭을 찾아헤매는 이유가 더는 질투가 아니었고, 그 스스로 자기 안에 숨어 있는 것을 알고 있으며 사흘 전부터 그에 맞서싸우는 중인, 그 약간은 저열하나 자연스러운 시기심이 더는 아니었으니, 그것은 끔찍스러운 사실에 대한 두려움, 그 스스로 장이, 그의 동생이 그 남자의 아들이라고 믿는 데서 오는 두려움이었다!

아니다. 그는 그렇게 믿지 않았다. 그런 사악한 질문을 스스로에게 제기할 수조차 없었다! 하지만 그토록 가볍고, 그토록 있을 법해 보이지 않는 그 의혹을 영원히, 완벽하게, 그에게서 몰아낼 필요가 있었다. 그에게는 빛이, 확신이 필요했고, 그에게는 철저한 안전이 필요했는데, 세상에서 그의 유일한 사랑은 어머니였으니까.

그래서 야밤에 배회하며 홀로이, 기억을 더듬고 이성을 동원해 명약관화한 진실이 도출될 꼼꼼한 조사를 벌일 참이었다. 그러고 나면 다 끝날 터이니 다시는, 결코 다시는 그에 관해 생각하지 않을 테다. 그다음에 자러 갈 테다.

그는 생각에 잠겼다. '어디, 우선, 사실들을 검토해보자. 그다음에는 그에 대해서, 내 동생과 나에 대한 그의 태도에 대해서 내가 알고 있는 것 전부를 기억해내야지. 이런 편애를 유발할 수 있었던 원인들을 전부 찾아봐야지…… 그는 장이 태어나는 것을 보았던가?─그렇다고는 하지만 나를 먼저 알았지─만약 그가 말없이 조심스럽게 어머니를 사랑했더라면, 그가 더 사랑했을 사람은 나여야지. 내 덕분에, 내 성홍열 덕분에 그가 부모님의 절친한 친구가 되었으니까. 따라서, 논리적으로 따지자면, 그가 동생이 자라는 것을 보면서 그애에 대해서 본능적으로 끌리고 더 좋아하게 된 게 아닌 한, 나를 선택하고 내게 보다 생생한 애정을 품어야만 했어.'

그래서 그의 생각 전부와, 그의 지적 능력 전부를 쏟아붓는 절망적 긴장 속에서 기억을 헤집으며, 그 인물을, 그가 빠리에 머물던 세월 내내 그의 마음에 대해서는 무심하게 그 앞을 지나다녔던 그 인물을 재구축하고, 다시 떠올려보고, 알아보고, 그 안으로 파고들어가보려고 애를 썼다.

하지만 걷는 동작 때문에, 발을 떼어놓는 가벼운 움직임 때문에, 생각이 조금 혼란스러워지고, 집중능력이 떨어지고, 사고능력이 약화되고, 기억이 흐려진다는 생각이 들었다.

과거, 그리고 알지 못하는 사건들에 대해서 무엇 하나 놓치는 법이 없는 그 날카로운 시선을 던지자면 넓고 텅 빈 공간에서 가만히 있을 필요가 있었다. 그래서 저번 날 밤처럼 방파제로 가서 자리 잡기로 결심했다.

항구에 가까워지니 먼바다 쪽에서 애처롭고 을씨년스러운 탄식이, 소 울음과 흡사하나, 보다 멀리 나아가며 보다 강력한 탄식이 들려왔다. 그것은 싸이렌 소리로, 안개 속에서 길 잃은 선박들이 내지르는 비명 소리였다.

전율이 살갗에 흘렀고 가슴을 옥죄었는데, 그 자신 내지른 것만 같은 고뇌에 찬 그 비명 소리가 그의 영혼과 신경 속에서 울려퍼졌기 때문이었다. 이번에는 그와 흡사한 또다른 신음 소리가 들려왔다. 그러더니 아주 가까이에서, 항구의 싸이렌이 그들에게 대답하며 귀청을 찢어발길 듯한 소리를 질러댔다.

삐에르는 성큼성큼 걸어서 방파제에 도착했고, 더는 아무런 생각도 하지 않고, 이 음산하며 포효하는 어둠 속으로 들어간 것에 만족해했다.

그는 방파제 끝에 자리 잡고 앉자 눈을 감아버렸는데, 밤에 항구에 접근할 수 있게 해주는 안개에 뒤덮인 전깃불의 진원지들과, 남쪽 방파제 위의 등대에 들어와 있는 붉은색 불빛, 가까스로 알아볼 수 있을 뿐인 그 불빛을 조금일지언정 보지 않기 위해서였다. 그러더니 반쯤 몸을 돌려서 거칠거칠한 돌 위에 팔꿈치를 괴고서 두 손에 얼굴을 묻었다.

'마레샬…… 마레샬.' 비록 그 단어를 입술을 움직여 발음하지는 않았지만 생각 속에서 그 이름을 되뇌었는데, 마치 그를 불러내기 위해서, 그의 망령이나마 떠올리고 나타나게 하려는 듯했다. 눈꺼풀을 내리자 어둠이 찾아왔고 그 속에서 그가 예전에 알았던 모습 그대로의 마레샬이 갑자기 떠올랐다. 그는 예순이 된 남자였고, 끝을 뾰족하게 다듬은 턱수염은 하얗게 셌으며, 두툼한 눈썹 역시 마찬가지였다. 키는 크지도 작지도 않았고, 친절한 인상에 회색빛 두 눈은 다정해 보였으며, 동작은 튀지 않아서, 겉모습은 단순하고 다감한 호인이었다. 그는 삐에르와 장을 "내 귀여운 아이들"이라고 불렀는데, 둘 중 누구 하나를 더 좋아하는 기색은 전혀 없었고, 둘을 함께 저녁식사에 초대했다.

사라진 흔적을 쫓는 개의 끈질김으로 지상에서 사라진 그 남자의 말과 몸짓, 억양, 시선을 쫓기 시작했다. 그가 동생과 자신을 식사에 초대하여 트롱셰 가의 아파트에서 맞아들일 때의 모습이 차츰차츰, 오롯이 복원되었다.

하녀 둘이 시중을 들었는데, 둘 다 나이가 들었으며 "삐에르 선생님" "장 선생님"이라고 말하는 습관이 붙은 지는 오래된 듯하였다.

마레샬은 두 젊은이에게 손을 내밀었는데, 둘이 들어오는 대로 한명에게는 오른손을, 다른 한명에게는 왼손을 주는 식이었다.

"잘 있었니, 얘들아." 그가 말했다. "부모님에게서 소식은 있었고? 내게는 어째 편지를 보내오는 법이 없구나."

　세 사람은 다정하고 단란하게 일상적인 것들에 대한 이야기를 나누었다. 그 남자의 정신 속에 뭔가 특출한 것은 없었지만 상냥함, 매력, 우아함은 가득했다. 틀림없이 그들에게 그는 좋은 친구, 턱하니 마음 놓고 신뢰할 수 있어서 거의 생각하는 법이 없는 그런 좋은 친구들 중 하나였던가보다.

　이제 기억들이 삐에르의 머릿속으로 밀려들었다. 그의 근심 어린 모습을 몇번 보고는 학생 신분의 가난함을 짐작한 마레샬이 자연스럽게 금전을 제공하든가 혹은 빌려주든가 했는데, 아마 몇백 프랑 정도의 금액이었겠지만 이쪽도 저쪽도 잊어버려서 결코 갚은 적이 없었다. 그러니까 그 남자는 항상 그를 좋아했고 항상 그에게 관심이 있었던 것이다. 왜냐하면 그의 생활비를 걱정했으니까. 그렇다면…… 그렇다면 왜 장에게 전재산을 남겼을까? 그래, 그가 첫째보다 둘째에게 눈에 띄게 더 다정했다든가, 한쪽보다 다른 쪽에 더 신경을 썼다든가, 이쪽보다 저쪽에 명백하게 덜 다정했다든가 한 적이 절대로 없었다. 그렇다면…… 그렇다면…… 그러니까 그가 전부를, 장에게 전부를 줄, 그리고 삐에르에게는 아무것도 주지 않을 뭔가 강력하고 비밀스러운 이유가 있었던 것이다.

　그것에 대해 생각하면 할수록, 최근 몇년간의 과거가 점점 또렷하게 되살아났고, 의사가 판단하기에 두 형제 사이에 그런 구별을 둔 것이 점점 더 있을 법하지도 않고 믿기도 힘든 일이 되었다.

　그러자 날카로운 고통이, 그의 가슴속으로 들어온 표현할 길 없는 고뇌가 그의 심장을 나부끼는 넝마처럼 펄떡이게 만들었다. 심장의 용수철이 부러진 채 드러났고, 피가 마음대로 콸콸 지나가자 심장이 격렬하게 요동쳤다.

그러자 그는 나지막한 목소리로, 악몽을 꾸며 말을 하듯 중얼거렸다. "알아내야만 해. 맙소사, 반드시 알아야 해."

이제 좀더 멀리까지, 그의 부모가 빠리에 살던 시절로까지 거슬러올라가 찾아보았다. 하지만 관련된 얼굴들이 그에게서 빠져나가버렸기에, 기억이 뒤죽박죽이었다. 그는 특히 악착스레 마레샬의 모습을 복원하려 들었으니, 그 머리카락이 금발이었을까, 밤색이었을까, 아니면 검은색이었을까? 그러한 시도는 성공하지 못했는데, 그 남자의 마지막 모습, 노인의 모습이 다른 모습들을 지워버렸기 때문이었다. 하지만 보다 날씬했고 목소리가 부드러웠으며, 종종 꽃을 들고 왔다는 것을 기억해냈는데, 아버지가 "또 꽃다발이야! 이보게, 이건 미친 짓이라고. 그러다가는 장미로 파산하겠네"라고 줄기차게 말했던 것을 보면 아주 잦았을 것이다.

마레샬은 이렇게 대꾸했다. "내버려두게나. 내가 즐거워서 하는 일이야."

그러자 갑자기 어머니의 말투, "고마워요"라고 미소를 떠올리며 말하던 어머니의 말투가 머릿속을 스쳐갔는데, 어찌나 선명한지 귓가에서 들려오는 것만 같았다. 그러니까 그 표현이 그처럼 아들의 기억에 새겨질 정도로 그렇게나 자주 그 말을, 그 한마디를 입에 올렸던 것이다!

그러니까 마레샬, 부유한 남자요, 상류층 인사며 고객인 그가 이 평범한 보석상의 아내에게 꽃을 가져다주었던 것이다. 그는 그녀를 사랑했을까? 그가 여인을 사랑하지 않았다면 어떻게 그런 상인들의 친구가 되었겠는가? 그는 교양이 넘쳤으며 상당히 세련된 정신의 소유자였다. 그가 삐에르와 함께 시인과 시에 대해 논했던 적이 그 얼마였던가! 그는 예술가로서 작가들을 평가하지 않았고 감동한 부르주아로서 평가하였다. 의사는 종종 자신이 보기에 조금은 어리석어 보이는 그러한 감정들에 대해 미소를 지었다. 오늘에서야 그는 그 감정이 풍부한 남자가 아버지와, 그토록 실제적이고, 그토록 현실적이고, 그토록 세속적이며, 그토록 둔감하여 '시'詩라는 단어는 바로 어리석음을 의미한다고 생각하는 아버지와는 결코 절대로 친구가 될 수 없었다는 것을 이해했다.

그러니까 그 마레샬이라는 사람, 젊고 자유롭고 부유하며 온갖 다정한 표현에 능한 그 인물이 어느날 우연히 보석점에 들렀는데, 그곳에서 예쁘장한 여주인이 눈에 띄었던 것이다. 그는 보석을 구입했고, 다시 들렀고, 나날이 친해져서 대화를 나눴고, 잦은 보석 구입이라는 댓가를 지불하고 그 가정에 들어가 앉아서 젊은 부인에게 미소를 보내고, 그 남편과 악수할 권리를 얻었다.

그리고 그다음은…… 그다음은…… 오! 맙소사…… 그다음은……?

그는 첫째 아이를, 보석상의 아이를, 또다른 아이가 태어날 때까지는 사랑했고 다정하게 쓰다듬어줬고, 그러고는 죽을 때까지 속을 보이지 않았고, 또 그러고는 그의 무덤이 닫혔고, 그의 육신이 썩어들어갔고, 그의 이름이 산 자들의 이름에서 지워졌고, 그의 전존재가 영원히 사라져서 더는 조심하고 두려워하고 숨겨야 할

게 아무것도 없게 되니 전재산을 둘째에게 주었다……! 왜 그랬을까……? 그 남자는 영리했다…… 그는 그 아이가 자신의 아이라는 추측이 떠돌지도 모르고, 거의 틀림없이 그렇게 되리라는 것을 알았고 예상했음에 틀림없었다──그래서 한 여인의 명예를 더럽혔다? 장이 그의 아들이 아니라면 어떻게 그런 짓을 했겠는가?

갑자기 또렷하고 끔찍한 기억이 삐에르의 마음속을 지나갔다. 마레샬은 금발, 장처럼 금발이었다. 이제 예전에 빠리에 있을 때 거실 벽난로 위에서 보았으나 지금은 사라져버린 소형 초상화가 기억났다. 대체 그게 어디 있는가? 잃어버렸든가 숨겼든가! 오! 일초만이라도 그것을 손에 쥘 수 있다면? 어쩌면 어머니는 사람들이 사랑의 유품들을 넣은 뒤 자물쇠를 채워버리는, 그런 아무도 모르는 서랍 속에 그것을 간직하고 있을는지도 몰랐다.

그런 생각이 들자 그가 느끼는 고뇌가 너무나 통렬하여 신음 소리를, 고통이 지나치게 생생할 때 절로 목구멍에서 흘러나오기 마련인 그런 짧막한 비명을 흘렸다. 그런데 갑자기, 방파제의 싸이렌이 그 소리를 들은 듯, 그 의미를 이해하고 대답해주려는 듯, 정말로 가까운 거리에서 울부짖었다. 천둥소리보다도 더 크게 울려퍼지는 그 초자연적 동물의 울부짖음, 바람과 파도 소리를 잡아먹을 정도의 거칠고 무시무시한 포효가 안개에 뒤덮여 눈에 보이지 않는 바다 위 어둠 속으로 퍼져나갔다.

그러자 다시금 비슷한 외침들이 안개를 뚫고서, 가깝거나 혹은 먼 거리에서, 어둠 속에서 일어났다. 그 소리들, 앞 못 보는 커다란 여객선들에서 솟아오르는 그 부르짖음은 끔찍했다.

그러더니 모두 다시 입을 다물었다.

삐에르는 눈을 떠 주위를 둘러보고 그곳에 있다는 데 소스라치며 악몽에서 깨어났다.

'내가 미쳤구나.' 그는 생각했다. '어머니를 의심하다니.' 애정과 연민, 뉘우침, 기도, 비탄이 흘러넘쳐 그의 마음이 잠겨들었다. 어머니를! 그렇게나 어머니를 속속들이 알고 있으면서 어떻게 그가 어머니를 의심할 수 있었는가? 단순하고 정숙하며 충실한 그 여인의 영혼은, 삶은, 물보다도 더 맑지 않았는가? 어머니를 보고 겪어봤다면 혐의를 둘 여지가 없다고 어떻게 판단하지 않겠는가? 그런데 그녀를 의심했던 것은 바로 그, 아들이었다. 오! 그 순간 어머니를 품에 안을 수만 있었다면, 그가 얼마나 그녀를 꼭 껴안았고 쓰다듬었겠으며 용서를 구하기 위해서 얼마나 기꺼이 무릎을 꿇었겠는가!

그녀가 아버지를 속였을까? 그녀가……? 아버지를! 물론, 그는 호인이며, 성실하고, 사업에서는 정직한 사람이었지만 그 정신이 보석점 테두리를 결코 벗어난 적이 없는 사람이기도 했다. 한때 상당한 미모였고—그는 그렇다는 것을 알고 있었고 여전히 그래 보였다—섬세하고 다정하고 다감한 영혼을 타고난 그 여인이 자신과 그토록 다른 남자를 약혼자로, 그리고 남편으로 어떻게 받아들였을까?

그 이유를 찾아 무엇하겠는가? 아가씨들이 부모가 소개해주는 지참금 지닌 총각과 결혼하듯 그녀도 그렇게 결혼했다. 두 사람은 곧 몽마르트르 거리에 있는 자신들의 보석점에 자리 잡았다. 그리고 판매대는 젊은 여인이 맡아서, 새 가정의 정신을 좇아, 빠리의 대부분의 상인 가정에서 연정을, 심지어 애정까지도 대신하는 공동이익이라는 그 미묘하고도 신성한 가치를 좇아, 자신의 활발하고 섬세한 지성을 총동원해가며 그들이 바라는 가정의 재산을 일구는 일에 착수하였다. 그뒤 그녀의 삶은 그렇게, 단조롭고 평온하고 성실하며 아무런 연정 없이 흘러갔다……!

아무런 연정 없이……? 어떤 여인이 조금도 사랑해보지 않았다는 것이 가능했을까? 젊고, 예쁘고, 빠리에 살며, 책들을 읽고, 무대 위에서 열정 때문에 죽어가는 여주인공들에게 박수를 보내던 여인이 단 한번도 마음에 파문이 인 적 없이 청소년기에서 노년기로 넘어갈 수 있었을까? 다른 여자라면 그는 그런 일이 가능하리라고 생각하지 않을 것이다—왜 자기 어머니에 대해서는 그런 일이 가능하리라고 믿는 걸까?

물론 그녀도 사랑을 할 수 있었을 것이다. 다른 여자나 마찬가지로! 비록 그녀가 그의 어머니일지라도 다른 여자와 다를 이유가 뭐가 있겠는가?

그녀는 젊었고, 젊은이들의 마음을 흔드는 시적 감정에 약해서 생겨나기 마련인 결점들을 모두 지녔었다! 범속한데다 늘 장사 이야기나 하는 남편 곁에 머물며 감옥살이하듯 상점에 갇혀 있던 그녀는 달빛이나 여행, 저녁나절의 어스름 속에서 받는 키스를 꿈꿨다. 그러던 중 어느날 한 남자가 상점에 들어왔는데, 책 속에 등장하는 연인들이 실제 눈앞에 나타난 것 같았고, 또한 그들처럼 말을 했다.

그녀는 그를 사랑했다. 왜 아니겠는가? 그녀는 그의 어머니였던 것이다! 저런! 어머니의 일이기 때문에 명백한 진실을 거부할 정도로 맹목적이고 어리석어야만 했는가?

어머니는 자신을 내줬을까⋯⋯? 물론 그랬을 것이다. 그 남자에게 다른 여인이 없었던 걸 보면—물론 그랬을 것이다. 그 남자가 멀리 떠나갔고 이제는 나이 든 그 여인에게 계속 충실했던 걸 보면—물론 그랬을 것이다. 그 남자가 전재산을 자신의 아들, 그들의 아들에게 물려줬던 걸 보면⋯⋯!

이제 삐에르는 아무나 한놈 목숨을 끊어놓고 싶다는 생각이 들 정도로 분노로 부들거리며 벌떡 일어섰다! 그의 내뻗은 팔, 그의 활짝 편 손이 누군가를 치고, 두들기고, 박살을 내고, 목 조르기를 열망했다! 누구를? 아버지, 동생, 세상을 뜬 그 사람, 어머니, 전부 다!

그는 집으로 돌아가려고 서둘렀다. 그는 무엇을 하려는가?

수위 표시등 옆의 망루를 지나가는데, 얼굴 위로 싸이렌 소리가 귀청을 찢어발길 듯 쏟아져내렸다. 그는 어찌나 소스라치게 놀랐던지 비틀거리다가 화강암 흉벽까지 물러났다. 충격을 받아서 기진맥진해진 그는 더는 버틸 기운도 없어 그곳에 주저앉았다.

맨 처음 대답했던 증기선이 아주 가까이 있는 듯했는데, 만조를 틈타 항구 입구까지 들어온 것이었다.

삐에르가 몸을 돌리니, 그의 눈에 안개 때문에 흐릿하게 보이는 증기선의 붉은 눈이 들어왔다. 그다음에는, 거무스름한 거대한 그림자가 두 방파제 사이에서 항구에 설치된 전깃불의 희미한 빛 아래 모습을 드러냈다. 그의 뒤쪽에서 야경꾼의 목소리가, 은퇴한 노

선장의 쉰 듯한 목소리가 높이 솟아올랐다.

"선박 이름은?"

그러자 안개 속에서 갑판 위에 서 있던 물길 안내인의 목소리가, 그 또한 쉰 듯한 목소리가 대답했다.

"싼따루치아."

"선적船籍은?"

"이딸리아."

"항구는?"

"나뽈리."

그러자 삐에르는 자신의 혼란스러운 눈앞에서 베수비오 화산의 날름대는 불꽃이 솟아오르고, 화산 발치에서는 반딧불들이 쏘렌또나 까스뗄라마레의 오렌지나무 숲 속에서 날아다니는 것만 같았다! 마치 그 고장 풍경을 알기라도 하는 양 그 친숙한 이름들을 놓고 꿈꿨던 적이 얼마나 여러번이었던가! 오! 지금 어디로든 당장 떠나서, 다시는 돌아가지 않고, 편지 한장 보내지 않고, 그가 어찌 되었는지 알리지 않을 수만 있다면! 하지만 천만에, 돌아가야만 했다. 집으로 돌아가서 자신의 침대에서 잠들어야만 했다.

그렇다 해도 할 수 없다. 돌아가지 않을 테다. 날이 밝기를 기다릴 테다. 그는 싸이렌 소리가 기뻤다. 그는 당직사관이 갑판 위에서 당직을 서듯 걷기 시작했다.

또다른 선박이 가까워지면서, 첫번째 선박 뒤에서 거대하고 신비로운 모습을 서서히 드러냈다. 인도에서 돌아오는 영국 선박이었다.

그는 계속해서 선박 여러척이 빽빽한 어둠 속에서 하나, 또 하나 나타나는 것을 보았다. 그러고 난 뒤, 안개의 습기를 견딜 수 없어서 다시 시내를 향해 걸음을 옮겼다. 그는 너무나 추워서 뱃사람들이 드나드는 까페로 들어가 그로그를 한잔 마셨다. 후추를 치고 따끈하게 데운 브랜디가 혓바닥과 목구멍을 뜨겁게 달구자, 속에서 다시 희망이 움트는 것을 느꼈다.

아마 그가 잘못 생각했겠지? 그는 어머니를 너무 잘 알고 있었다. 그의 비이성적인 생각이 갈피를 못 잡는 것뿐이었다! 틀림없이 그가 잘못 생각했겠지? 그는 사람들이 유죄라고 믿고 싶을 때 무고한 사람도 쉽게 단죄하듯, 그렇게 무고한 사람을 상대로 검사가 논고하듯 증거들을 쌓아올렸던 것이다. 잠을 자고 나면 완전히 다른 생각을 하게 될 수도 있다. 그래서 그는 잠을 자기 위해 집으로 돌아갔고, 애를 쓰다가 마침내 어느샌가 잠이 들었다.

5

하지만 의사의 육신은 불안한 잠이 불러온 혼란 속에서 겨우 한두시간 정도 감각이 무뎌졌을 뿐이었다. 그가 눈을 뜨자 따뜻하고 꼭 닫혀 있는 침실의 어두움이 그를 맞았고, 사고기능에 다시 반짝 불이 들어오기 전인데도, 슬퍼하다 잠이 들었을 때 슬픔이 우리 안에 남겨놓기 마련인 그런 영혼의 불편함, 그런 고통스러운 짓눌림을 느꼈다. 우리는 전날 불행이 안겨준 충격과 충돌했을 뿐인데 우리가 휴식을 취하는 동안 불행이 몸뚱어리 속으로 스며들어가서 열병에 걸렸을 때처럼 육신을 상하게 하고 기진하게 만드는 것만 같았다. 갑자기 기억이 되살아나 그는 침대에 일어나 앉았다.

그러고는 싸이렌이 울부짖는 동안 방파제 위에서 그의 마음을 고문해댔던 추론들을 전부 하나하나 천천히 되씹기 시작했다. 생각해보면 생각해볼수록 의심의 여지가 점점 없어졌다. 그는 마치 손이 하나 뻗어나와 견디기 힘든 확실성을 향해 끌고 가서 몰아넣기라도 한 듯, 자신이 스스로의 논리에 끌려감을 느꼈다.

그는 목이 말랐고, 몸이 더웠고, 가슴은 두방망이질을 쳤다. 창문을 열고 시원한 공기를 마시려고 몸을 일으켜 침대에서 내려섰을 때 어렴풋한 소리가 벽을 뚫고 들려왔다.

장이 평온하게 잠자면서 가볍게 코를 고는 소리였다. 자고 있는 것이다. 그애는! 아무것도 예감하지 못했고, 아무것도 짐작하지 못했던 것이다! 그들의 어머니와 알고 지냈던 어떤 남자가 전재산을 그에게 물려줬다. 그는 그것이 정당하고 자연스럽다고 생각하며 돈을 챙겼다.

그는 부자로, 만족스럽게, 형이 고통과 절망으로 허덕거리고 있다는 것도 모르고 잠을 자고 있었다. 그러자 그의 속에서 아무런 근심도 없이 만족해서 코를 고는 이 인물에 대한 분노가 솟구쳤다.

전날이라면 방문을 두들기고 들어가서 침대가에 자리 잡고 앉아, 갑자기 깨어나 겁에 질린 동생에게 "장, 넌 그 유산을 갖고 있어서는 안돼. 그 때문에 우리 어머니가 의심을 받고 명예를 더럽히게 될 거야"라고 말해줬을 것이다.

하지만 오늘 그는 더는 그에 대한 말을 할 수 없었고, 장에게 그가 그들 아버지의 아들이라고는 조금도 생각하지 않는다는 말을 할 수 없었다. 이제는 자신이 발견한 이 수치를 간직하고, 자기 속에 묻어버리고, 눈에 띈 오점을 모두에게 숨겨야만 했고, 그 누구도, 심지어 자기 동생도, 특히 자기 동생이 발견하지 못하게 해야만 했다.

이제 그는 더이상 여론의 존중이라는 헛된 일에 거의 신경 쓰지 않았다. 그가, 그만이 어머니가 무구하다는 것을 알 수만 있다면 세상 사람 모두가 어머니를 비난해도 좋았을 것이다! 그가 어떻게 매일 어머니 곁에서 생활하면서, 어머니를 바라보며, 낯선 남자가 어머니를 애무했고 그 결과 동생이 태어나게 되었다고 생각하면서 버틸 수 있겠는가?

하지만 어머니는 얼마나 침착하고 고요했던지! 얼마나 스스로에 대한 확고한 자신으로 가득 차 보였던지! 어머니 같은 여인이, 순수한 영혼과 올곧은 마음을 타고난 여인이 열정에 이끌려 타락하고, 그뒤 그녀가 느꼈을 가책, 혼란에 빠진 양심에 대한 기억이 아무런 흔적을 남길 수 없다는 것이 가능했을까?

아! 가책! 가책이란 것! 예전에, 초창기에는 가책에 시달렸겠지만, 그뒤로 모든 것이 지워져가듯 그 감정도 지워져버렸다. 물론 그녀도 자신의 과오에 대해 눈물을 흘렸지만 차츰차츰 거의 망각하기에 이르렀다. 모든 여자들이, 여자들 전부가, 자신들의 입술과 몸뚱어리 전부에 입 맞추게 내어줬던 남자건만 몇해가 흐른 뒤 그 남자를 가까스로 알아보게 만드는 그런 기적에 가까운 망각기능을 갖고 있지 않은가? 입맞춤은 벼락치듯 다가오고, 사랑은 천둥처럼 지나가고, 그러고 나면 삶이, 다시, 갠 하늘처럼 고요해지면서 전처럼 흘러간다. 그 누가 흘러가버린 구름을 기억하는가?

삐에르는 더는 자기 방에 머무를 수가 없었다! 이 집, 아버지의 집이 그를 짓뭉개댔다. 지붕은 머리를 짓누르고 벽은 숨통을 조여

오는 것만 같았다. 게다가 목도 너무 말랐기에 초에 불을 밝히고 부엌의 정수기에서 시원한 물 한잔을 받아 마시러 나갔다.

　그는 두개 층을 내려갔고, 물을 가득 채운 물병을 들고 다시 올라가다가, 공기가 통하는 계단참에 잠옷 바람으로 앉아서, 헐떡이는 달리기 선수처럼 잔에 따르지도 않고서 병째 꿀꺽꿀꺽 한참을 마셨다. 그의 움직임이 멎자 집 안의 침묵이 그의 마음을 어지럽혔다. 그다음에는 하나씩 하나씩 아주 작은 소리들까지 전부 구별이 되었다. 처음에는 거실의 괘종시계였는데, 시계추가 흔들리는 소리가 시시각각 커져가는 것 같았다. 그다음에는 다시 코 고는 소리가, 늙은이가 코를 고는 소리로서, 툭툭 끊기며 힘겹고 거칠게 이어지는 코 고는 소리가 들려왔는데 아버지가 틀림없었다. 그러다가, 그의 안에서 방금 저절로 솟아난 것처럼 어떤 생각이, 한집에서 코를 골고 있는 이 두 남자, 아버지와 아들이 서로에게 아무것도 아니라는 생각에 굳어버렸다! 두 사람을 묶어주는 아무런 인연도, 심지어 스치는 인연도 없는데, 두 사람은 그 사실을 모르고 있지 않는가! 두 사람은 다정하게 서로에게 말을 건넸고, 포옹했고, 함께 기뻐했으며, 마치 같은 피가 혈관을 타고 흐르기라도 하는 것처럼 동일한 것들에 대해 안타까워했다. 그러니 서로 반대편 세상에서 태어난 두 사람이 여기의 아버지와 아들보다 서로에게 더 낯설지 않을 터였다. 두 사람 사이에서 거짓이 자라났기에 두 사람은 서로 좋아한다고 여겼다. 그 아버지의 사랑과 아들의 사랑을 만들어낸 것은 거짓, 밝힐 수 없는 거짓, 진짜 아들인 그 말고는 누구도 절대로 알 수 없을 거짓이었다.

하지만, 하지만, 만약 그가 틀린 거라면? 어떻게 알아낼 수 있을까? 아! 살짝임지라도 닮음이, 조부에서 증손자로 이어지는 그런 은밀한 닮음이, 하나의 혈통 전체가 동일한 입맞춤에서부터 내려옴을 보여주는 그런 닮음이 존재하기만 한다면! 그런 사실을 알아보기 위해서 그에게는, 의사인 그에게는 별것 아닌 걸로도, 그러니까 턱의 모양, 코의 구부러짐, 두 눈 사이의 넓이, 치아와 체모의 성질, 아니 거기까지 갈 것도 없이 몸짓, 행동양식, 물려받은 취향, 단련된 눈으로 보면 아주 특징적인 그 어떤 싸인만으로도 충분했을 것이다.

그는 이리저리 찾아보았지만 그 어떤 것도 떠올리지 못했다. 그랬다. 그 어떤 것도. 하지만 이전에는 그러한 미세한 징후들을 찾아내야 할 이유가 전혀 없었으니까 제대로 보지 않고, 제대로 관찰하지 않았었다.

그는 자기 방으로 돌아가려고 일어서서 여전히 생각에 잠긴 채 느린 걸음으로 계단을 올라갔다. 동생 방문 앞을 지나가다가 갑자기 멈춰서서 방문을 열듯 팔을 뻗었다. 즉시 장의 모습을 보고 한참을 관찰할 수 있게, 잠자는 동안의, 삶이 안겨주는 갖가지 표정들은 사라진 채 부드럽게 풀린 얼굴과 긴장이 풀린 얼굴 윤곽으로 휴식을 취하는 동안의 모습을 볼 수 있게, 그의 내면에서 막 솟아오른 다급한 욕망이 불시에 장의 모습을 바라보라고 부추겨댔다. 그러면 장의 용모에 숨겨진 비밀을 포착하게 되리라. 그리고 만약 그 어떤 유사함이라도 감지할 만한 것이 존재한다면, 그에게서 벗어날 수 없으리라.

하지만 장이 깨어난다면 뭐라고 말을 하나? 그러한 방문을 어떻게 설명하나?

그는 자물통에 뻣뻣하게 굳은 손가락을 갖다댄 채 이유를, 구실을 찾아내려 애쓰며 서 있었다.

갑자기 일주일 전에 치통을 가라앉히라고 동생에게 아편정기 약병을 빌려줬다는 것을 생각해냈다. 이 밤에 그 자신도 고통을 느껴서 약병을 돌려달라고 하기 위해 들어갈 수 있는 일이었다. 그래서 그는 방으로 들어갔지만 걸음은 도둑괭이 걸음이었다.

장은 입을 살짝 벌리고서 동물적인 깊은 수면에 빠져 있었다. 그의 금빛 수염과 머리카락이 하얀색 침대보 위에 황금빛 얼룩을 만들어놓았다. 그는 잠에서 깨어나지는 않았지만 코 고는 소리가 멈췄다.

삐에르는 동생 위로 몸을 수그리고 집어삼킬 듯한 눈초리로 바라봤다. 아니다. 그 젊은이는 롤랑을 닮지 않았다. 그러자 두번째로 그의 머릿속에서 사라진 마레샬의 소형 초상화에 대한 기억이 되살아났다. 그것을 찾아야만 했다! 그가 그 초상화를 본다면 어쩌면 다시는 의심하지 않을지도 모른다.

동생이, 그의 존재 때문인지 혹은 그가 든 촛불의 불빛이 눈꺼풀을 파고들어서인지 몸을 움직거렸다. 그러자 의사는 문 쪽을 향해 까치걸음으로 물러나 바깥으로 나가서 소리없이 문을 닫았다. 그리고 방으로 돌아갔지만 다시 자리에 들지 않았다.

날이 밝기까지 시간은 너무 천천히 흘렀다. 거실에 걸린 괘종시계가 댕댕 울리며 시간을 알려주는데 그 음색이 깊고 묵직한 것이 마치 괘종시계라는 이 작은 도구가 대성당의 종을 삼킨 게 아닌가 싶었다. 종소리가 텅 빈 계단을 타고 올라와 벽과 문을 뚫고 들어간 뒤 방 안에서 잠자고 있는 사람들의 꼼짝 않는 귓속에서 숨을 거둘 참이었다. 삐에르는 서성이며 침대에서 창가까지 왔다 갔다 하기 시작했다. 그는 무엇을 하려는가? 그는 가족과 함께 그날을 보내기에는 자신이 받은 충격이 너무 강하다고 생각했다. 적어도 그다음 날까지라도 생각을 해보고 마음을 가라앉히고 그가 살아내야 할 매일의 삶에 맞설 기운을 내기 위해서, 아직은 혼자 있고 싶었다.

아, 그래! 그는 트루빌로 가서 해변에 우글거리는 군중을 구경하리라. 그리하다보면 기분도 풀릴 것이고, 사고의 흐름도 바뀔 것이고, 그가 발견한 그 끔찍스러운 사실에 대응할 시간을 벌 수 있을 것이다.

동이 터오기 시작하자마자 그는 세수를 하고 옷을 입었다. 안개는 전부 가셨고, 화창한, 아주 화창한 날이었다. 트루빌로 가는 선박이 9시나 되어서야 항구에서 출발하기 때문에, 의사는 출발하기 전에 어머니에게 인사를 해야겠다는 생각을 했다.

그는 어머니가 매일 일어나는 시각까지 기다렸다가 아래층으로 내려갔다. 방문에 손을 대자 가슴이 어찌나 세차게 뛰던지 숨을 들이쉬기 위해 잠시 동작을 멈췄다. 손잡이에 올려놓은 손이 힘없이 덜덜 떨려서, 들어가자면 손잡이를 돌려야 하는데 그 가벼운 동작도 하기 힘든 지경이었다. 그는 노크를 했다. 어머니의 목소리가 물었다.

"누구?"

"저예요, 삐에르."

"무슨 일이니?"

"인사드리려고요. 오늘 트루빌에서 친구들과 함께 지낼 겁니다."

"그런데 내가 아직 침대에 있어서."

"됐어요. 그럼 귀찮게 일어나실 필요 없어요. 오늘 저녁때 돌아와서 뵐게요."

그는 어머니를 보지 않고서, 어머니 볼에 키스를 한다는 생각만으로도 속이 울렁거릴 판인데 그런 가짜 키스를 하지 않고 떠날 수 있기를 바랐다.

하지만 어머니가 대답했다.

"잠깐만. 문을 여마. 내가 다시 자리에 누울 때까지 기다렸다 들어오렴."

그는 그녀의 맨발이 마룻바닥을 밟는 소리를, 그다음에는 걸쇠가 미끄러지는 소리를 들었다. 그녀가 크게 말했다.

"들어와."

그는 들어갔다. 그녀는 침대에 일어나 앉아 있었고, 그 옆에는 롤랑이 머리에 두건을 감고서 벽 쪽으로 돌아누워 끈질기게 자고 있었다. 팔을 잡아뽑기라도 하려는 듯 흔들어대지 않는 한 그 무엇으로도 그를 깨울 수 없었다. 낚시하러 가는 날에는 뱃사람 빠빠그리가 초인종을 울리는 통에, 하녀가 그 난공불락의 휴식으로부터 그를 끌어내려고 왔다.

삐에르는 어머니 쪽으로 다가가며 어머니를 바라봤다. 그러자 갑자기 자신이 어머니를 전에 한번도 본 적이 없는 것 같았다.

그녀는 그에게 양 볼을 내밀었고, 그는 볼에 두번 키스를 하고 나지막한 의자에 앉았다.

"어제저녁에 오늘 나들이를 결정한 거니?" 어머니가 말했다.

"예. 어제저녁에요."

"저녁 먹으러 올 거지?"

"아직 모르겠어요. 어쨌든 기다리지는 마세요."

그는 놀라 깨어난 호기심을 품고 어머니를 관찰했다. 저 사람, 그 여인은 그의 어머니였다! 어려서부터, 그의 눈이 사물을 분간할 수 있게 되자마자 보아온 그 얼굴 전체가, 그 미소가, 너무나 잘 알고 있고 너무나 친숙한 그 목소리가 그때까지 그가 그것들에 대해서 여겨왔던 것과는 전혀 다르게 갑자기 새롭게 다가왔다. 그는 자신이 그녀를 사랑하면서도 그녀를 결코 바라본 적이 없다는 것을 깨달았다. 하지만 물론 그 사람은 어머니였고 그는 어머니 얼굴의 가장 작은 디테일에 대해서도 모르는 것이 하나도 없었다. 하지만 그 사소한 디테일들, 그것들을 처음으로 분명하게 인지했다. 그는 근심 어린 주의력으로 그 사랑스러운 얼굴을 헤집었고, 그 바람에 그녀는 그가 전에는 결코 발견한 적이 없었던 용모를 지닌 전혀 다른 사람으로 보였다.

그는 출발하기 위해 일어섰다가 갑자기, 전날부터 그의 심장을 물어뜯어대던 알고 싶은 욕구, 다스릴 길 없는 욕구에 굴복하고 말았다.

"그런데 제 기억에, 예전에 빠리에서 살 때 거실에 마레샬의 소형 초상화가 있었던 것 같은데."

그녀는 일초 혹은 이초 정도 머뭇거렸다. 혹은 적어도 그의 생각에는 그녀가 머뭇거렸다. 그러더니 그녀가 말했다.

"그랬지."

"어떻게 됐어요? 그 초상화요."

좀더 빨리 대답이 나올 수도 있었으련만.

"그 초상화…… 잠깐…… 나도 잘 몰라…… 내 책상 서랍에 넣어뒀던가."

"그걸 다시 찾아주시면 좋겠어요."

"그래, 찾아보마. 그런데 왜 그러니?"

"오! 절 위한 건 아니고요. 그걸 장에게 주는 게 당연하다고, 그리고 장도 기뻐할 거라고 생각했죠."

"그래, 네가 옳구나. 좋은 생각이다. 자리에서 일어나자마자 찾아보마."

그리고 그가 나갔다.

파랗게 갠, 바람 한점 없는 날이었다. 거리의 사람들은 즐거워 보였는데, 장사치들은 가게로, 사무원들은 사무실로, 젊은 아가씨들은 상점으로 걸음을 옮겼다. 어떤 사람들은 맑은 날씨에 즐거운 나머지 노래를 흥얼거렸다.

트루빌행 선박에는 벌써 승객들이 타고 있었다. 삐에르는 고물쪽 나무 벤치 위에 앉았다.

그는 생각에 잠겼다.

'내가 초상화에 관한 질문을 했을 때 어머니가 불안해했던가 아니면 그저 놀라셨던가? 초상화를 흘리신 걸까 아니면 숨기신 걸까? 어디 뒀는지 아시는 걸까 아니면 모르시는 걸까? 만약 그걸 감추셨다면 왜일까?'

그러자 추론에 추론을 이어가며 늘 같은 과정을 밟는 그의 정신이 다음과 같이 결론을 내렸다.

친구의 초상화, 연인의 초상화인 그 초상화는 어머니가 그것이 자신의 아들과 닮았다는 것을 가장 먼저, 다른 사람들에 앞서 알아봤던 그날까지는 잘 보이게 거실에 놓여 있었다. 아마도 오래전부터 어머니는 그러한 닮음이 언제 드러나나 엿보고 있었던 것 같다. 그러다가 그것을 발견하고 그것이 드러나는 것을 보고 이제고 저제고 누구든지 그 사실을 알아차리게 되리라는 것을 깨닫고는, 그 무시무시한 소형 초상화를 없애버리지는 못하고 가져다가 숨겨버렸다.

그리고 삐에르는 그 소형 초상화가 오래전에, 그들이 빠리를 떠나기 오래전부터 사라진 상태였다는 것을 이제 똑똑히 기억해냈다! 그의 생각에는 장에게서 수염이 돋아나기 시작하면서, 그 때문에 액자 속에서 웃고 있는 젊은 금발 남자와 장이 대번에 닮아 보이게 됐을 때 초상화가 사라지고 없었다.

선박이 출발하면서 움직이자 생각이 흔들리다 흩어져버렸다! 그래서 그는 일어서서 바다를 바라봤다.

소형선박은 방파제들 사이에서 빠져나와 왼쪽으로 방향을 틀더니 가쁜 숨을 몰아쉬고 헐떡거리고 덜덜거리며, 아침안개 속에서 저 멀리 보이는 해안을 향하여 나아갔다. 잔잔한 바다 위에서 꼼짝 않고 있는 어선의 붉은색 돛이 여기저기에서 보였는데 마치 수면 위로 솟아오른 거대한 암초처럼 보였다. 그리고 루앙에서부터 내려오는 쎈 강은 이웃한 두 대륙을 갈라놓는 넓은 해협 같았다.

한시간이 채 안 걸려서 트루빌 항구에 도착했고, 마침 해수욕하기 적당한 시간이라 삐에르는 해변으로 갔다.

멀리서 보면 해변은 알록달록한 꽃들이 들어찬 길쭉한 정원처럼 보였다. 방파제에서부터 로슈누아르까지 펼쳐진 커다란 노란 모래언덕 위로 온갖 색상을 자랑하는 양산들과 온갖 모양의 모자들, 온갖 색조의 의상들이 탈의장 앞에 무리 지어 있거나 물결따라 줄지어 있거나 여기저기 흩어져 있는 모양이 가없이 너른 풀밭에서 피어난 거대한 꽃다발들과 정말로 흡사했다. 그리고 가벼운 대기 속으로 알알이 흩어지는 목소리들이 어우러져 가깝고 먼 곳에서 만들어내는 소음과 부르는 소리, 바닷물 속으로 데리고 들어간 아이들이 외치는 소리, 그리고 여인들의 낭랑한 웃음소리들이 부는 듯 마는 듯한 미풍과 뒤섞여 끊이지 않는 부드러운 웅성거림을 만들어내고 있었고, 사람들은 그 소리를 미풍과 함께 들이마시고 있었다.

삐에르는 사람들 사이를 걸어다녔는데, 백리나 나아간 먼바다에서 선박 갑판으로부터 바다로 집어던져졌다 해도 그보다 더 갈 곳 모르고, 사람들로부터 더 동떨어지고, 더 고립되고, 더 고통스러운 생각에 푹 빠져 있지는 않았을 것이다. 그는 사람들을 스쳐갔고 몇 마디 말이 들렸으나 듣지 않았다. 그리고 여인들에게 말을 거는 남자들과 남자들에게 미소 짓는 여인들이 보였지만 보지 않았다.

하지만 생각에서 깨어나자 갑자기 그들의 모습이 똑똑히 들어왔다. 그러자 그들에 대한 증오가 솟구쳤는데, 그들은 행복하고 만족스러워 보여서였다.

이제 그는 무리 지어 있는 사람들을 스쳐지나고 그들 주위를 돌아다니다가, 새로운 생각에 사로잡히게 되었다. 꽃다발처럼 모래사장을 뒤덮고 있는 그 알록달록한 옷차림들, 그 어여쁜 옷감들, 그 요란한 양산들, 허리를 꽉 조여 인위적으로 만들어낸 우아함, 귀여운 신발에서부터 별스러운 모자에 이르기까지 유행이 만들어낸 그 모든 교묘한 고안품들, 몸짓, 목소리, 미소의 유혹, 요컨대 그에게는 그 해변 위에 펼쳐진 교태가 갑작스레 여성의 사악함이 거대한 꽃으로 피어난 것만 같았다. 치장한 그 여인들 모두가 누군가의 마음에 들고, 누군가를 유혹하고, 누군가의 욕망을 일깨우고 싶어했다. 여자들은 남자들, 더는 정복할 필요가 없는 남편을 빼놓고 모든 남자들을 겨누며 아름답게 치장했던 것이다. 여자들은 오늘의 연인과 내일의 연인을 위해서, 우연히 만나질, 눈에 띌, 어쩌면 기다렸을 미지의 남자를 위해서 아름답게 치장했던 것이다.

그리고 그 남자들은 여자들과 바싹 붙어앉아서, 눈과 눈을 맞추고, 입술과 입술을 가까이한 채 말을 걸면서 여자들을 부르고, 여자들을 욕망하고, 그토록 가까이에 있는 손쉬운 먹잇감처럼 보이는 것과는 달리 유연하며, 잘 달아나는 먹잇감을 쫓듯 여자들을 쫓았다. 그러니까 이 드넓은 해변은 사랑의 장터에 지나지 않아서, 그곳에서 어떤 여자들은 자신을 팔고 또다른 여자들은 자신을 내주며, 이쪽 여자들이 자신들이 제공할 애무를 놓고 흥정하면 저쪽 여자들은 자신들의 마음만을 약속했다. 그 여자들 전부 같은 것만 생각했으니, 이미 주었고, 이미 팔렸고, 이미 다른 사내들에게 약속된 자신들의 몸뚱어리를 내주고, 그것을 원하게 만들 생각만을 했다.

그의 어머니도 다른 여자들처럼 행동했던 것이고 그게 다! 다른 여자들처럼?―아니다! 예외가, 수많은, 수많은 예외가 존재했다! 그의 주변에서 보이는 여자들, 부유한 여자들, 경박한 여자들, 사랑을 좇는 여자들은 결국 우아한 사교계로 보이나 화류계, 심지어 요율까지 갖춘 화류계에 속한 셈이었다. 왜냐하면 이렇게 한가한 여인네 군단에게 짓밟히는 해변에서는 정숙한 여인네 부류를 만날 수 없었으니, 그녀들은 윤락가에 갇혀 있기 때문이었다.

밀물 때가 되자 앞줄을 형성하고 있던 해수욕객들이 점점 도시 쪽으로 쫓겨났다. 무리 지어 있던 사람들이 벌떡 일어나 간이의자를 집어들고서, 자잘한 물거품 레이스를 장식 술처럼 매단 누런 물결 앞에서 달아났다. 말이 끄는 바퀴 달린 탈의실들 역시 뒤로 물러났다. 해변을 따라 뻗어나간 널빤지 깔린 산책로에는 이제 끊임없고 느릿하며 빽빽한 사람들의 물결이 반대방향에서 흘러와 서로 스치며 뒤섞였다. 사람들과 자꾸 부딪히자 짜증이 나고 신경이 곤두선 삐에르는 군중을 피해 시내로 들어갔고 논밭이 시작되는 곳에 위치한 소박한 포도주 상점에 들어가서 점심을 먹었다.

그는 커피를 마시고 나서 문 앞에 연이어 놓인 의자 두개 위에 몸을 눕혔고, 밤에 잠을 거의 자지 못했기 때문에 보리수 그늘 아래서 잠에 빠져들기 시작했다.

몇시간의 휴식 뒤 누군가 몸을 흔드는 통에 그는 돌아가서 다시 배를 타야 할 시간임을 알았고, 자는 동안 얻어걸린 갑작스러운 근육통으로 괴로워하며 길에 올랐다. 이제 집에 돌아가고 싶었고, 어머니가 마레샬의 초상화를 찾아냈을지 알고 싶어졌다. 어머니가 그 일에 대해 먼저 말을 꺼내실까 아니면 그가 다시 어머니에게 물어야 할까? 만약 이번에도 물어올 때까지 기다린다면 확실히 그 초상화를 보여주지 않으려는 은밀한 이유가 있는 것이었다.

하지만 자신의 방에 들어서자 저녁식사를 하러 내려가는 것이 망설여졌다. 고통이 너무 심했다. 울렁거리는 속을 가라앉힐 틈이 아직 없었다. 하지만 결심을 하고서는 식탁에 자리 잡을 때에 맞춰서 식당에 모습을 나타냈다.

사람들의 얼굴에 즐거운 분위기가 감돌았다.

"그런데 말이야!" 롤랑이 말했다. "그건 잘돼가나? 물품구입 말이오. 난 말이지, 물건들이 전부 제자리에 놓이기 전에는 아무것도 보고 싶지 않다고."

아내가 대답했다.

"그럼요. 잘돼가요. 단지 실수하지 않으려면 생각을 좀 오래 해야 해서요. 우린 지금 가구문제로 잔뜩 신경을 쓰고 있어요."

그녀는 장과 함께 벽지 전문점과 가구점을 도느라고 하루를 보냈다. 그녀는 호화로운, 눈에 번쩍 띌 정도로 사치스럽다 싶은 직물을 마음에 들어했다. 반대로 아들은 단아하고 기품있는 것을 원했다. 그래서 그들 앞에 펼쳐놓는 견본을 볼 때마다 각자 자신들의 주장을 되풀이했다. 그녀는 고객, 소송인이 강한 인상을 받을 필요가 있다고, 고객은 대기실로 들어서면서 호사스러움에 강한 인상을 받아야 한다고 주장했다.

장은 반대로 우아한 부유층 고객만을 상대하기를 원했기에 자신의 점잖고 확실한 취향을 통해 세련된 사람들의 마음을 사로잡고 싶어했다.

하루 종일 벌어졌던 논의가 뽀따주를 들자마자 다시 시작되었다.

롤랑은 아무런 의견이 없었다. 그는 그저 이 말만을 되풀이했다.

"난 아무것도 듣고 싶지 않다. 다 끝나면 보러 가련다."

롤랑 씨 부인이 장남의 판단에 호소했다.

"그럼, 얘, 삐에르, 넌 어떻게 생각하니?"

그는 어찌나 신경이 곤두섰던지 욕설로 대답을 하고 싶을 정도였다. 하지만 그는 짜증이 묻어나는 쌀쌀맞은 어조로 말했다.

"오! 전 전적으로 장과 의견이 같아요. 취향에 관해서라면 전 소박한 게 좋아요. 그건 성격으로 치자면 정직성과 비견될 만하죠."

어머니가 말을 이었다.

"우리가 상인들의 도시에 살고 있다는 생각은 안하고? 세련된 취향이 유행하는 곳은 아니지."

삐에르가 대답했다.

"그게 뭐가 중요한가요? 그게 멍청이들 흉내를 내야 할 이유는 아니죠. 나와 한 고향 사람들이 멍청하고 부정직하다고 해서 내가 그들의 예를 따를 필요가 있나요? 그 어떤 여자도 옆의 여자들이 정부를 두고 있다는 이유로 잘못을 저질러서는 안됩니다."

장이 웃기 시작했다.

"형이 주장을 펴면서 내세우는 비유가 마치 도덕주의자의 말씀에서 빌려온 것 같아."

삐에르는 아예 대구를 하지 않았다. 어머니와 동생은 직물과 안락의자에 대한 의견을 다시 주거니 받거니 했다.

그는 그날 아침 트루빌로 떠나기 전 어머니를 바라봤듯이 두 사람을 바라봤다. 그는 두 사람을 이방인이 관찰하듯 바라봤고 실제로 자신이 낯선 가족 사이에 끼어 있다는 느낌을 받았다.

특히 아버지가 그의 눈과 생각에 놀라움을 안겨줬다. 이 물렁살이 잔뜩 붙은 뚱뚱한 남자, 만족스러워하는 얼간이가 그의 아버지였다! 바로 그의! 아니, 아니, 장은 조금도 아버지와 닮은 점이 없었다.

그의 가족이라! 이틀 전부터 알지 못하는 악의적인 손이, 죽은 이의 손이 그 존재들 넷을 서로서로에게 묶어주고 있던 인연들을 전부 하나하나 뿌리 뽑고 부숴놓았다. 다 끝났고, 부서졌다. 이제 어머니는 존재하지 않았다. 아들들의 마음이 필요로 하는, 그 절대적이고 부드러우며 경건한 존경심을 품고서 어머니를 숭배할 수 없으니, 더는 어머니를 사랑하지 못할 것이다. 이제 동생도 존재하지 않았다. 그 동생은 낯선 남자의 자식이었다. 그에게는 아버지만, 그의 본의와는 상관없이 사랑하게 되지 않는 그 뚱뚱한 남자만이 남았다.

그러다가 불쑥 물었다.

"그런데, 엄마, 그 초상화는 찾으셨어요?"

그녀는 놀란 눈을 크게 떴다.

"무슨 초상화?"

"마레샬의 초상화요."

"아니…… 그러니까, 그래…… 다시 찾았다기보다는 어디 있는
지 알 것 같기는 해."

"뭔데 그래!" 롤랑이 물었다.

삐에르가 말했다.

"마레샬의 소형 초상화요. 예전에 빠리에 살 때 거실에 있던 거
예요. 장에게 주면 장이 좋아할 거라는 생각이 들었어요."

롤랑이 큰 목소리로 말했다.

"그래, 그래, 내가 확실하게 기억하지. 심지어 지난주에도 봤는
데. 목요일 이후였을걸. 네 어머니가 서류들을 정리하면서 책상 서
랍에서 꺼냈거든. 목요일이었나 금요일이었나. 루이즈, 당신 기억
하지? 내가 한창 수염을 깎고 있을 때였지. 당신이 서랍에서 꺼내
서 당신 옆에 놓여 있던 의자 위에 놓았잖소. 그때 의자 위에 편지
들도 잔뜩 놓여 있었고. 왜 그날 편지 절반은 불태웠잖아. 엉? 당신
이 그 초상화에 손을 대고 나서 이삼일이 지났을까 말까 할 때 장
이 유산을 받았다니, 참 우습지? 내가 예감을 믿는 사람이라면 이
런 게 바로 그런 거라고 말하겠어!"

롤랑 씨 부인이 차분하게 대답했다.

"그럼요, 그럼요. 그게 어디 있는지 알아요. 조금 있다가 찾으러
가야겠어요."

그러니까 그녀는 거짓말을 했던 것이다! 바로 그날 아침, 그 소
형 초상화가 어떻게 됐느냐고 묻는 아들에게 "나도 잘 몰라…… 내

책상 서랍에 넣어뒀던가"라고 대답하면서 거짓말을 했던 것이다!

그녀는 며칠 전에 그걸 봤고, 손을 댔고, 만져봤고, 물끄러미 응시했고, 그러고는 비밀 서랍에 편지들과 함께, 그에게서 받은 편지들과 함께 다시 숨겨뒀던 것이다.

삐에르는 어머니를, 거짓말을 한 어머니를 바라봤다! 그는 속임을 당한, 어머니를 향한 신성한 애정을 도둑맞은 아들의 격한 분노를 품고서, 오랫동안 눈감고 있다가 마침내 수치스럽게도 배신을 당했다는 사실에 눈뜨게 된 남자의 질투를 품고서, 어머니를 바라봤다. 만약 그가, 그녀의 아들인 그가 그녀의 남편이었다면 그녀의 손목이나 어깨 혹은 머리카락을 거머쥐고, 땅바닥에 패대기치고, 두들겨패고, 죽도록 때리고, 짓뭉개버렸을 것이다! 그런데 그는 아무 말도 하지 못했고, 아무것도 할 수 없었고, 아무것도 보여줄 수 없었고, 아무것도 밝힐 수 없었다! 그는 그녀의 아들이었고, 복수할 게 아무것도 없었으니, 속은 사람은 그가 아니었던 것이다.

아니다. 그녀는 자신에 대한 그의 애정을 저버렸고, 자신에 대한 그의 경건한 존경심을 저버렸다. 그녀는 그에게 흠결 하나 없어야 했는데, 어머니라면 모름지기 자기 자식에게 그래야 한다. 그를 뒤흔든 분노가 거의 증오에 가닿았다면 그건 그녀가 아버지 그 자신에게보다도 그에게 더 많은 죄를 저질렀다고 여겼기 때문이었다.

남녀의 사랑은 자유의사에 따른 계약으로서, 흔들리는 쪽은 배신이라는 죄목을 가질 뿐이다. 하지만 여자가 어머니가 되면 그녀의 의무는 더 커지니, 자연이 그녀에게 후대를 맡긴 것이다. 만약 그럴 때 그녀가 무너진다면, 그녀는 비겁하고 비열하고 파렴치한 것이다!

"하여튼 말이지." 롤랑이, 매일 저녁 까시스주酒 한잔을 홀짝일 때 늘 그렇듯이, 테이블 밑으로 두 다리를 쭉 뻗으며 갑자기 말을 꺼냈다. "여유가 좀 있다면 아무것도 하지 않고 살아가는 것이 나쁘지는 않아. 이제는 장이 우리에게 근사한 저녁을 대접하길 바라. 물론, 가끔씩 위통에 걸린다 해도 할 수 없고."

그러더니 아내를 돌아봤다.

"여보, 가서 그 초상화를 찾아오구려. 식사도 끝난 것 같으니. 나도 초상화를 다시 보고 싶은걸."

그녀는 일어서서 촛불을 집어들고 식당에서 나갔다. 그녀가 식당을 비운 시간은 삼분도 채 안되었지만 삐에르에게는 길게만 여겨졌고, 곧 롤랑 씨 부인이 미소를 띠며 돌아와서 금박 입힌 구식 액자 고리를 쥔 손을 내밀었다.

"자, 여기." 그녀가 말했다. "금방 찾았어요."

의사가 가장 먼저 손을 내밀었다. 그는 초상화를 받자 초상화 든 팔을 쭉 뻗어서 약간 거리를 두고 관찰했다. 그러고는 어머니가 바라보고 있다는 것을 충분히 의식하면서 천천히 눈을 들어 비교할 목적으로 동생을 바라봤다. 격렬한 감정에 휩쓸려서 하마터면 "이런. 장을 닮았네요"라는 말을 뱉을 뻔했다. 그는 그처럼 무시무시한 말을 감히 입 밖에 내지는 못했지만, 살아 있는 얼굴과 그려놓은 얼굴을 비교하는 태도를 통해 자신의 생각을 드러냈다.

두 얼굴에는 물론 공통되는 표시들이 있었다. 똑같은 수염과 똑같은 이마. 하지만 "자, 여기 이 사람이 아버지고 여기 이 사람은 아들입니다"라고 단언할 수 있을 만큼 충분히 정확한 표시는 전혀 없었다. 그건 차라리 가족끼리의 분위기, 같은 핏줄이라서 생겨나는 인상의 비슷함이었다. 그런데 삐에르에게 용모보다도 더 결정적이었던 것, 그것은 어머니가 일어나서 등을 돌린 채, 붙박이장에 설탕과 까시스주를 집어넣는 척하면서 지나치게 시간을 끌었다는 거였다.

그녀는 그가 알고 있다는 것을, 아니 적어도 그가 의심하고 있다는 것을 알았던 것이다!

"이제 이리 다오." 롤랑이 말했다.

삐에르가 소형 초상화를 내밀었고 아버지가 제대로 들여다보려고 촛불을 끌어당겼다. 그러더니 축축한 목소리로 중얼거렸다.

"불쌍한 사람! 우리가 그 친구를 알게 됐을 때 꼭 이런 모습이었지. 이런! 정말 빨리 지나가버렸구나! 어쨌든 당시에 그 친구는 미남자였고 태도가 아주 매력적이었지. 그렇지 않소, 루이즈?"

아내에게서 아무 대답도 없었기에 그가 다시 말을 이었다.

"그리고 늘 한결같았지! 난 그 친구가 짜증내는 모습을 본 적이 없었어. 그런데 끝났군. 이젠 남아 있는 게 하나도 없어…… 그가 장에게 물려준 것 빼고는 말이야. 결국, 그 사람은 끝까지 충직한 좋은 친구였다고 단언할 수 있다는 거지. 죽는 순간에도 우리를 잊지 않았잖아."

이번에는 장이 팔을 뻗어 초상화를 집어들었다. 잠시 들여다보더니 유감스러워했다.

"난 그분인지 전혀 모르겠어요. 머리가 셌을 때의 모습만을 기억하니까요."

그러더니 초상화를 어머니에게 돌려줬다. 어머니는, 초상화에 재빠른 눈길을 돌렸다가 얼른 거둬들이는 모습이 두려워하는 듯했다. 그러더니 자연스러운 목소리를 내었다.

"이제 이건 네 거다, 자노. 네가 그의 후계자니까. 네 새 아파트에 갖다놓자구나."

그러고는 다 같이 거실로 자리를 옮기자 그녀는 초상화를 벽난로 위 괘종시계 옆에, 예전부터 놔뒀던 자리에 올려놓았다.

롤랑은 파이프를 채우고 있었고, 삐에르와 장은 담배에 불을 붙였다. 한명은 방을 가로질러 왔다 갔다 하면서, 다른 한명은 안락의자에 푹 파묻혀서 다리를 꼰 자세로, 평소처럼 담배를 피웠다. 아버지는 늘 의자에 말 타듯 걸터앉아서 벽난로 저 멀리 안쪽으로 침을 뱉어댔다.

롤랑 씨 부인은 램프를 올려놓은 작은 테이블 근처의 나지막한 의자에 앉아서 수를 놓든가 뜨개질을 하든가 속옷에 이름을 표시하든가 했다.

그녀는 그날 저녁에는 장의 침실에 걸 장식융단을 시작했다. 그건 어렵고 까다로운 작업이어서 처음 시작할 때 온 신경을 쏟아야 했다. 하지만 가끔씩 스티치를 세던 눈을 들어 괘종시계에 기대놓은 망자의 소형 초상화를 재빠른 눈길로 훔쳐보곤 했다. 그리고 의사는 뒷짐을 지고 담배를 입에 문 채 네댓 걸음 만에 가로지르는 거실을 왔다 갔다 하면서 매번 어머니의 눈길을 마주했다.

서로를 엿보았으며, 둘 사이에 전투가 막 시작된 것만 같았다.

고통 섞인 불편스러움, 견딜 수 없는 불편스러움이 뻬에르의 심장을 옥죄어댔다. 그는 괴로워하면서도 만족스러워서, 속말을 했다. '내게 간파당했다는 것을 안다면 어머니는 지금 이 순간 괴로우리라!' 그러고는 벽난로로 걸음을 돌릴 때마다 잠깐씩 걸음을 멈추고 마레샬의 금발머리를 응시했는데, 이는 어떤 생각이 떠나지 않고 그를 끈질기게 괴롭히고 있음을 보여주기 위해서였다. 그러고 보니 이 작은, 손바닥보다도 더 크지 않은 이 초상화가 심술궂고, 무시무시한 산 사람, 이 가정과 이 가족 안에 갑자기 끼어든 산 사람인 것만 같았다.

갑자기 초인종이 울렸다. 늘 그토록 차분하던 롤랑 씨 부인이 소스라치게 놀라는 바람에 신경이 곤두선 상태임을 의사에게 내비쳤다.

그러더니 그녀가 말했다. "로제미유 씨 부인일 거야." 그러더니 근심스러운 눈초리로 다시 한번 벽난로를 쳐다봤다.

뻬에르는 이해했다. 아니, 그녀의 두려움과 고뇌를 이해할 것 같았다. 여자들의 시선은 날카롭고, 정신은 민활하며, 생각은 의심으로 가득하다. 곧 거실로 들어오게 될 그 여자가 못 보던 초상화가 있음을 알아챘다면 아마도 대번에 그 얼굴과 장의 얼굴 사이에 닮은 점이 있다는 것을 발견하리라. 그리되면 그 여자는 모든 것을 알게 되고 이해하게 되리라! 그는 공포를, 이 수치가 드러날지도 모른다는 갑작스럽고 끔찍스러운 공포를 느끼자, 문이 열리는 순간 돌아서서 소형 초상화를 들어올린 다음, 아버지도 동생도 보지 못하게 괘종시계 아래로 밀어넣었다.

다시 어머니의 눈길과 마주쳤는데, 그에게는 그 눈길이 평소와 다르게 혼란스럽고 얼빠진 듯했다.

"안녕하세요." 로제미유 씨 부인이 말했다. "함께 차 한잔하러 왔어요."

하지만 삐에르는, 그녀를 둘러싸고 잘 지냈느냐는 인사를 건네느라 모두 분주한 틈을 타서 열어놓은 문으로 사라졌다.

그가 나가버렸다는 것을 알게 됐을 때 모두 놀랐다. 젊은 과부가 기분이 상했을까봐 걱정이 된 장은 불만스럽게 중얼거렸다.

"무뚝뚝하기는!"

롤랑 씨 부인이 대꾸했다.

"뭐라 하지 마라. 형은 오늘 몸이 좀 안 좋고, 게다가 오늘 트루빌까지 가서 한참 걷다 왔잖니."

"말도 안되는 소리." 롤랑이 말을 이었다. "그렇다고 그게 야만인처럼 가버릴 이유가 되나."

로제미유 씨 부인은 상황을 무마하려고 입을 열었다.

"천만에요. 그런 게 아니에요. 삐에르 씨가 그렇게 떠난 건 영국식 매너랍니다. 일찍 빠져야 할 때 사교계에서는 늘 그렇게 조용히 가버리지요."

"오!" 장이 대답했다. "사교계에서라면 그럴 수도 있지만, 가족을 영국식 매너로 대하지는 않죠. 그런데 형은 얼마 전부터 그런 짓만 하고 있단 말이에요."

6

한두주 동안은 롤랑네에서 아무 일도 일어나지 않았다. 아버지는 낚시를 했고, 장은 어머니의 도움을 받아가며 새집에 자리 잡았고, 삐에르는 아주 침울해서는 식사시간에만 모습을 나타냈다.

어느날인가, 저녁때 아버지가 그에게 물었던 적이 있었다.

"아니, 어디 초상이라도 났어? 당최 왜 우리한테 그런 얼굴을 보이는 건데? 내가 그런 꼴을 본 게 오늘 일은 아니거든."

의사가 대답했다.

"삶의 무게를 진저리 나게 느끼는 중이라서요."

그 단순한 인물은 아무것도 이해하지 못했고 유감스러운 표정을 지었다.

"얼씨구. 설상가상이로군. 우리가 운 좋게도 유산을 받게 된 뒤로 모든 사람이 불행한 것 같아. 우리에게 사고라도 일어난 것처럼, 누군가 때문에 눈물을 흘리기라도 하는 것처럼 말이야!"

"실제로 전 누군가 때문에 눈물을 흘리고 있어요." 삐에르가 말했다.

"네가? 대체 그 누구가 누군데?"

"오! 아버지는 모르시지만 제가 너무 사랑했던 사람이지요."

롤랑은 사랑놀음과 관계된, 아들이 구애하던 품행이 가벼운 여자와 관계된 이야기라고 생각해서 물어봤다.

"여자 문제인 게군. 그렇지?"

"그래요. 어떤 여자요."

"죽었어?"

"아니요. 더 나빠요. 타락했어요."

"아!"

노인은 아내 앞에서 아들이 야릇한 어투로 털어놓은 예기치 않은 고백에 놀라긴 했지만 파고들 생각은 조금도 하지 않았는데, 그런 일들에 제삼자가 끼어드는 게 아니라고 생각했기 때문이었다.

롤랑 씨 부인은 아무 말도 듣지 못한 것처럼 보였다. 그녀는 무척 창백한 것이 아픈 사람 같았다. 그녀가 의자에 마치 쓰러지듯이 앉는 모습을 보고, 그녀가 호흡곤란이 닥친 사람처럼 숨 쉬는 소리를 듣고, 남편은 놀라서 이미 여러번 말을 했었다.

"정말이지, 루이즈, 안색이 좋지 않구려. 보나 마나 장이 자리 잡는 일로 몸을 너무 혹사한 게야! 제길, 좀 쉬라고, 그 녀석은 부자니까 급할 게 없다니까."

그녀는 아무런 대답도 하지 않고 고개를 저었다.

그날 그녀의 안색이 어찌나 창백한지 롤랑이 다시 알아차렸다.

"저런." 그가 말했다. "전혀 좋아 보이지가 않는군. 여보, 자기 몸을 챙겨야지."

그러더니 아들을 향했다.

"네 눈에도 어머니가 편찮으신 게 보이지. 적어도 진찰은 해봤겠지?"

삐에르가 대답했다.

"아니요. 어디 안 좋으신 줄 전혀 몰랐어요."

그러자 롤랑이 화를 냈다.

"이런 염병, 넌 눈 뜬 장님이냐! 네 어머니가 편치 않다는 것을 알아채지조차 못한다면 의사가 된다는 것이 대체 어디 소용이 있다는 거냐? 보라고, 자, 네 어머니를 보라고. 이런, 정말이지, 사람이 죽어나자빠질 판이라 해도, 이 의사 양반은 전혀 모르겠구먼!"

롤랑 씨 부인이 가쁜 숨을 몰아쉬기 시작했고 어찌나 낯빛이 창백한지 남편이 소리를 질렀다.

"아니, 기절하려나봐."

"아니…… 아니에요…… 아무것도 아니에요…… 지나갈 거예요…… 아무것도 아니에요."

삐에르가 다가왔고 그녀를 뚫어져라 바라봤다.

"자, 좀 봐요, 어디가 안 좋죠?" 그가 말했다.

어머니가 낮은 목소리로 급하게 같은 말을 되뇌었다.

"아니야…… 아무것도 아니야…… 정말이라니까…… 아무것도 아니야."

초산을 찾으러 갔던 롤랑이 돌아왔고, 아들에게 병을 내밀었다.

"받아라…… 어머니를 보살펴드리렴, 네가. 심장은 타진해봤겠지?"

삐에르가 맥박을 잡으려고 몸을 수그리자, 어머니는 급작스럽게 손을 뒤로 빼다가 옆에 놓인 의자에 부딪히고 말았다.

"자." 그가 냉담한 목소리로 말했다. "편찮으시잖아요. 어디 좀 보자고요."

그러자 그녀는 팔을 들어올려 내밀었다. 어머니의 피부는 불타듯 뜨거웠고, 맥박은 불규칙적으로 요동치고 있었다. 그가 중얼거렸다.

"실제로 꽤 좋지 않네요. 진정제를 드셔야겠어요. 처방전을 써드리죠."

그러고 나서 그가 몸을 굽히고 처방전을 쓰는데, 숨을 억누르느라, 숨이 막혀와서, 숨을 참아가며 짧게 뱉느라 내는 가벼운 소리에 획 몸을 돌렸다.

어머니가 얼굴을 두 손에 파묻고 울고 있었다.

롤랑이 당황해서 물었다.

"루이즈, 루이즈, 무슨 일이오? 아니, 대체 무슨 일인데?"

그녀에게서는 대답이 없었고, 끔찍하고 깊은 시름에 마음이 갈래갈래 찢긴 듯했다.

남편이 그녀의 두 손을 잡아서 얼굴에서 떼어놓으려고 했다. 그녀는 뻗대며 같은 말만 되뇌었다.

"싫어요, 싫어요, 싫어요."

그가 아들을 향해 몸을 돌렸다.

"아니, 너희 어머니 어디가 아픈 거냐? 난 저런 모습은 본 적이 없구나."

"별것 아니에요." 삐에르가 말했다. "그저 가벼운 신경발작입니다."

그는 어머니가 이처럼 괴로워하는 모습을 보자 마음이 놓이고, 그러한 고통이 자신의 원한을 덜어주고 어머니의 타락으로 생긴 빚을 줄여준다고 여겼다. 그는 자신의 사명에 만족한 판사처럼 어머니를 응시했다.

하지만 어머니가 갑자기 일어서더니 문을 향해 몸을 내던지다시피 했는데, 그 몸짓이 너무나 급작스러워서 그러리라는 예측을 할 새도 없었고, 어머니를 붙잡을 새도 없었다. 그러더니 침실로 달려가서 문을 잠그고 들어앉았다.

롤랑과 의사는 서로 얼굴만 마주보고 있었다.

"넌 뭔가 좀 이해하겠냐?" 한쪽이 물었다.

"예." 다른 쪽이 대답했다. "가벼운 단순신경증에서 비롯된 거예요. 엄마 나이 때 종종 발생하죠. 앞으로도 이런 식의 발작이 자주 발생할 수 있어요."

실제로 그녀는 거의 매일 그런 증상을 보였는데, 그녀를 괴롭히는 그 이상한 미지의 병의 비밀을 갖고 있는 사람이 삐에르였던 듯 그의 말 한마디에 촉발되는 것 같았다. 그는 교활한 고문자처럼 어머니의 얼굴에서 휴지기의 징후를 엿보고 있다가 진정된 순간에

단 한마디 말을 던짐으로써 고통을 다시 일깨웠다.

그리고 그, 그도 그녀만큼 고통스러웠다! 더이상 어머니를 사랑하지 못해서, 더이상 어머니를 존경하지 못해서, 그리고 어머니를 괴롭히고 있어서 고통스러웠다. 그는 여인의 마음이자 어머니의 마음이기도 한 그 마음속에 자신 때문에 벌어진 피 흐르는 상처를 한껏 들쑤셔놓고 나서, 어머니가 얼마나 비참하고 절망적인지가 느껴지면 홀로 시내로 나갔고, 후회로 어찌나 괴롭던지, 연민으로 어찌나 힘들던지, 아들의 경멸로 그처럼 어머니를 짓뭉갰다는 것이 어찌나 가슴 아프던지 바다에 몸을 던져 빠져죽음으로써 전부 다 끝장내고 싶을 정도였다.

오! 이제 그는 할 수만 있다면 어머니를 용서하고 싶었다! 하지만 잊히지 않으니 조금도 그럴 수가 없었다. 그가 어머니를 괴롭히지 않을 수만 있었다면. 하지만 그 또한 그럴 수가 없었으니 그 자신이 괴로웠다. 그는 측은지심이 빚은 결심으로 가득해서 식사시간에 돌아왔지만, 어머니를 보자마자, 그 눈길을, 전에는 그토록 올곧고 그토록 솔직했으나 지금은 달아나고, 두려워하고, 혼란스러워하는 그 눈길을 보자마자 입술까지 올라온 해로운 말을 담아둘 수가 없어서 자신도 모르게 내뱉고 말았다.

둘만이 알고 있는 그 추악한 비밀이 그를 자극해서 그녀에게 반발하게 했다. 그것은 이제 그의 핏줄기를 타고 흐르며, 그에게 미친 개 모양으로 물어뜯고 싶은 욕구를 안겨주는 독이었다.

그가 그녀를 끝없이 괴롭히는 데 더는 거치적거리는 것이 하나도 없었다. 이제 장은 저녁식사를 하고 잠을 자기 위해서만 매일 저녁 가족에게로 돌아왔지, 나머지 시간은 거의 새 아파트에서 살다시피 했기 때문이다.

그는 종종 형이 내뱉는 신랄하고 폭력적인 말들을 알아챘지만 질투 때문이거니 여기고 말았다. 그는 형을 제자리로 돌려보내리라고, 그리고 형에게 이제고 저제고 따끔하게 한마디 하리라고 작정했는데, 가족의 생활이 그러한 지속적인 불화로 아주 힘들어졌기 때문이었다. 그런데 그는 이제 따로 살기 때문에 그런 난폭한 언행으로 힘든 게 덜했다. 그리고 평온함을 사랑하는 성품 때문에 자꾸 참고 있었다. 게다가 행운에 흠뻑 취한 상태였기에, 그의 생각은 자신과 직접 연관되지 않은 것들에 머무르는 일이 거의 없었다. 그는 새로운 자잘한 근심들로 머리가 묵직해져서 도착했는데, 모닝코트의 재단방식과 펠트모자의 모양, 명함의 적당한 크기에 정신이 팔린 상태였다. 그리고는 끈질기게 집에 관한 온갖 자잘한 일들, 내의류 정리를 위해 침실 벽장에 넣을 선반, 현관에 놓을 외투걸이, 불법 가택침입을 예방하기 위해 설치해야 할 전자 경보장치에 대해 이야기를 늘어놓았다.

그가 새 아파트로 들어가는 날, 쌩주앵으로 소풍을 갔다가 저녁 식사를 한 뒤, 모두 함께 그의 집에 가서 차를 마시기로 결정되었다. 롤랑은 배를 타고 가고 싶어했지만 거리 때문에, 그리고 혹시 역풍이라도 불면 바닷길은 도착이 불안하기 때문에, 그의 의견을 물리치고 사륜마차를 빌려 소풍을 가기로 했다.

점심시간에 맞춰 도착하기 위해서 10시경에 출발했다. 흙먼지에 덮인 널찍한 길이 노르망디 시골을 가로질러 펼쳐졌고, 굽이치는 평원과 나무로 둘러싸인 농가들의 모습이 끝없이 펼쳐진 공원을 연상시켰다. 거대한 말 두필이 느린 걸음으로 끌고 가는 마차 안에는 바퀴 소리에 귀가 멍멍해진 롤랑네 가족과 로제미유 씨 부인, 그리고 보지르 선장이 아무 말 없이 앉아, 먼지구름 속에서 눈을 감고 있었다.

때는 무르익은 수확의 계절이었다. 진초록의 토끼풀과 싱싱한 초록의 사탕무 옆에서, 노란색 밀이 황금빛과 금빛으로 들판을 밝히고 있었다. 밀들은 그들 위로 떨어져내리는 태양빛을 들이마시기라도 한 듯싶었다. 곳곳에서 수확이 시작되었고, 낫의 공격을 받는 벌판에서는 남자들이 날개 모양의 커다란 날을 땅바닥에 바짝 붙여 놀리면서, 몸을 규칙적으로 움직이는 모습이 보였다.

사륜마차는 두시간을 그렇게 가다가 왼쪽 길로 들어섰고, 날개가 돌아가고 있는 풍차방아, 그러니까 반쯤은 썩고 못 쓰게 된 우수 어린 우중충한 잔해 옆을 지나 예쁘장한 안뜰로 들어서더니, 그 고장에서는 이름난 고급음식점인 깔끔하게 단장한 집 앞에 멈춰섰다.

사람들이 미녀 알퐁신이라고 부르는 여주인이 웃는 얼굴로 문간에 나와서, 지나치게 높은 계단 앞에서 망설이고 있는 부인 둘에게 손을 내밀었다.

사과나무들이 그늘을 드리운 풀밭 가장자리에 세워놓은 텐트 아래에서는 외지인들, 에트르따에서 온 빠리 사람들이 이미 식사를 하고 있었다. 그리고 집 안에서는 목소리, 웃음소리, 그리고 식기 부딪히는 소리들이 들려왔다.

모든 방이 꽉 찼기 때문에 침실에서 식사를 해야 했다. 갑자기 롤랑 눈에 벽에 걸린 새우잡이용 망이 들어왔다.

"아! 아!" 그가 소리를 질렀다. "여기에서 보리새우가 잡히나보오?"

"그럼." 보지르가 대답했다. "심지어 해안 전체를 통틀어서 가장 많이 잡히는 곳이라오."

"우아! 식사 뒤에 다 같이 가볼까?"

마침 3시가 썰물 때였다. 그래서 모두 갯벌에서 오후를 보내며 바위들 틈에서 보리새우를 찾기로 결정했다.

바닷물 속에 발을 담그고 새우를 찾을 때 머리로 피가 몰리는 것을 피하기 위해서 적게들 먹었다. 그리고 6시경에 돌아가면 근사한 저녁식사가 준비되어 있도록 주문해놓은지라 배를 좀 비워두고 싶어했다.

롤랑은 안달이 나서 가만히 있지를 못했다. 그는 들판에서 나비를 잡을 때 사용하는 도구들과 아주 흡사한, 새우잡이에 사용되는 특별한 도구들을 구입하고 싶어했다.

그 도구들은 '뜰채'라고 부른다. 긴 막대기 끝에 둥근 나무고리를 달고, 그 고리에 작은 망주머니를 끼워넣은 것이다. 늘 미소를 짓고 있는 알퐁신이 롤랑에게 뜰채들을 빌려줬다. 그러더니 두 여인이 드레스 자락을 적시는 일이 없도록 즉석에서 옷차림을 바꾸게 도와줬다. 그녀는 치마와 막 신는 스타킹, 그리고 즈크 신발을 제공했다. 남자들은 양발을 벗었고 그곳 신발가게에서 뒤축 없는 신과 나막신 들을 샀다.

그다음에 뜰채를 어깨에 걸고 등에는 채롱을 지고 길을 나섰다. 로제미유 씨 부인이 그런 옷차림을 하니 아주 매력적이었는데, 시골풍의 대담한 뜻밖의 매력이었다.

알퐁신이 빌려준 치마는 단을 깔끔하게 접어올려 꿰맸기 때문에 걱정없이 바위투성이 갯벌에서 달리고 건너뛸 수 있었으며, 따라서 발목과 장딴지 아랫부분이 드러났는데, 그 장딴지는 유연함과 탄탄함을 갖춘 자그마한 여인의 팽팽한 장딴지였다. 허리는 품이 넉넉해서 자유롭게 움직일 수가 있었고, 누런 밀짚으로 만든, 챙이 엄청나게 넓은 정원용 모자를 찾아내서 머리를 가렸는데, 접어올린 챙을 고정시킨 위성류 가지 때문에 위풍당당한 근위기병 같았다.

장은 유산을 물려받은 뒤로 매일 그녀와 결혼할지 말지를 고민하고 있었다. 장은 로제미유 씨 부인을 만날 때마다 그녀를 아내로 맞아들여야겠다는 결심이 섰다고 느끼다가도, 혼자 있게 되면 시간을 두고 고려해봐야겠다는 생각을 했다. 이제 그녀는 그보다 덜 부유했다. 그녀는 1만 2000프랑의 수입만 있었으니까. 그런데 그 수입은 르아브르와 해안가에 있는 토지와 농가, 부동산에서 나오는 것이었고, 이런 것은 훗날 엄청난 값어치를 띠게 될 가능성이 있었다. 그렇게 치면 재산상황은 엇비슷했고 그 젊은 과부는 확실히 그의 마음에 들었다.

그날 장은 로제미유 씨 부인이 앞에서 걸어가는 모습을 보면서 생각했다. '자, 결심을 하자. 더 좋은 혼처를 만날 일은 없을 거야.'

그들은 마을에서 해안가 절벽을 향해 뻗어내린 경사진 좁다란 골짜기를 따라 걸었다. 골짜기 끝에 있는 절벽은 80미터 높이에서 바다를 내려다보고 있었다. 해안가의 초록빛 절벽은 오른쪽과 왼쪽으로 점점 낮아졌고 그 가운데 갇혀 커다란 삼각형 모양을 이룬 바닷물, 햇빛을 받아 군데군데 은빛으로 반짝이는 저 멀리 보이는 쪽빛의 바닷물은 한마리 곤충인 것만 같았다. 햇빛이 가득한 하늘이 바닷물과 완벽하게 뒤섞여서, 어디서부터 하나가 끝나고 어디서부터 다른 하나가 시작되는지 전혀 분간이 되지 않았다. 세 남자보다 앞서 가고 있는 두 여인은 이 환한 수평선을 배경으로 블라우스에 감싸인 잘록한 허리를 보여주고 있었다.

장은 눈에 불을 켜고 로제미유 씨 부인의 가느다란 발목과 날씬한 다리, 나긋나긋한 허리와 도발적인 커다란 모자가 앞에서 달아나는 모습을 지켜봤다. 그렇게 빠져나가는 모습이 장의 욕망을 부추겼고 그를 밀어붙여서, 망설이기 잘하고 우유부단한 사람들이 갑자기 그러듯이 단호한 결심을 하게 만들었다. 그는 구릉, 가시양골담초, 토끼풀, 그리고 목초의 냄새와, 바닷물이 빠지고 모습을 드러낸 바위에서 풍기는 갯내가 뒤섞인 온화한 대기에 슬며시 취기가 오르며 흥분되었고, 한 걸음씩 내디딜 때마다, 초바늘이 한번씩 움직일 때마다, 젊은 여인의 날렵한 씰루엣에 한번씩 눈길을 줄 때마다, 조금씩 더 결심을 굳혀갔다. 그는 더는 망설이지 않겠다고, 자신은 그녀를 사랑하며 그녀와 결혼하고 싶다는 말을 하리라고 결심했다. 낚시 덕분에 둘 사이의 대화가 쉬워질 테니 낚시가 그에게 도움이 되리라. 게다가 이는, 투명한 바닷물이 갇힌 웅덩이에 발을 담그고 새우들의 기다란 수염이 바닷말들 사이로 도망 다니는 것을 지켜보면서 사랑을 말할 만한, 예쁘장한 장소, 예쁘장한 배경이리라.

골짜기 끝의 절벽 가장자리에 이르자 절벽을 따라서 뻗어내려간 작은 오솔길이 보였고, 바다와 산자락 사이로, 그러니까 얼추 언덕 중간쯤에는, 무너져내리고 뒤집어진 거대한 바위들이 층층이 쌓여서 만들어낸 놀라운 혼돈의 풍경이 내려다보였으며, 그 풍경을 담고 있는 남쪽으로 끝없이 뻗어나간 평원 같은 장소는 예전에 붕괴가 일어나는 바람에 형성된 곳으로, 풀이 무성하며 울퉁불퉁했다. 가시덤불과 풀로 뒤덮였고, 화산폭발이라도 일어난 것처럼 뒤죽박죽이 된 그 긴 길 위에 떨어져내린 암석들은 예전에 대서양을 바라보고 있었으나 지금은 사라져버렸으며, 끝없이 하얀 절벽의 단면이 굽어보고 있던 거대한 도시의 잔해 같았다.

"정말 아름다워요." 로제미유 씨 부인이 걸음을 멈추고 말했다.

어느새 따라붙은 장이 벅찬 마음으로, 바위를 깎아 만들어놓은 좁은 계단을 내려가려는 부인에게 손을 내밀었다.

두 사람이 앞장섰고, 짧은 다리로 뻣뻣하게 걷던 보지르가 까마득한 높이에 어지러움을 느낀 롤랑 씨 부인에게 팔짱을 끼라고 팔을 내줬다.

롤랑과 삐에르가 맨 뒤에서 왔고, 의사가 아버지를 끌고 가야만 했는데, 아버지는 현기증이 나서 너무나 정신이 없었기에 걷는다기보다는 엉덩이로 밀고 내려오는 것 같았다.

젊은이들은 선두에서 거침없이 내려가며 빠르게 나아가다가, 계곡 중간쯤에, 나무 벤치 옆의 절벽에 나 있는 자그마한 동굴에서부터 솟아나는 맑은 물줄기를 보았다. 그 물줄기는 우선, 자신의 힘 때문에 팬 세숫대야만 한 크기의 물웅덩이에 고였다가, 고작 2피트 높이 아래로 떨어져서는, 크레송이 깔린 오솔길을 가로질러 달아나다가, 떨어져내린 돌들이 쌓여서 뒤죽박죽이 된 평원을 가로질러서 가시덤불과 풀숲 사이로 자취를 감췄다.

"오! 목이 무척 마른데, 어쩌나." 로제미유 씨 부인이 외쳤다.

하지만 어떻게 마시려나? 그녀는 손바닥에 물을 담으려고 했지만 물은 손가락 사이로 빠져나갔다. 장에게 생각이 하나 떠올랐고 그는 길에 돌을 하나 놓았다. 그러자 그녀가 그 위에 무릎을 대고 꿇어앉았고, 그렇게 높이가 같아진 샘에 직접 입을 대고 물을 마셨다.

그녀가 고개를 들어올리자 피부와 머리카락, 속눈썹, 그리고 블라우스에 수없이 흩뿌려진 물방울들이 반짝거렸고, 장은 그녀를 향해 몸을 숙이며 속삭였다.

"정말 아름답군요!"

그녀는 아이를 꾸중할 때 흔히 쓰는 말로 대답했다.

"그 입 좀 다물지 않을래요?"

그것이 두 사람이 처음으로 주고받은, 남녀 사이의 수작질 비슷한 말이었다.

"자." 몹시 동요된 장이 말했다. "다른 사람들이 따라잡기 전에 어서 갑시다."

과연, 이제는 두 사람과 아주 가까운 거리까지 온 보지르 선장이 두 손으로 롤랑 씨 부인을 잡아주느라 뒷걸음질로 내려오고 있는 통에 그의 등이 장의 눈에 들어왔고, 더 위쪽, 더 먼 곳에서는, 롤랑이 거북이처럼 팔꿈치와 발을 땅에 대고 몸을 질질 끌며 여전히 엉덩이에 의지해 미끄러져 내려오고 있었고, 삐에르는 그 앞에서 주의 깊게 발을 내디디며 내려오고 있었다.

깎아지른 듯한 정도가 덜한 오솔길은, 예전에 산에서 굴러떨어진 거대한 암석들을 감아돌며 나아가는 경사진 길 비슷한 걸로 어느덧 바뀌었다. 로제미유 씨 부인과 장은 달리기 시작했고 조약돌이 깔린 곳으로 나왔다. 두 사람은 그곳을 가로질러 바위들이 솟은 갯벌에 닿았다. 바위들은, 해초로 뒤덮였으며 수많은 물웅덩이들이 반짝이고 있는 길쭉하고 평평한 공간 여기저기에 퍼져 있었다. 저기, 아주 멀리, 바닷말들로 뒤덮인 그 끈적이는 평원, 그 번쩍이는 검푸른색 평원 뒤로 간조 때의 바다가 보였다.

장은 바지는 장딴지 위로, 소맷부리는 팔꿈치까지 걷어붙여서 젖을 걱정이 없어지자 "앞으로!"라고 말하고는 첫번째로 만난 물웅덩이로 과감하게 뛰어들어갔다.

자신도 곧 물속으로 들어가리라고 마음먹었음에도 보다 신중한 젊은 여인은 넓지 않은 물웅덩이 주위를 조심스러운 걸음걸이로 뱅뱅 돌았는데, 끈적거리는 해초들 때문에 미끄러워서였다.

"뭔가 보이나요?" 그녀가 물었다.

"그럼요. 물에 비치는 그대 얼굴이 보이는군요."

"혹시 보이는 게 그것뿐이라면 성적이 신통치 않겠는데요."

그는 부드러운 목소리로 속살거렸다.

"오! 온갖 종류의 낚시 중에서도 내가 가장 하고 싶은 게 그 낚시랍니다."

그녀가 웃어댔다.

"그렇다면 한번 잡아보세요. 그것이 망 사이로 얼마나 잘 빠져나가는지 보게 될걸요."

"글쎄…… 당신이 원한다면야……"

"전 새우를 잡는 당신 모습을 보길 원해요…… 그뿐이에요…… 지금으로서는요."

"심술궂군요. 더 멀리로 갑시다. 여기엔 아무것도 없네요."

그러고는 미끄러운 바위 위를 걸으려는 그녀에게 손을 내밀었다. 그녀는 살짝 겁을 집어먹은 채 기대왔고, 그, 그는 자기 안에 잠복해 있던 병균이 기세등등하게 발병할 그날만을 기다리기라도 한 것처럼 갑자기 밀려드는 사랑에, 욕망으로 흔들리며 그녀를 갈망하는 자신을 느꼈다.

두 사람은 곧 좀더 깊은 물웅덩이에 닿았는데, 보이지 않는 틈바구니를 통해 먼바다로 흘러들어가고 있으며 잔물결이 일고 있는 그 물속에서는 길고 가늘며 희한한 색깔을 띤 바닷말들, 헤엄이라도 치는 듯한 분홍색과 초록색의 머리카락 같은 풀들이 떠다니고 있었다.

로제미유 씨 부인이 외쳤다.

"어머, 어머나, 한마리가 보이네요. 큰데요. 저기, 저기요, 아주 커요."

그도 알아봤고, 허리까지 젖는데도 과감하게 물웅덩이 속으로 내려갔다.

그런데 그 새우가 긴 콧수염을 흔들며 천천히 망 앞으로 다가왔다. 장은 새우를 해초들 쪽으로 몰면서 그곳에서라면 잡을 수 있다고 확신했다. 새우는 궁지에 몰렸다고 느끼자 펄쩍 솟구쳐올라 뜰채를 건너뛰더니 미끄러지듯 사라져버렸다.

조마조마해하며 새우몰이를 지켜보고 있던 젊은 여인은 입에서 절로 나오는 소리를 막을 수가 없었다.

"오! 서툴기는."

그는 마음이 상해서 별생각 없는 동작으로 해초가 가득한 바닥을 뜰채로 긁었다. 뜰채를 수면으로 들어올리자, 보이지 않는 은신처에 숨어 있다가 아무렇게나 휘두른 뜰채에 걸려든 투명하고 통통한 새우 세마리가 보였다.

그가 의기양양해서 새우를 내밀자 로제미유 씨 부인은 뾰족한 새우 대가리에 무기처럼 달린 날카롭고 삐죽삐죽한 부분들이 무서워서 감히 잡을 엄두를 내지 못했다.

그러다가 결국 큰맘 먹고 새우 수염의 가늘게 빠진 끝 부분을 두 손가락으로 잡고서, 새우들을 죽지 않게 보존해줄 약간의 해초들과 함께 한마리, 또 한마리 채롱 속에 집어넣었다. 그러고 나서 덜 파인 물웅덩이를 발견했기에 주저하는 발걸음으로 그곳으로 들어갔고, 갑자기 두 발을 사로잡는 냉기에 흠칫했지만 직접 새우잡이에 나섰다. 그녀는 새우잡이에 필요한 사냥꾼의 육감과 재빠른 손을 가졌기에 능숙하고 약삭빨랐다. 거의 한번 손을 놀릴 때마다 그 느린 듯 능란한 손놀림에 속아 걸려든 새우들을 잡아올렸다.

이제 장은 아무것도 잡지 못했지만 걸음걸음 그녀를 쫓아다니면서 옆에 바짝 붙어섰고, 그녀에게로 몸을 기울였고, 자신의 서투름에 몹시 실망한 체하면서 가르쳐달라고 했다.

"오! 보여줘요." 그가 말했다. "어디, 보여줘봐요."

그러고 나서 웅덩이 바닥의 거무스름한 해초 덕분에 그토록 맑은 물이 투명한 거울처럼 나란히 붙어 있는 얼굴 둘을 비추자, 장은 밑에서 자신을 바라보고 있는, 옆에 나타난 얼굴을 향해 미소를 지었고, 가끔씩 손가락으로 그녀에게 키스를 날렸는데, 키스는 물에 비친 얼굴 위로 떨어져내리는 것만 같았다.

"아! 정말 성가시게 구시네." 젊은 여인이 말했다. "이봐요, 두가지를 한번에 해선 안돼요."

그가 대답했다.

"난 하나만을 하고 있다고요. 당신을 사랑해요."

그녀가 몸을 일으켜세우더니 진지한 어조로 말했다.

"이봐요. 대체 십분 전부터 정신이 어디에 팔린 거예요? 제정신이 아니군요?"

"천만에. 내 정신은 똑바르답니다. 당신을 사랑해요. 드디어 감히 그 말을 입에 올리는 겁니다."

이제 몸을 일으킨 두 사람은 바닷물이 고인 웅덩이에 장딴지까지 담그고 물이 줄줄 흐르는 손으로 뜰채를 쥔 채 서로의 눈을 뚫어져라 바라봤다.

그녀가 농조로 난처한 듯 입을 열었다.

"이런 순간에 그런 이야기를 하시다니 참 눈치도 없으세요. 제 낚시를 망치지 마시고 다른 날을 기다릴 수는 없으셨나요?"

그가 중얼거렸다.

"미안해요. 하지만 더는 입을 다물고 있을 수 없었어요. 당신을 사랑한 지 오래예요. 오늘은 이성을 잃을 정도로 당신 매력에 취했답니다."

그러자 갑자기 그녀는 결단을 내려서, 사업 얘기를 하고 즐거움은 포기하는 쪽으로 마음을 정리한 것 같았다.

"우리 여기 바위 위에 앉지요." 그녀가 말했다. "차분하게 이야기를 나눌 수 있을 거예요."

두 사람은 조금 높은 바위 위로 올라갔고, 나란히 앉자, 그녀가 햇볕이 내리쬐는 가운데 두 발을 달랑거리며 말을 꺼냈다.

"보세요. 당신도 이제 아이가 아니고 나는 아가씨가 아니에요. 우리 둘 다 이게 어떤 문제인지 아주 잘 알고 있고, 우리 행위가 낳게 될 결과들의 무게를 하나하나 재볼 수 있지요. 오늘 제게 사랑 고백을 하기로 결심하신 걸 보니, 전 당연히 당신이 저와 결혼하고 싶어 하나보다고 생각을 해요."

그는 이런 식으로 말끔하게 상황을 정리할 줄은 거의 예상하지 못했기에 얼간이 같은 대답을 내놓았다.

"그렇고말고요."

"어머니 아버지께는 말씀드렸나요?"

"아니요. 우선 내가 받아들여질지를 알고 싶었어요."

그녀는 아직도 젖어 있는 손을 그에게 내밀었고, 그가 열렬하게 자신의 손을 겹쳐오자 이렇게 말했다.

"전 좋아요." 그녀가 말했다. "제 생각에 당신은 선량하고 충실해요. 하지만 제가 당신 부모님 마음을 거스르고 싶어하지 않는다는 것은 잊지 마세요."

"오! 어머니가 아무것도 예상하지 못했을 거라고 생각해요? 그리고 우리 사이에 결혼을 바라지 않는데 지금처럼 당신을 좋아하시겠어요?"

"그러게요. 제가 약간 혼란스러워서요."

두 사람은 입을 다물었다. 그리고 오히려 그가 놀랐는데, 그녀가 그와는 달리 당황하지도 않는데다가 너무나 합리적이어서였다. 그가 예상했던 것은 교태 어린 다정함, 싫다고 말하지만 사실상의 승낙, 물이 찰랑이는 곳을 배경으로 낚시와 뒤섞여 펼쳐지는 예쁘장한 애정극 한편이었다! 그런데 다 끝나버렸고, 그는 자신이 몇 마디 말도 주고받지 않았는데 한 여인과 묶이고 기혼이 되어버렸다고 느꼈다. 서로 동의한 이상 더는 서로에게 아무런 할 말이 없어서, 둘 사이에서 그렇게나 빠르게 진행되어버린 것에 대해 둘 다 약간 당혹스럽고 심지어 약간 혼란스러운 상태여서, 더는 상대방에게 말을 붙여볼 엄두도 나지 않았고, 더는 낚시를 할 엄두도 나지 않았고, 무엇을 해야 할지 몰랐다.

롤랑의 목소리가 두 사람을 구해줬다.

"이리 와봐라. 이리 와봐, 얘들아. 와서 보지르를 좀 보거라. 저 양반, 아예 바다를 싹쓸이하는데."

과연 선장은 놀라운 솜씨를 선보이고 있었다. 허리까지 적신 그는 최상의 장소를 한눈에 알아보고는 이 웅덩이에서 저 웅덩이로 옮겨다녔고, 느릿느릿하면서 확실하게 뜰채를 움직여서 해초 아래 구멍마다 뒤져댔다.

그리고 그가 채롱 안에 새우들을 던져넣기 위해 단호한 동작으로 새우들을 집어들면, 아름다운 투명한 보리새우들, 잿빛 도는 금빛 보리새우들이 그의 손바닥에서 파닥거렸다.

놀라기도 하고 즐겁기도 한 로제미유 씨 부인은 그를 졸졸 따라다니면서 최선을 다해 그를 흉내 냈고, 결혼 약속도, 꿈꾸듯 몽롱해서 자신을 쫓아다니는 장도 잊다시피 한 채, 흔들리는 해초 아래에서 아이처럼 새우들을 건져올리는 즐거움에 완전히 빠져버렸다.

롤랑이 갑자기 외쳤다.

"어럽쇼, 안주인이 행차하시네."

롤랑 씨 부인은 처음에는 삐에르하고 단둘이 바닷가에 있었다. 둘 다 바위 틈새를 뛰어다니고 물웅덩이에서 철벅거리고 싶은 생각이 없었으니까. 그렇지만 함께 있기도 망설여졌다. 그녀는 아들이 두려웠고, 아들은 어머니가, 그리고 스스로 전혀 통제하지 못하는 자신의 잔인함이 무서워서 자기 자신이 두려웠다.

그래서 두 사람은 자갈밭 위에, 서로의 옆에 자리를 잡고 앉았다.

바닷바람이 뜨거운 태양의 열기를 가라앉혀주는 가운데, 은빛이 아롱거리는 푸른 바다가 광막하고 부드러운 수평선을 이룬 광경을 앞에 두고서, 두 사람은 동시에 생각에 잠겼다. '예전 같았더라면 이곳이 얼마나 좋았을까.'

그녀는 삐에르가 심술궂게 대답하리라는 것을 잘 알고 있기에 그런 말을 할 엄두도 내지 못했다. 그리고 그는 자신이 자신도 모르는 새 난폭하게 대답하리라는 것을 또한 잘 알고 있어서 어머니에게 그런 말을 할 엄두를 내지 못했다.

그는 단장 끝으로 조약돌들을 못살게 굴고, 헤집어대고, 두드려 댔다. 그녀는 흐릿한 눈길로, 자그마한 조약돌 서너개를 손가락으로 집어들더니, 느리고 기계적인 동작으로 한 손에서 다른 한 손으로 옮겨담는 행동을 되풀이하고 있었다. 그러다가 앞쪽 이곳저곳을 헤매던 막연한 그 시선에 장이 바닷말 한가운데서 로제미유씨 부인과 낚시를 하고 있는 모습이 잡혔다. 그래서 그녀는 그들을 눈으로 좇으면서 두 사람의 움직임을 엿봤고, 어머니의 본능으로 두 사람이 이야기 나누는 모습이 평소와는 다르다는 것을 막연하게 알아차렸다. 그녀는 두 사람이 물에 비친 서로의 모습을 바라보느라 나란히 몸을 수그리고, 서로의 마음을 묻느라 서로 마주보고 서고, 그다음에 서로에게 언약을 주느라 바위 위로 올라가서 앉는 모습을 보았다.

두 사람의 씰루엣이 분명하게 도드라졌고, 수평선 한가운데 그 씰루엣만 존재하는 것 같았고, 하늘과 바다와 절벽이 어우러진 그 광활한 공간 속에서 거기에는 뭔가 위대하고 상징적인 것이 있었다.

삐에르 또한 두 사람을 바라보고 있었는데, 갑자기 그의 입술에서 메마른 웃음소리가 튀어나왔다.

롤랑 씨 부인이 돌아보지 않고 물었다.

"대체 왜 그러는데?"

그는 여전히 비웃었다.

"가르침을 받는 중이죠. 어떻게 오쟁이 진 남편이 될 채비를 하는 건지 배우고 있습니다."

그녀에게서 노여움과 거부감이 울컥 치밀었고, 그 표현에 충격을 받은 그녀는 그 말의 속뜻이거니 싶은 것 때문에 격분했다.

"그거 누구보고 하는 말이지?"

"당연히 장이죠! 두 사람이 저러고 있는 걸 보니 아주 우스꽝스럽군요."

어머니는 감정에 겨워 부들부들 떨면서 낮은 목소리로 중얼거렸다.

"오! 삐에르, 넌 어쩜 그렇게 잔인하니! 저 여성은 올곧음 그 자체란다. 네 동생이 그보다 더 나은 혼처를 발견할 수 없을 거야."

그는 대놓고 웃기 시작했는데, 툭툭 끊어지는 억지웃음이었다.

"하! 하! 하! 올곧음 자체라고요! 여자들은 모두 올곧음 자체지요…… 그리고 남편들은 모두 오쟁이 지고요. 하! 하! 하!"

그녀는 아무 대꾸도 하지 않고 일어서서 자갈 깔린 경사길을 급하게 내려갔는데, 미끄러지든, 풀에 가려 보이지 않는 구덩이에 빠져서 다리나 팔이 부러지든 개의치 않고, 달리다시피 물웅덩이들을 가로질렀고, 아무것도 보지 않고 그녀의 다른 아들을 향해 곧장 앞으로 나아갔다.

그녀가 다가오는 것을 본 장이 소리쳤다.

"이런? 엄마, 결심이 섰어요?"

아무 대답도 없이 그녀는 그의 팔을 잡았는데 마치 "날 구해줘. 날 지켜줘"라고 말하는 듯했다.

그는 어머니가 몹시 동요된 것을 보고 깜짝 놀랐다.

"왜 이렇게 창백하세요! 무슨 일이에요?"

그녀가 더듬거렸다.

"넘어질 뻔했어. 바위들 위를 걸으려니 겁이 났었다."

그래서 장은 그녀를 부축해 데리고 가면서 낚시에 흥미를 가지라고 낚시에 대해 설명했다. 하지만 그녀가 그의 말을 거의 듣지 않고 있는데다가 그는 누군가를 붙잡고 자신의 얘기를 털어놓고 싶은 격렬한 욕구를 느끼고 있었기 때문에, 그녀를 아예 더 멀리 떨어진 곳으로 데리고 가서 작은 소리로 말을 꺼냈다.

"내가 뭘 했게요? 맞혀보세요."

"글쎄…… 글쎄…… 모르겠구나."

"맞혀보시라니까요."

"음…… 모르겠다."

"그러니까, 로제미유 씨 부인에게 결혼하고 싶다고 말했어요."

그녀는 아무런 대꾸도 하지 않았는데, 머리가 웅웅거리고 아들의 말을 가까스로 이해할 정도로 절망스러운 마음이었다. 그녀가 따라했다.

"결혼하고 싶다고?"

"예. 잘했지요? 그 사람 정말 매력적이지 않은가요?"

"그럼…… 매력적이지…… 아주 잘했다."

"그러니까 어머니는 찬성이시죠?"

"그럼…… 찬성하지."

"그런데 말씀하시는 게 영 이상하세요. 마치…… 마치…… 만족스럽지 않으신 것 같네요."

"천만에…… 난…… 만족스럽다."

"정말이죠?"

"정말이지."

그리고 그렇다는 것을 보여주기 위해서 그녀는 그를 양팔 가득 끌어안고 장의 얼굴 여기저기에 어머니다운 키스를 퍼부었다.

그러고는 눈에 눈물이 차올라 손으로 닦아내는데, 저 멀리 해변에, 시체처럼 배를 깔고 조약돌에 얼굴을 파묻은 채 길게 엎드려 있는 몸뚱어리가 눈에 들어왔다. 그것은 절망에 휩싸여 생각에 잠겨 있는 또다른 아들 삐에르였다.

그러자 그녀는 막내 장을 더 멀리로, 바닷물이 찰랑이는 곳까지 데리고 갔고, 두 사람은 장의 마음이 온통 가 있는 그 결혼에 대해 오랜 시간 이야기를 나누었다.

두 사람은 밀물이 들어오는 바람에 뒤에서 새우잡이에 빠져 있는 일행에 합류했고, 그러고 나서 모두 다시 해변 쪽으로 걸음을 옮겼다. 잠든 척하고 있는 삐에르를 깨웠다. 그리고 포도주에 흠뻑 취한 저녁식사는 길게 길게 이어졌다.

7

돌아가는 길에 사륜마차 안에서, 장을 제외한 남자들은 모두 꾸벅거렸다. 보지르와 롤랑은 오분마다 옆 사람 어깨에 고개를 처박아서 다시 제자리로 밀어올려줬다. 그러면 두 사람은 몸을 바로하고 코 골기를 멈추고 눈을 떠보고는 "좋은 날씨군"이라고 중얼거리는가 싶다가, 곧 바로이다시피 반대쪽으로 다시 고개를 떨어뜨렸다.

르아브르로 들어섰을 때 모두들 몸이 어찌나 뻣뻣하게 굳었던지 몸을 푸는 데 무척 애를 먹었고, 보지르는 심지어 차를 마시려고 들르기로 했던 장의 집에 올라가는 것마저도 사양했다. 보지르 선장을 그의 집 앞에서 내려줘야 했다.

신참내기 변호사는 처음으로 새 거처에서 잠을 잘 예정이었다.

그는 바로 그날 저녁, 약혼녀에게 곧 그녀가 살게 될 아파트를 보여주게 되어서 약간은 유치하나 엄청난 기쁨에 사로잡혔다.

롤랑 씨 부인이 자신이 직접 물을 데우고 접대를 하겠노라고 말을 해놓은 터라 하녀는 이미 떠나고 없었다. 롤랑 씨 부인은 불을 낼까 걱정되어서 하녀들이 밤늦게까지 머무는 것을 좋아하지 않았다.

그녀와 아들과 일꾼들을 제외하면 그 누구도 아직 집에 발을 들여놓은 적이 없었는데, 집이 얼마나 근사한지를 보고서 느낄 놀라움이 완전하기를 원해서였다.

현관에서 장은 잠시 기다려달라고 부탁했다. 그는 초와 램프에 불을 붙이려고 했고, 로제미유 씨 부인과 아버지 그리고 형을 어둠 속에 세워뒀다가 "들어오세요!"라고 외치며 문을 양옆으로 활짝 열어젖혔다.

종려나무, 고무나무, 그리고 화분에 가려진 색유리와 샹들리에가 비추자 한쪽 면이 유리인 복도는 대번에 무대장치와 흡사해 보였다. 순간 모두 깜짝 놀랐다. 그 호사로움에 경탄을 금치 못한 롤랑은 공연 피날레에서처럼 박수를 치고 싶은 욕구를 느끼며 "이런, 빌어먹을"이라고 중얼거렸다.

그리고 나서 모두 첫번째 거실로 들어갔는데, 규모가 작고, 의자 색깔과 비슷한 계열의 짙은 황갈색 벽지가 발라져 있었다. 아주 단순한 구조의 큰 거실은 연한 장밋빛으로 위풍당당해 보였다.

장은 책들이 빼곡히 꽂혀 있는 책상 앞에 놓인 의자에 앉더니 약간 꾸며낸 듯한 묵직한 목소리로 말했다.

"그렇지요, 부인. 법조문이 명백하고, 제가 동의한다는 의사를 밝힌 이상, 우리가 논했던 그 사건은 앞으로 삼개월 내에 다행스러운 해결을 보게 되리라고 절대적으로 확신하는 바입니다."

그가 로제미유 씨 부인을 바라보며 말하자, 그녀는 롤랑 씨 부인을 바라보며 미소 짓기 시작했다. 그러자 롤랑 씨 부인이 그녀의 손을 잡더니 꼭 쥐었다.

장은 환한 얼굴로 중등학생처럼 펄쩍펄쩍 뛰고 소리 질렀다.

"허, 정말 목소리가 잘 들리죠. 변론에는 더할 나위 없이 좋아요, 이 거실 말예요."

그는 장엄한 목소리로 낭독하기 시작했다.

"만일 인정만이, 우리가 모든 고통에 대해 느끼는 자연스러운 그 온정의 감정만이 우리가 여러분에게 간청하는 무죄석방의 동기여야만 한다면, 배심원 여러분, 우리는 여러분의 동정심에, 여러분 모두가 타고난 아버지와 인간으로서의 마음에 호소할 것입니다. 하지만 우리에게는 법이 있고, 우리가 여러분 앞에서 제기하고자 하는 것은 오직 법의 문제입니다……"

삐에르는 자신의 것이 됐을 수도 있는 그 거처를 둘러보고 있다가, 동생의 어린아이 같은 짓에 신경질이 나서, 그에 대해 너무나 어리석고 재능이라고는 빈약하기 짝이 없다는 판단을 확고히 굳혔다.

롤랑 씨 부인이 오른쪽 문을 열었다.

"여기가 침실이에요." 그녀가 말했다.

그녀는 어머니로서의 모든 사랑을 그 방 치장에 쏟아부었었다. 벽지는 노르망디의 옛 직물을 본뜬 루앙의 싸라사 천이었다. 루이

15세풍의 도안—양 치는 아가씨가 들어 있는 메달을 비둘기 두 마리의 맞닿은 부리가 감싼 모양—덕분에 벽과 커튼, 침대, 안락의자가 우아한 전원풍의 분위기를 띠었는데, 아주 보기 좋았다.

"오! 정말 매혹적이군요." 로제미유 씨 부인이 침실로 들어서면서 약간 진지해져서 말했다.

"마음에 들어요?" 장이 말했다.

"아주 많이요."

"나도 무척이나 마음에 든답니다."

두 사람은 시선 깊숙이에 신뢰 가득한 무한한 애정을 담고 잠깐 서로를 바라보았다.

어쨌든 자신이 초야를 치르게 될 침실에 들어와 있으려니 그녀는 약간 거북하고 약간 혼란스러운 느낌이 들었다. 그녀는 침실에 들어서면서 이미, 침대가 굉장히 넓다는 사실을, 롤랑 씨 부인이 아마도 아들이 곧 결혼하리라고 예상했고 원했기 때문에 그런 걸로 골랐을 테고, 진정 부부용 침대라는 사실을 알아챘었다. 그리고 어머니가 그렇게 신경을 써준 것이 흡족했고 그녀가 가족이 되기를 기다리고 있다고 말해준다는 느낌을 받았다.

그러고 나서 거실로 다시 나서자 장이 갑자기 왼쪽 문을 열어 보였고, 세군데 창이 나 있는, 일본풍 초롱으로 장식되어 있는 식당이 보였다. 어머니와 아들이 할 수 있는 한의 온갖 기발한 상상력을 몽땅 쏟아부은 곳이었다. 칸막이, 싸브르, 가면, 진짜 깃털로 만들어진 두루미, 도자기, 나무, 종이, 상아, 자개, 그리고 동으로 된 그모든 자잘한 장식품들과 더불어, 대나무 가구, 일본풍 도자기 인형,

동양풍 대형 도자기, 금박이 번쩍이는 비단, 유리구슬들이 물방울처럼 보이는 반투명 차양, 벽지를 고정하려고 벽에 못으로 박아놓은 부채들이 들어찬 그 방은 지나치게 꾸며서 부자연스러운 외양을 지니고 있었는데, 솜씨와 취향과 예술적 소양을 최고도로 발휘할 것을 요구하는 것들에 대해 무지한 눈과 능숙하지 못한 손이 빚어놓은 결과였다. 하지만 바로 그 방이 가장 많은 감탄을 불러일으켰다. 삐에르만이 약간은 신랄하게 비꼬면서 유보적인 의견을 내놓아 동생의 마음을 상하게 했다.

식탁 위에는 과일들이 피라미드 모양으로 쌓여 있었고 과자와 케이크가 거대한 기념물처럼 솟아 있었다.

일행은 배가 거의 고프지 않다. 과일즙을 빨아먹고, 과자와 케이크는 먹는다기보다는 조금씩 갉아댔다. 그러더니, 한시간 뒤에, 로제미유 씨 부인이 그만 물러가겠다며 허락을 구해왔다.

롤랑 영감이 그녀를 집까지 데려다주기 위해 즉시 그녀와 함께 출발하기로, 그리고 롤랑 씨 부인은 하녀가 없는 관계로 아들에게 뭔가 부족한 게 없도록 어머니다운 눈길로 집 안을 둘러보기로 결정이 되었다.

"당신을 데리러 다시 와야 하나?" 롤랑이 물었다.

그녀가 망설이다가 대답했다.

"아니에요, 여보, 주무세요. 삐에르가 데리고 가겠죠."

두 사람이 떠나자마자 그녀는 촛불을 끄고, 케이크, 설탕, 술을 찬장에 넣고 열쇠로 잠근 후 열쇠를 장에게 넘겼다. 그러더니 침실에 들러서 침대 시트를 젖혀놓고, 물병이 신선한 물로 채워져 있는지, 창문은 잘 닫혀 있는지를 검사했다.

삐에르와 장은 작은 살롱에 남아 있었는데, 한 사람은 자신의 취향이 비판받아서 여전히 기분이 구겨진 상태였고, 다른 한 사람은 동생이 그 집에 자리 잡은 것을 보고 점점 더 짜증이 나고 있는 상태였다.

두 사람 모두 아무런 말도 없이 의자에 앉아서 담배를 피우고 있었다. 삐에르가 갑자기 일어섰다.

"제길!" 그가 말했다. "그 과부, 오늘 저녁에 완전히 나가떨어진 기색이었지. 야외 나들이가 그다지 도움이 안됐나봐."

장은 유순한 사람이 마음을 다치면 급작스러운 격렬한 분노를 표출하듯이, 그러한 분노가 갑자기 치솟는 것을 느꼈다.

그가 느낀 감정이 어쩌나 생생했던지 그는 호흡이 곤란한 지경이어서 말을 다 더듬었다.

"이제부터 로제미유 씨 부인에 대해 얘기할 때 '과부'라는 말을 사용하지 마."

삐에르는 오만한 표정으로 그쪽으로 몸을 돌렸다.

"지금 나한테 명령하는 거지. 혹시 돌기라도 한 거야?"

장이 즉각 몸을 일으켰다.

"난 돌지 않았어. 하지만 나에 대한 형의 태도에는 신물이 나."

삐에르가 빈정거렸다.

"너에 대한? 그렇다면 네가 로제미유 씨 부인에게 속한다는 말인가?"

"로제미유 씨 부인이 내 아내가 될 거라는 사실은 알아둬."

상대방이 더 크게 웃었다.

"하! 하! 좋았어. 내가 왜 그 여자를 '과부'라고 부르면 안되는지를 이제는 알겠다. 그런데 결혼을 알려오는 방법치고는 상당히 희한한데."

"농담하지 말란 말이야…… 내 말 알아들었어…… 하지 말라면 하지 마."

장은 핏기 가신 얼굴로 목소리를 떨어가며, 자신이 사랑하고 있으며 자신이 선택한 여인을 겨누는 그 빈정거림에 격분하여 어느결에 바싹 다가와 있었다.

하지만 삐에르 또한 갑자기 화가 솟구쳤다. 무력한 분노, 짓눌린 원한, 얼마 전부터 억눌러온 노여움, 조용한 절망으로 자신 안에 차곡차곡 쌓아올렸던 그 모든 것이 머리로 올라오면서 마치 머리에서 핏줄이라도 터진 양 어질어질했다.

"네가 감히……? 네가 감히……? 내가 네게 입 닥치라고 명령하지. 알아듣겠어? 내가 네게 명령한다고."

장은 그 격렬함에 깜짝 놀라서 잠시 입을 다물었고, 분노가 우리를 던져넣는 저 정신의 혼란 속에서 어떤 것이, 어떤 표현이, 어떤 어휘가 형의 마음을 정통으로 다치게 할 수 있을지를 궁리했다.

그는 제대로 후려치기 위해 감정을 통제하려 애쓰며 자신의 말을 보다 날카롭게 만들려고 천천히 말을 꺼내기 시작했다.

"형이 날 질투하고 있다는 걸 안 지는 오래야. 형이 '과부'라는 말을 입에 올리기 시작했을 때부터지. 형은 내가 그 말을 싫어한다는 걸 알고 있었으니까."

삐에르는 예의 그 경멸하는 듯한 날카로운 웃음을 터뜨렸다.

"하! 하! 맙소사! 널 질투한다고……! 내가……? 내가……? 내가……? 대체 뭐에 대해서……? 맙소사, 대체 뭘……? 네 얼굴? 아니면 네 머리……?"

하지만 장은 자신이 그의 영혼의 상처를 정통으로 건드렸다고 느꼈다.

"그래. 형은 날 질투해. 어렸을 때부터 그랬지. 그리고 그녀가 형을 원하지 않고 날 더 좋아한다는 것을 알게 되자 화가 났던 거지."

삐에르는 그러한 가정에 너무 화가 나서 말을 더듬었다.

"내가…… 내가…… 질투해, 널? 그 어리석은 여자 때문에? 그 멍청한 여자 때문에? 덜 떨어진 여자 때문에……?"

장은 자신의 공격이 제대로 먹혀드는 것을 보고 다시 말을 이었다.

"뻬를호에서 나보다 더 빨리 노를 저으려고 했던 그날은? 형이 더 잘나 보이려고 그녀 앞에서 했던 그 모든 말들은? 형은 질투가 나서 죽을 지경인 게지! 그리고 유산이 내게 왔을 때, 형은 미친 듯이 화가 나서 날 미워했고, 그렇다는 걸 온갖 방법으로 보여줬을 뿐만 아니라 사람들을 전부 괴롭혔어. 게다가 형은 채 한시간도 못 참고 형을 짓누르는 화를 터뜨리곤 했지."

삐에르는 동생을 덮쳐서 목을 졸라버리고 싶다는 저항할 길 없는 욕망에 시달리면서 분노에 찬 주먹을 꽉 쥐었다.

"아! 입 닥쳐, 이번에야말로. 유산 얘기는 입에 올리지도 마."

장이 소리를 질렀다.

"하지만 질투가 형에게서 배어나와. 질투가 솟구치면 아버지에게도, 어머니에게도, 내게도 한마디도 하지 않잖아. 형은 날 경멸하는 척하는데, 그건 질투 때문이야! 아무나 붙잡고 시비를 거는데, 그것도 질투 때문이지. 이제 내가 부자가 되니까, 더는 화를 참지 못하고, 악랄하게 굴고, 마치 그게 어머니 잘못이기라도 한 것처럼 어머니를 괴롭히고 있잖아……!"

삐에르는 벽난로까지 물러나 있었는데, 입을 반쯤 벌리고, 동공은 팽창되었고, 범죄를 저지르게 만드는 그런 미칠 듯한 분노에 사로잡힌 상태였다.

그는 보다 낮은, 하지만 헐떡이는 목소리로 되뇌고 있었다.

"입 닥쳐. 입 닥치란 말이야!"

"싫어. 오래전부터 내가 어떻게 생각하는지 전부 다 말해주고 싶었어. 형이 지금 내게 그럴 기회를 준 거잖아. 형한테야 안됐지만. 난 한 여인을 사랑해! 형은 그걸 알면서도 내 앞에서 그 여자를 조롱하며 날 극단까지 밀어붙이고 있어. 형한텐 안된 일이로군. 형의 그 독사 이빨을 부러뜨리고 말겠어, 내가! 억지로라도 날 존중하게 만들어주겠어!"

"널 존중한다고? 널?"

"그래, 날!"

"널 존중한다고…… 널…… 네 탐욕스러움으로 우리 모두의 명예를 더럽힌 널!"

"뭐라고? 다시 말해봐…… 다시 말해볼래……?"

"다시 말해주지. 다른 남자의 아들로 여겨진다면, 그 남자의 유산은 받지 않아야 한다고."

장은 꼼짝 않고 가만히 있었는데, 이해가 되지 않았고, 어렴풋이 감이 오는 암시 앞에서 겁에 질렸다.

"뭐라고? 그러니까…… 한번 더 말해볼래?"

"사람들이 뭐라고 소곤거리는지, 무슨 말을 옮기고 다니는지 말해주지. 네가 유산을 물려준 그 남자의 아들이란다. 자! 정신이 제대로 박힌 남자라면 자기 어머니의 명예를 더럽히는 돈을 받지 않는 법이지."

"삐에르…… 삐에르…… 삐에르…… 그렇게 생각해……? 형이…… 형이…… 정말 형이 그런 야비한 말을 입에 올린단 말이야?"

"그래…… 나야…… 바로 나라고. 그러니까 네 눈에는 조금도 안 보이니? 내가 그 때문에 한달 전부터 고통에 시달리고 있다는 것도, 밤에는 잠 못 이루고, 낮에는 짐승처럼 숨어 지낸다는 것도, 내가 무슨 말을 하는지, 무슨 일을 하는지, 앞으로 어떻게 될지, 그 무엇도 더는 알 수 없게 된 지경이라는 것도? 너무나 고통스럽고, 수치심과 고통으로 정말로 실성할 것 같았어. 내가 먼저 눈치챘고, 이제는 똑똑히 알고 있으니까."

"삐에르…… 입 다물어…… 엄마가 옆방에 계시잖아! 엄마에게 우리 말이 들릴 수도 있단 말이야…… 우리 말이 들린다고……"

하지만 그는 가슴에 쟁여둔 것을 비워내야만 했다! 그래서 그는 모든 것을, 의심과 논리적 추론과 저항을 거쳐 확신에 이르게 된 과정을, 한번 더 사라지고 만 초상화 이야기를 털어놨다.

그는 환각에 사로잡힌 사람의 말투로, 거의 서로 이어지지 않게, 툭툭 끊어지는 짧은 문장들을 줄줄이 내뱉었다.

그는 이제 장도, 옆방에 있는 어머니도 이미 잊어버린 것 같았다. 그는 자신의 이야기를 듣고 있는 사람이 아무도 없다는 듯 이야기를 했다. 왜냐하면 그는 반드시 이 이야기를 해야만 했기 때문이었고, 너무나 고통스러웠고, 너무나 억눌러왔고, 상처를 다시 덮어버리고 말았었기 때문이었다. 그 상처는 종양처럼 자라났는데, 그 종양이 지금 막 터지면서 모든 사람들에게 튄 것이다. 그는 거의 늘 그러듯이 방 안을 걸어다니기 시작했다. 두 눈은 앞만 보고 손짓을 해가며, 절망의 광기에 휩싸이고 목구멍에는 울음이 꽉 찬 채, 자신을 향해 되돌아오는 증오를 담고서, 자신의 불행과 가족의 불행을 고백하듯이, 보이지 않고 듣지 못하는 공기 중에, 그가 내뱉은 말이 흩어져 사라지는 공기 중에 자신의 고통을 집어던지듯이 이야기를 하고 있었다.

정신이 나가서, 형의 앞뒤 가리지 않는 에너지에 갑자기 설득되다시피 한 장은 문 뒤에서 어머니가 그들의 말을 들었을 거라고 짐작하며, 문에 기대 있었다.

어머니는 침실에서 나올 수가 없었다. 거실을 지나가야만 했으니까. 어머니는 아직도 돌아오지 않고 있었다. 그러니까 그럴 엄두가 나지 않았던 것이다.

삐에르는 갑자기 발을 구르더니 소리를 질렀다.

"세상에, 이런 말을 했다니, 난 정말 비열한 놈이야!"

그러고는 모자도 쓰지 않고 계단으로 나가버렸다.

장은 수렁처럼 깊은 무기력 상태에 빠져 있다가 거리에 면한 출입문이 부서져라 닫히는 소리에 번쩍 정신이 들었다. 몇시간보다 더 긴 몇초가 흘러갔고, 그의 정신은 바보가 된 듯 얼이 빠져 마비된 채였다. 그는 곧 생각을 해보고 행동을 취해야만 한다는 것을 똑똑히 느끼고 있었지만, 두려움과 나약함과 비겁함 때문에 이해하고, 알아내고, 기억해내는 것조차 더는 하고 싶어하지 않아서 기다리고만 있었다. 그는 늘 그다음 날로 돌리면서 계속 미루는 그런 부류에 속했다. 그래서 당장에 결정을 내려야만 했는데도 여전히, 본능적으로, 잠깐의 시간이라도 벌어보려 들었다.

하지만 이제 그를 둘러싼 깊은 침묵, 삐에르가 그렇게 울부짖고 난 뒤, 촛불 여섯개와 램프 두개에서 나오는 그 강렬한 빛과 더불어 벽과 가구 들의 그 갑작스러운 침묵이 갑자기 너무나 두려웠기 때문에 그 또한 나가버리고 싶었다.

그러자 그는 생각도 털어버리고 마음도 털어버리고, 곰곰이 생각을 해보려고 하였다.

그는 살아오면서 어려움을 만난 적이 단 한번도 없었다. 그는 물이 흘러가듯 되어가는 대로 살아가는 그런 부류에 속한다. 꾸중을 듣지 않기 위해서 정신 차리고 수업을 들었고, 생활이 평온했기 때문에 한결같음으로 법학공부를 마쳤다. 세상만사는 별달리 그의 주의를 불러일으키지 않았고, 그에게는 당연하게 여겨졌다. 그의 머릿속에는 깊숙이 숨겨진 부분이 전혀 없었고, 그는 기질상 질서와 온건함, 그리고 휴식을 좋아했다. 그래서 그는 그 대재앙 앞에서, 단 한번도 헤엄쳐본 적이 없는데 물에 빠진 사람 같았다.

그는 우선 의심을 해봤다. 형이 증오와 질투로 거짓말을 했던 걸까?

하지만, 삐에르 그 자신이 절망으로 정신이 나갔던 것이 아니라면 어떻게 그들의 어머니에 대해 그런 말을 할 정도로 형편없을 수 있었겠는가? 그러고 나서 장은 너무나 고통스러워서 결정적이었으며 확신만큼이나 반박할 수 없었던 삐에르의 몇 마디 말들, 몇번의 고통스러운 비명 소리들, 억양과 몸짓 들을 귀와 시선과 신경에, 그리고 몸뚱어리 저 깊숙이까지 담아뒀다.

그는 어떤 행동을 하거나 의지를 갖기에는 너무 으깨진 상태였다. 그의 절망은 견딜 수 없을 정도가 되었다. 그리고 문 뒤에서는 어머니가 모든 것을 다 듣고서 기다리고 있다는 것을 느끼고 있었다.

그녀는 무엇을 하고 있었을까? 움직임도, 전율도, 숨소리도, 한숨도, 이 나무 문 뒤에 어떤 존재가 있다는 것을 드러내주지 않았다. 그녀는 달아났을까? 하지만 어디로? 만약 그녀가 달아났다면…… 그렇다면 거리로 난 창문으로 뛰어내렸다는 것이다!

그에게서 공포가 너무나 갑작스럽고 너무나 강력하게 솟구쳐서 그는 방문을 연다기보다는 부수다시피 하면서 침실로 뛰어들어갔다.

방 안은 텅 빈 듯했다. 서랍장 위에 놓인 촛불 한 자루만이 방 안을 비추고 있었다.

장은 창문을 향해 돌진했다. 창문은 닫혀 있었고, 덧창마저 내려져 있었다. 그는 몸을 돌려서 근심스러운 눈길로 어둠에 묻힌 구석구석을 샅샅이 훑다가 침대에 커튼이 쳐져 있는 것을 알아차렸다.

그는 침대로 뛰어가서 커튼을 열어젖혔다. 어머니는 침대에 길게 누워 있었는데, 더는 소리를 듣지 않으려고 베개를 끌어다가 얼굴을 묻고서 두 손으로 단단히 잡고 있었다.

그는 처음에는 어머니가 질식했다고 생각했다. 그다음에는, 어머니의 어깨를 움켜쥐고서 몸을 돌려놨지만 어머니는 얼굴을 가려주는 베개를, 소리를 지르지 않으려고 꽉 물고 있는 베개를 놓지 않았다.

하지만 그 뻣뻣한 몸과 경직된 팔에 닿으니, 말로 표현할 수 없는 끔찍한 형벌이 어머니에게 안겨준 엄청난 충격이 전해져왔다. 그녀는 그가 자신의 모습을 보지 못하고 자신에게 말을 걸지 못하게 하려고, 깃털을 집어넣어 부풀어오른 베갯잇을 이로 단단히 악물고 억센 손아귀로 움켜쥐어 입과 눈과 귀에 꼭 갖다대었고, 그러면서 너무 힘을 준 나머지 부들부들 떠는 바람에 양손을 통해 그 극심한 동요를 직접 느낀 장은 사람이 어느정도까지 고통받을 수 있는지를 짐작하게 되었다. 그러자 그의 마음이, 그의 순진한 마음이 연민으로 찢어졌다. 그는 판사가, 심지어 관대한 판사도 아니었고, 그저 나약함으로 가득한 인간이자 애정으로 가득한 아들이었다. 그는 또다른 자식이 자신에게 했던 그 어떤 말도 떠올리지 않았고 따져보지도 않았고 반박하지도 않았으며, 그저 어머니의 축 늘어진 몸에 두 손을 갖다댔고, 그 얼굴에서 베개를 떼어놓을 수 없어서 드레스에 입을 맞추면서 외쳤다.

"엄마, 엄마, 가여운 엄마, 절 좀 보세요!"

만약 느껴지지 않을 정도의 전율이, 팽팽하게 당긴 현의 떨림이 그녀의 팔다리에 지나가지 않았더라면 그녀는 죽은 것처럼 보였을 것이다. 그는 같은 말을 되풀이했다.

"엄마, 엄마, 내 말 좀 들어보세요. 그건 진실이 아니에요. 그게 진실이 아니라는 것을 난 잘 알아요."

그녀의 몸에 경련이 일었고 헐떡거리더니 갑자기 베개로 얼굴을 가린 채 울음을 터뜨렸다. 그러자 긴장했던 신경 전부가 느슨해졌고, 뻣뻣했던 근육이 부드러워졌으며, 손가락이 살짝 벌어지더니 천을 놓았다. 재빨리 그가 베개를 치워버렸다.

어머니의 얼굴에는 핏기라고는 없었고, 창백했으며, 꼭 감은 눈꺼풀에서 눈물이 방울져 굴러떨어지는 것이 보였다. 그는 어머니의 목을 끌어안은 뒤, 어머니의 감은 두 눈에 천천히, 눈물에 젖어드는 침통한 키스를 하면서 계속 말했다.

"엄마, 사랑하는 엄마, 그게 진실이 아니란 걸 난 알아요. 울지 마세요, 내가 알아요! 그건 진실이 아니에요!"

그녀는 일어나 앉더니 그를 바라봤고, 때로 자살에 필요한 용기를 내려고 애쓰듯이 힘들여서 말했다.

"아니다. 그건 진실이다, 얘야."

그리고 두 사람은 서로 마주 보며 아무런 말도 하지 않고 가만히 있었다. 그녀는 여전히 잠시 동안 호흡이 곤란해서 목을 부여잡고 고개를 뒤로 젖혀 숨을 쉬려 하더니, 다시 자신을 이겨내고 말을 이었다.

"그건 진실이란다, 얘야. 왜 거짓말을 하겠니? 그건 진실이야. 내가 거짓말을 한다 해도 넌 날 믿지 않겠지."

어머니는 정신 나간 여자처럼 보였다. 그는 공포에 사로잡혀서 침대가에 무릎을 꿇고서 중얼거렸다.

"그만하세요, 엄마, 그만해요."

그녀는 일어서 있었고, 끔찍스러운 단호함과 에너지를 동원했다.

"더는 네게 할 말이 아무것도 없구나. 애야, 잘 있으렴."

그러고는 문 쪽으로 걸어갔다.

그는 어머니를 두 팔로 꼭 끌어안고서 외쳤다.

"뭘 하는 거예요, 엄마? 어디로 가려고요?"

"모르겠구나…… 난들 알겠니…… 더는 아무 할 일이 없구나…… 난 정말로 혼자이니까."

그녀는 벗어나려고 몸부림을 쳤다. 그는 그녀를 붙든 채, 그녀에게 되풀이해 들려줄 말이라고는 한 단어 말고는 찾아내지를 못했다.

"엄마…… 엄마…… 엄마……"

그러자 그녀는 포옹을 풀려고 애를 쓰면서 말했다.

"아니야, 천만에, 난 이제 더이상 네 어머니가 아니란다. 난 더이상 네게도, 그 누구에게도 아무것도 아니야. 더는 아무것도, 아무것도! 네겐 이제 아버지도 어머니도 없단다, 내 가여운 아이…… 잘 있어라."

그는 만약 자신이 어머니를 가게 내버려둔다면 다시는 어머니를 보지 못하리라는 것을 갑자기 깨달았고, 그러자 어머니를 번쩍 들어 안락의자로 데려가서 억지로 앉히고는, 무릎을 꿇고 두 팔 안에 가둬버렸다.

"여기에서 나갈 수 없어요, 엄마. 나, 난 엄마를 사랑해요, 엄마를 지켜줄게요. 늘 지켜볼게요. 엄마는 내 거예요."

그녀는 짓눌린 목소리로 중얼거렸다.

"그렇지 않단다, 내 가여운 아이야. 그건 이제 가능하지 않아. 오늘 저녁 넌 눈물을 흘리지만 내일이면 날 바깥으로 내던지겠지. 너도 날 용서하지 않을 게다."

그가 정말로 진지한 애정이 거세게 치솟는 표정으로 "오! 제가요? 제가요? 정말로 절 거의 모르시는군요"라고 대답하자, 그녀는 비명과 함께 그의 머리카락을 두 손으로 한가득 움켜쥐고 격렬하게 거의 머리를 잡아당기다시피 하면서 얼굴 여기저기에 미친 듯이 키스를 퍼부었다.

그러고는 아들의 뺨에 자신의 뺨을 맞대고, 수염을 통해서 전해져오는 그 살의 따스함을 느끼며 꼼짝 않고 있었다. 그러더니 아주 나지막한 목소리로 그의 귀에 대고 말했다.

"아니다, 우리 막내 장. 내일이 되면 날 용서하지 않을 거야. 지금 네 생각은 틀린 거야. 넌 오늘 저녁 날 용서했고 그 용서가 내 목숨을 구했단다. 하지만 네가 날 보는 건 더는 안된다."

그는 어머니를 꼭 끌어안으면서 되풀이 말했다.

"엄마, 그런 말 마세요!"

"아니야, 얘야, 내가 떠나야만 해. 어디로 갈지 모르고, 어떻게 해야 할지 모르고, 무슨 말을 해야 할지 모르지만, 그래야만 해. 내가 어찌 앞으로 널 바라보고, 널 포옹하겠니. 이해하겠어?"

그러자, 이번에는 그가 아주 낮은 목소리로 어머니의 귀에 대고 말했다.

"어머니, 어머니는 제 곁에 계실 거예요. 제가 원하니까요, 제가 어머니를 필요로 하니까요. 그리고 제 말을 따르겠다고 어서 맹세하세요."

"아니다, 애야."

"오! 엄마. 그래야 해요. 알아들으셨죠?"

"아니야, 애야. 그건 불가능해. 그건 우리 둘 다를 지옥 같은 고통에 처박을 거야. 한달 전부터, 난 그 형벌이 어떤 건지를 알고 있단다. 지금이야 네가 연민을 느끼겠지만 그게 지나가버리면, 네가 삐에르가 날 보듯 날 바라보게 되면, 내가 네게 했던 말을 떠올리게 되면……! 오……! 장, 애야, 생각을…… 그런 내가 네 엄마라고 생각을 해봐……!"

"엄마, 난 엄마가 날 떠나는 게 싫어요. 내겐 엄마뿐이에요."

"하지만, 아들아, 우리 둘 다 얼굴을 붉히지 않고서는, 내가 수치로 죽을 것만 같다는 느낌을 갖지 않고서는, 네 눈을 보자마자 절로 눈길을 떨어뜨리지 않고서는, 우리 둘 다 더는 서로를 볼 수 없을 거라는 걸 생각해보렴."

"그럴 리가 없어요, 엄마."

"아니야, 아니야, 아니란다. 그럴 거야! 오! 난 첫날부터 네 가여운 형이 벌이는 투쟁을 전부, 모두 이해했다. 이제는 집에서 그애의 발걸음 소리란 걸 알아차리면, 내 심장은 가슴이 부서져라 거칠게 뛴단다. 개 목소리를 들으면 곧 기절할 것만 같은 기분이 들지. 그때만 해도 넌 여전히 내 거였지, 넌! 하지만 더는 넌 내 것이 아니다. 오! 장, 넌 내가 너희 둘 사이에서 살 수 있을 것 같니?"

"그래요, 엄마. 엄마가 다시는 그 생각을 하지 못할 만큼 엄마를 사랑할 거예요."

"오! 오! 그런 일이 어떻게 가능하겠니!"

"물론 가능해요."

"넌 어떻게 네 형과 너 사이에서, 내가 그 생각을 더는 하지 않기를 바랄 수가 있니? 너희는 그 생각을 다시는 하지 않을 것 같아? 너희는?"

"저요. 전, 맹세해요!"

"매시간 그 생각을 하게 될 게다."

"아니에요. 맹세해요. 그리고 들어보세요. 만약 엄마가 떠나신다면 전 군에 들어가서 죽어버리겠어요."

그녀는 그런 어린애 같은 협박에 당황했고, 장을 꼭 끌어안고 열렬한 애정을 담아 쓰다듬었다. 그가 다시 말을 이었다.

"전 엄마가 생각하는 것 이상으로, 훨씬 더 많이, 훨씬 더 많이 엄마를 사랑해요. 자, 이성적으로 생각해요. 일주일만 있어보세요. 일주일은 약속하실 수 있죠? 그걸 거절하지는 않으시겠죠?"

그녀는 장의 어깨에 두 손을 얹고 팔을 쭉 뻗어서 두 사람 사이의 거리를 띄웠다.

"얘야…… 침착하게, 감정에 흔들리지 않도록 해보자꾸나. 우선 내가 말을 하게 해줘. 단 한번일지라도 네 입술에서 한달 전부터 네 형의 입을 통해 듣고 있는 말을 들어야만 한다면, 단 한번일지라도 네 눈에서 네 형의 눈에서 읽고 있는 것을 읽어야 한다면, 말한마디 혹은 눈길 한번만으로 내가 네 형에게 그런 것처럼 네게도 가증스러운 존재라는 것을 알아채고야 만다면…… 한시간 뒤에, 알겠니, 한시간 뒤에…… 난 영원히 떠나버리겠어."

"엄마, 맹……"

"내가 말을 하게 해주렴…… 한달 전부터 난 피조물이 겪을 수 있는 고통은 전부 다 겪었단다. 네 형이, 내 또다른 아들이 날 의심하고 있다는 것을 안 그 순간부터, 네 형이 시시각각 진실을 알아가고 있음을 안 그 순간부터, 내 삶의 매 순간이 네게는 설명할 길 없는 그런 고통이었다."

그녀가 어찌나 고통 가득한 목소리로 말을 하던지 그녀가 겪는 괴로움에 전염이 된 장의 두 눈에 눈물이 가득 차올랐다.

그가 그녀를 포옹하려고 했지만 그녀가 밀어냈다.

"날 가만 놔둬…… 들어봐…… 난 아직도 네게 해줄 말이 많단다. 네가 이해를 좀 했으면…… 하지만 넌 이해하지 못할 거야…… 그건…… 그러니까…… 내가 남아 있는다면…… 반드시…… 아니야, 아니야, 못하겠구나……!"

"말해봐요, 엄마. 어서요."

"그래! 알겠다. 적어도 널 속이지는 않았어야 했어…… 내가 네 곁에 있기를 원한다고 그랬지? 그러자면, 우리가 계속 보고, 이야기를 나누고, 하루 중 어느 때고 집에서 널 맞아들일 수 있으려면…… 문을 열면 네 형이 문 뒤에 있을까봐 겁이 나서 문을 열 엄두가 안 나니까…… 그러자면, 네가 해줘야 할 건 날 용서하는 게 아니라─용서보다 더 날 아프게 하는 건 없단다─내가 저지른 일에 대해서 날 원망하지 않는 거란다…… 넌 얼굴을 붉히지 않고서, 그리고 날 경멸하지 않고서, 너 자신에게 네가 롤랑의 아들이 아니라고 말할 수 있을 정도로 네가 충분히 강하고 다른 사람들과는 다르다고 느낄 수 있어야만 해……! 난 충분히 괴로워했어, 난…… 난 너무나 고통스러웠어, 더는 못해, 그래, 더는! 그리고 그건 어제오늘 일이 아니야. 오래전부터 그랬어…… 하지만 넌 절대로 그걸 이해할 수 없을 거다, 넌! 우리가 계속 함께 살고 포옹할 수 있으려면, 장, 얘야, 내가 네 아버지의 정부였다지만 그보다는 그의 아내에, 진짜 아내에 더 가까웠다는 사실을 생각하렴. 내 마음속 깊은 곳을 들여다봐도 난 그게 전혀 부끄럽지 않다는 걸, 내겐 전혀 후회가 없고, 지금 이 세상 사람이 아니지만 아직도 그를 사랑하고, 늘 사랑할 거고, 그만을 사랑했고, 그리고 그토록 오랜 세월 동안 그는 내 삶의 전부, 내 기쁨의 전부, 내 희망의 전부, 내 위안의 전부, 전부, 전부, 내게는 전부였다는 걸 생각해! 들어봐, 얘야, 내 얘기를 듣고 있을 하느님 앞에서 맹세컨대, 내가 그를 만나지 못했더라면 난 삶에서 좋은 거라고는 아무것도, 결코 아무것도, 애정도, 다정함도, 늙는 것을 그처럼 아쉬워하게 만드는 그런 시간들 전부 가운데 단 한시간도, 결코 아무것도 누리지 못했을 거야! 난 그 모든 걸 그에게 빚지고 있지! 난 세상에서 그 사람뿐이었고, 그다음에는 너희 둘, 네 형과 네가 있었지. 너희들이 없다면, 텅 비고, 밤처럼 어둡고 텅 비겠지. 난 결코 아무것도 사랑하지 못했을 거고, 아무것도 몰랐을 거고, 아무것도 욕망하지 못했을 거고, 우는 것만은 하지 않았겠지. 하지만 난 울었단다, 장, 얘야. 오! 그래, 난 울었지, 우리가 여기로 온 뒤로. 난 몸과 마음을 전부, 행복을 느끼며 그에게 영원히 주었고, 십년도 넘는 세월 동안 그와 나, 우리 두 사람을 서로에게 맞게 창조하셨던 하느님 앞에서 그가 내 남편이었듯이 난 그의 아내였단다. 그뒤, 난 그가 날 덜 사랑한다는 걸 깨달았어. 그는 늘 잘해줬고 세심하게 배려했지만 그에게 난 더이상 예전과 같은 존재는 아니었던 거야. 다 끝났단다! 오! 얼마나 울었던지……! 그 얼마나 비참하고 기만적인지, 삶이란……! 영원한 건 아무것도 없단다…… 그러고는 이곳으로 왔지. 그뒤 다시는 그 사람을 보지 못했어, 그 사람이 결코 오지 않았으니까…… 그는 편지마다 약속했건만……! 난 계속 그를 기다렸지……! 그리고 그를 다시는 보지 못했어……! 그러다가 이젠 이 세상 사람이 아니게 됐고……! 하지만 그 사람은 여전히 우리를 사랑했어. 네 생각을 한 걸 보면. 난 내가 마지막 숨을 거둘 때까지 그를 사랑할 거야, 절대로 그를 부인하지 않을 거야, 그리고 널 사랑한다. 넌 그 사람 자식이니까, 난 네 앞에서 그 사람에 대해 부끄러워할 수가 없어! 이해하겠니? 난 그럴 수가 없다고! 내가 머물기를 원한다면 넌 네가 그 사람의 아들이라는 걸 받아들여야 하고, 가끔은 그 사람에 대한 얘기를 함께 나눠야 하고, 너도 그 사람을 조금은 좋아해야 하고, 우리가 서로를 바라볼 때면 그 사람 생각을 해야만 해. 그러고 싶지 않다면, 그럴 수 없다면, 얘야, 우린 이별이고, 이제 우리 둘이 함께 있다는 건 가능하지 않아! 네가 결정하는 대로 하마."

장은 부드러운 목소리로 대답했다.

"계세요, 엄마."

그녀는 그를 품에 안더니 울기 시작했다. 그러고는 뺨과 뺨을 맞댄 채 다시 말을 이었다.

"그러마. 그런데 삐에르는? 우리 둘, 삐에르와는 어떻게 될까!"

장은 중얼거렸다.

"뭔가 방법을 찾게 될 거예요. 형 옆에서 더는 사실 수 없어요."

큰아들이 떠오르자 그녀는 고뇌로 빳빳하게 굳어버렸다.

"못해, 더는 못해, 못하겠어! 못해!"

그러더니 장의 품에 몸을 던지고, 영혼이 비탄에 잠겨 외쳤다.

"날 네 형에게서 구해주렴, 얘야, 날 구해줘, 어떻게 좀 해줘, 나도 모르겠다…… 방법을 찾아봐…… 날 구해줘!"

"그래요, 엄마, 방법을 찾을게요."

"당장…… 그래야만 해…… 당장…… 날 떠나지 마라! 난 그 아이가 무서워…… 너무나 무서워!"

"그래요. 찾아낼 거예요. 약속해요."

"오! 제발 빨리, 빨리! 내가 그 아이를 볼 때면 내 안에서 무슨 일이 일어나는지, 넌 이해 못해."

그러더니 그녀는 아주 낮은 목소리로 그의 귓가에 중얼거렸다.

"여기 네 집에 남게 해줘."

그는 망설였고, 곰곰 따져봤고, 자신의 건전한 상식으로 그런 방책에 내포된 위험을 깨달았다.

하지만 그는 한참을 논리적으로 설득하고 의견을 주고받아야 했으며, 정확한 논거를 들어가며 어머니의 두려움, 공포를 물리쳐야 했다.

"오늘 저녁만." 그녀가 말했다. "오늘 밤만. 내일 롤랑에게 내가 몸이 안 좋았다고 전갈을 보내렴."

"그럴 수는 없어요. 삐에르가 집으로 돌아갔잖아요. 자, 자, 용기를 내요. 제가 다 알아서 하겠어요, 당장 내일부터. 약속해요. 제가 아침 9시에 집으로 갈게요. 자, 여기 모자 쓰고. 제가 모셔다드리죠."

"네가 하자는 대로 하마." 그녀가 아이처럼, 두려움과 감사를 담은 포기를 보여주며 말했다.

그녀는 일어서려고 했다. 하지만 충격이 너무나 심했었나보다. 아직 두 다리로 지탱할 수가 없었다.

그러자 그가 그녀에게 설탕물을 먹이고 암모니아 냄새를 맡게 하고 빙초산으로 관자놀이를 닦아주었다. 그녀는 아이를 낳고 난 뒤처럼, 녹초가 된 동시에 마음이 놓인 상태로 하자는 대로 자신을 내맡겼다.

그녀는 마침내 걸음을 뗄 수 있었고 아들의 팔을 잡았다. 두 사람이 시청 앞을 지날 때 3시를 알리는 종소리가 들렸다.

대문 앞에 이르자 그는 그녀를 포옹하고 나서 말했다. "안녕히 주무세요, 엄마. 기운 내시고요."

그녀는 살금살금 침묵에 잠긴 계단을 올라갔고, 자기 침실로 들어서자 재빨리 옷을 벗고, 예전 혼외정사 때 느꼈던 감정을 다시 느끼며 코를 골고 있는 롤랑 옆으로 살며시 들어갔다.

그 집에서 유일하게 삐에르만이 잠들지 못했는데, 그는 그녀가 돌아오는 소리를 들었던 것이다.

8

아파트로 돌아온 장은 소파 위에 몸을 부렸다. 슬픔과 근심이 그
의 형에게는 쫓기는 짐승처럼 뛰어달아나고 싶은 충동을 주었다
면, 그의 무기력한 천성에는 다르게 작용하여 팔다리에서 기운을
앗아갔다. 그는 동작 하나도 더는 할 수 없을 정도로, 침대까지 갈
수도 없을 정도로 몸과 마음이 나른하고, 녹초가 되고, 슬프다고 느
꼈다. 삐에르가 그랬던 것과는 달리, 그는 아들로서 갖고 있는 애정
의 순도에도 타격을 입지 않았고, 오만한 사람들이 둘러쓰고 있는
자존심에도 손상을 입지 않았지만, 동시에 그 운명의 타격이 가장
소중한 이해관계를 위협해오자 그만 나가떨어지고 말았다.

마침내 영혼이 진정되자, 휘정거리고 뒤섞어대고 난 뒤의 물처
럼 생각이 맑아지자, 그는 막 자기 앞에 드러난 상황을 이모저모

생각해봤다. 그가 다른 방식으로 태생의 비밀을 알게 되었더라면 분개하고 깊은 슬픔을 느꼈으리라는 것은 확실했다. 하지만 형과의 다툼 뒤에, 그의 신경을 뒤흔들어놓은 그처럼 격렬하고 거친 폭로 뒤에, 그에게는 어머니의 고백이 불러온 가슴에는 감동으로, 분노할 아무런 에너지가 남아 있지 않았다. 그의 감성이 받아들인 충격은 모든 편견을, 극도로 민감한 그 모든 자연윤리의 문제들을 날려버릴 정도로 상당히 강력했다. 게다가, 그는 반항에 익숙한 인물이 아니었다. 그는 그 누구와도 대항해 싸우기를 싫어했고, 그게 자기 자신일 경우에는 더더욱 그러했다. 따라서 선천적 성향이, 휴식과 순탄하고 평온한 삶에 대한 타고난 사랑이 작용하여 체념하고 받아들였으며, 곧 그의 주변에서 터져나와 그에게까지 영향을 미칠 여러가지 혼란을 염려했다. 그는 그것을 피할 수 없을 거라는 예감이 들자, 그것을 멀찌감치 떼어놓기 위해서 초인적인 노력으로 에너지를 발휘하고 행동하기로 결심했다. 당장 내일부터 곤란을 말끔하게 해결해야만 했다. 왜냐하면 오랜 시간 염원을 유지할 수 없는 나약한 사람들이 가진 힘의 전부인, 즉각적 해결을 명하는 그 다급한 욕구 또한 본능적으로 갖고 있었기 때문이다. 분란에 빠진 가족에게서 나타나는 복잡한 상황들, 내밀한 문제들을 파악하고 연구하는 데 익숙한 변호사로서의 그의 정신 덕분에, 지금 형의 심경이 앞으로 몰고 올 결과들을 전부 알 수 있었다. 본의 아니게 그는, 마치 윤리적 차원의 대재앙을 겪고 난 고객들이 앞으로 겪게 될 인간관계 문제들을 해결해주듯이, 거의 직업적인 관점에서 그모든 여파들을 살펴보았다. 물론, 그로서는 삐에르와 계속 접촉하는 것이 불가능해졌다. 그야 자기 집에 머무르면서 쉽게 삐에르를 피할 수 있지만, 어머니가 장남과 한 지붕 밑에 계속 머무르게 내버려둘 수는 없었다.

오랫동안 꼼짝 않고 쿠션에 기댄 채 만족할 만한 그 어떤 해결책도 발견하지 못하고, 여러가지 방책들을 생각해냈다가는 물리치면서 궁리에 궁리를 거듭했다.

그런데 갑자기 어떤 생각이 그를 엄습했다. 그가 수락했던 그 재산, 정직한 남자라면 그걸 갖고 있을까?

가장 먼저 "아니"라는 답이 떠올랐고, 그는 가난한 사람들에게 주어버리기로 결정 내렸다. 그건 무척 힘들겠지만, 뭐, 어쩌겠는가. 집을 팔고 다른 사람들처럼, 첫걸음을 내딛는 사람들 모두가 일을 하듯 그도 일을 할 것이다. 그처럼 남자답고 고통스러운 결심을 하고 나자 용기가 솟구쳐 벌떡 일어나 창가로 가, 유리창에 이마를 대었다. 그는 가난했었고, 다시 가난해질 것이다. 결국, 그렇다고 해서 죽는 일은 없으리라. 그의 눈은 길 건너편에서 그와 마주한 채 타오르고 있는 가스등을 바라보고 있었다. 그런데, 귀가가 늦은 어떤 여인이 보도 위를 지나가고 있었고, 그러자 갑자기 로제미유 씨 부인이 생각났고, 잔인한 생각이 우리 안에 불러일으키기 마련인 강렬한 감정 때문에 가슴에 충격을 받았다. 그가 내린 결정으로 생겨날 절망적인 결과들 전부가 한꺼번에 그의 앞에 나타났다. 그는 그 여인과의 혼인을 포기해야 할 것이고, 행복을 포기해야 할 것이고, 모든 것을 포기해야 할 것이다. 그녀와 혼인을 약속한 지금 그가 그런 식으로 행동할 수 있을까? 그녀는 그가 부유하다는 것을 알고서 그를 받아들였었다. 그가 가난하다 해도 여전히 그를 받아줄 것이다. 하지만 그녀에게 그러한 희생을 요구하고 강요할 권리가 있을까? 훗날 곤궁한 사람들에게 돌려줄 요량으로 그 돈을 예금처럼 갖고 있는 것이 더 낫지 않을까?

이기주의가 정직의 가면을 쓴 그의 마음속에서는 변장을 한 이해관계들이 총출동하여 투쟁하고 서로 다투고 있었다. 처음에 느꼈던 양심의 가책은 교묘한 논리에 자리를 내줬고, 그다음에 다시 나타났다가 또다시 사라졌다.

그는 돌아와 자리에 앉아서, 계속 망설일 핑곗거리와 타고난 올곧음을 설득할 수 있는 결정적인 이유를, 최고로 강력한 구실을 찾아다녔다. 그는 스무번도 더 스스로에게 물었다. "나는 그 남자의 아들이니까, 그리고 내가 그 사실을 알고 그 사실을 받아들인 만큼 내가 그의 유산도 받는 것이 당연하지 않을까?" 하지만 이러한 논법도 내면의 양심이 속삭이는 "아니"라는 소리를 막을 수는 없었다.

갑자기 그는 생각했다. '나는 내가 아버지라고 믿었던 사람의 아들이 아니니까, 그의 생전에도 그의 사후에도 그로부터 아무것도 받을 수가 없어. 그건 당당하지도 못하고 공정하지도 못하지. 그건 형에게서 도둑질하는 거야.'

그러한 새로운 관점이 마음의 짐을 덜어줬고 양심을 어루만져줬기에 그는 다시 창가로 돌아갔다.

'그래.' 그는 생각했다. '가족의 유산을 포기하고 삐에르에게 전부 넘겨줘야 해. 난 그의 아버지의 아들이 아니니까. 그게 공정해. 그렇다면 내가 나의, 내 아버지의 돈을 갖는 것 또한 공정하지 않

겠어.'

자신은 롤랑의 재산을 누릴 수 없음을 인정하고 전적으로 포기하겠노라고 결정하고 난 만큼, 그는 자신이 마레샬의 재산을 간직하는 데 동의하고 받아들이기로 했다. 이쪽도 저쪽도 다 물리치면 그는 빈털터리 신세가 될 테니까.

그 미묘한 문제가 일단 해결되고 나자 그는 다시 가족과 함께 삐에르가 머무는 문제로 돌아갔다. 그를 어떻게 떼어놓을까? 그가 편리한 해결책을 찾아내지 못하여 절망에 잠겼을 때, 마침 항구로 들어오는 증기선의 기적 소리가 그에게 어떤 생각을 떠오르게 하면서 해답을 던져주는 것 같았다.

그러자 그는 옷을 입은 채로 침대에 길게 누워 날이 밝을 때까지 꼬리에 꼬리를 무는 생각에 빠져들었다.

아침 9시경 그는 자신의 계획이 실현 가능한지를 알아보기 위해서 외출했다. 그러고는 몇몇 인물들을 만나고 몇군데 방문을 한 뒤 부모님의 집으로 갔다. 어머니는 침실에 틀어박힌 채 그를 기다리고 있었다.

"네가 오지 않았다면 난 절대로 내려갈 엄두도 내지 못했을 거다." 그녀가 말했다.

곧 롤랑이 계단에서 질러대는 소리가 들려왔다.

"오늘은 도대체 식사를 안할 참이냐. 제길!"

아무도 대답을 하지 않자 그가 울부짖었다.

"조제핀, 빌어먹을! 지금 뭘 하지?"

하녀의 목소리가 저 아래 지하층에서부터 올라왔다.

"여깄어요. 뭐 필요하세요?"

"주인마님은 어딨냐?"

"마님은 막내아드님과 함께 위에 계세요!"

그러자 그가 위층을 향해 고개를 쳐들고 소리를 질렀다.

"루이즈?"

롤랑 씨 부인이 문을 살짝 열고 대답했다.

"왜요? 여보."

"식사는 안 할 거야, 염병!"

"여보, 내려갈게요."

그녀는 그러고는 창을 달고 내려갔다.

롤랑은 그 젊은이를 보더니 큰 소리로 말했다.

"이게 누구야, 너로구나! 벌써 네 집에 있는 게 싫증났냐."

"아니에요, 아버지. 오늘 아침에 엄마하고 할 얘기가 있었어요."

장은 다가서면서 손을 내밀었고, 노인이 아버지로서 아들과 악수
를 나누려고 손가락을 죄어오는 것이 느껴지자, 예상치 못한 야릇
한 감정에, 돌이킬 수 없는 헤어짐과 별리의 감정에 긴장이 되었다.

롤랑 씨 부인이 물었다.

"삐에르는 아직 안 내려왔나요?"

남편은 어깨를 으쓱거렸다.

"아직. 할 수 없지, 뭐. 늘 늦잖소. 빼놓고 먼저 시작하자고."

그녀는 장을 향해 돌아섰다.

"네가 형을 찾으러 갔다 와야겠다. 기다려주지 않으면 기분 나빠
하잖아."

"예, 엄마, 제가 갈게요."

그러고는 젊은이가 나갔다.

그는 싸움을 앞두고 흥분 섞인 결심으로 무장한 겁쟁이의 심경으로 계단을 올라갔다.

그가 방문을 두드리자 삐에르가 대답했다.

"들어오세요."

그가 들어갔다.

상대방은 테이블 위로 몸을 수그리고 글을 쓰고 있었다.

"잘 잤어?" 장이 말했다.

"너도 잘 잤니?"

그리고 두 사람은 마치 아무 일도 없었다는 듯 서로 손을 내밀었다.

"식사하러 안 내려올 거야?"

"어…… 그게…… 할 일이 많아서."

장남의 목소리가 떨렸고 그 불안한 눈길은 막내에게 자신이 무슨 일을 해야 할지를 묻고 있었다.

"기다리고들 있는데."

"아! 저…… 어머니도 아래 계시니?"

"그럼. 심지어 형을 찾아오라고 날 보내셨는데."

"아! 그래…… 내려가마."

거실 문 앞에 이르자 그는 먼저 모습을 보이는 것을 망설였다. 그러고는 갑작스러운 동작으로 문을 열었고, 그러자 마주 보고 식탁에 앉아 있는 어머니와 아버지의 모습이 그의 눈에 들어왔다.

먼저, 그는 눈길을 들어올리지도 않고 아무런 말도 없이 어머니에게 다가갔고, 예전처럼 뺨에 키스를 받는 대신 얼마 전부터 그러고 있듯이 이마를 내밀었다. 그는 어머니가 입술을 갖다대는 낌새는 챘지만 이마에 와닿는 입술의 촉감이 전혀 없자, 시늉뿐인 키스 후 두방망이질치는 가슴을 안고서 몸을 다시 바로 세웠다.

그는 스스로에게 물었다. '내가 나가고 난 후 두 사람은 무슨 이야기를 나눴을까?'

장은 다정하게 "엄마"와 "사랑하는 엄마"를 연방 입에 올렸고, 어머니에게 신경을 쓰며 식사 시중을 들었고 잔에 마실 것을 따라줬다. 이제 삐에르는 두 사람이 함께 부둥켜안고 울었다는 것은 깨달았지만 그들의 생각까지 꿰뚫어볼 수는 없었다! 장은 어머니가 죄를 저질렀다고 생각할 것인가 아니면 형이 경멸스럽다고 생각할 것인가?

그러자 그런 끔찍한 말을 했다고 스스로에게 퍼부었던 책망들 전부가 다시금 그를 덮쳤고, 그는 목구멍이 죄어와서 입을 다물었고, 먹기도 말하기도 힘들었다.

이제 그는 달아나고 싶다는 욕구, 더이상 자기 집이 아닌 그 집과, 이제는 미미한 연줄로만 자신과 묶여 있는 그 사람들을 떠나고 싶다는 참을 수 없는 욕구에 휩쓸렸다. 다 끝났고, 그들 곁에 더는 머무를 수 없고, 본의 아니게 자신의 존재 자체만으로도 항상 그들을 괴롭히게 될 거고, 자신은 그들 때문에 끊임없이 견디기 힘든 형벌로 고통받으리라고 느끼자, 어디로든지 당장 떠나고 싶었다.

장은 이야기를 하고, 롤랑과 대화를 나누고 있었다. 삐에르는 귀를 기울이지 않았기에 조금도 듣고 있지 않았다. 하지만 동생의 목소리에 어떤 의도가 들어 있는 것 같다는 생각이 들자 어떤 의미로 말을 하고 있는지에 신경을 쓰기 시작했다.

장이 말하고 있었다.

"그게 그들이 보유한 선박 중에서 가장 근사한 선박일 거예요. 적재량이 6500톤이래요. 다음 달에 운항에 들어간답니다."

롤랑이 놀랐다.

"벌써! 이번 여름에 출항할 수 있을 거라고는 생각하지 않았는데."

"글쎄, 가을이 되기 전에 첫번째 횡단을 할 수 있게 극성스럽게 작업을 밀어붙였답니다. 오늘 아침에 해운회사 사무실에 들러서 이사 한분과 이야기를 나눴지요."

"아! 아! 누구?"

"마르샹 씨요. 이사회장과 각별한 사이죠."

"그래, 그 사람을 알아?"

"예. 그리고 그분에게 자그마한 부탁 하나 드릴 게 있었어요."

"아! 그렇다면 로렌호가 항구에 들어오자마자 로렌호를 구석구석 둘러볼 수 있게 해줄 수 있겠구나?"

"물론이죠. 거야 별일도 아니죠!"

장은 머뭇거리며, 적당한 말을 궁리하고, 애를 먹어가며 부드러운 화제 전환 방법을 찾는 것 같았다. 그는 말을 이었다.

"요컨대, 이런 종류의 대형 여객선 위에서 보내는 생활은 상당히 괜찮대요. 절반 이상의 시간을 육지에서, 그러니까 뉴욕과 르아브르, 이 멋진 두 도시에서 보내고, 나머지 시간은 매력적인 인사들과 바다에서 지냅니다. 심지어, 승객들과 함께 지내게 되면, 사귀어서 기분 좋은 사람들을 알게 되고, 훗날 유용하게, 그래요, 유용하게 쓰일 연줄을 만들 수 있죠. 선장의 경우 석탄을 절약하면 일년에 2만 5000프랑까지는, 그 이상은 아닐지라도 벌 수 있답니다."

롤랑은 "제길!"이라고 내뱉었는데, 그만한 액수와 선장에 대한 깊은 존경을 나타내는 휘파람이 그 감탄사의 뒤를 이었다.

장이 다시 말을 이었다.

"사무장은 1만쯤 벌 수 있고 의사는 고정급이 5000쯤 되는데, 숙식에 전기, 난방, 시중 등등이 공짜죠. 그렇게 따지면 적어도 1만 프랑에 맞먹죠. 아주 훌륭하죠."

삐에르는 눈을 들어올렸다가 동생의 눈과 마주쳤고 그의 의도를 이해했다.

그러자 삐에르는 잠시 주저한 뒤 물었다.

"대서양 횡단 여객선 주치의 자리, 얻기가 아주 힘든가?"

"그렇기도 하고 아니기도 해. 모든 게 상황과 뒷배경에 달려 있지."

긴 침묵이 지나가고 의사가 다시 말을 이었다.

"로렌호가 출항하는 게 다음 달이라고?"

"응. 7일에."

그리고 둘 다 입을 다물었다.

삐에르는 생각에 잠겼다. 물론 그가 그 여객선에 주치의로 몸을 실을 수 있다면 그것도 하나의 해결책이리라. 그렇게 지내며 두고 보다가 훗날, 아마도 그 여객선을 떠나게 되리라. 그동안 가족에게 아무런 도움도 요구하지 않고서 그곳에서 삶을 꾸려갈 수 있을 것이다. 전전날 그는 시계를 팔아야만 했다. 왜냐하면 이제 더는 어머니 앞에 손을 내밀 수 없었기 때문이었다! 그러니까 그 방법 말고는, 더이상 그로서는 살 수 없는 집에서 제공하는 빵 말고 다른 빵을 먹고, 다른 지붕 밑의 다른 침대에서 잘 수 있는 그 어떠한 방법도, 그 어떠한 수입도 없었다. 그래서 그는 약간 머뭇거리며 말했다.

"가능하다면 내가 기꺼이 그 배를 타겠어."

장이 물었다.

"왜 형이 안되겠어?"

"그 운항회사에 아는 사람이 하나도 없으니까."

롤랑이 어안이 벙벙해졌다.

"아니, 그 모든 근사한 성공 계획들은 다 어떡하고?"

삐에르가 중얼거렸다.

"모든 것을 희생하고 최고의 희망을 포기할 줄 알아야만 하는 그런 날들이 있답니다. 게다가 그건 그저 시작일 뿐이니까요. 나중에 자리 잡을 수 있게, 수천 프랑 정도 모을 수 있는 방법일 뿐이랍니다."

아버지는 곧 설득되었다.

"그래, 그렇긴 하다. 한 이년 정도면 6, 7000프랑은 저금할 수 있을 테고, 잘만 사용한다면 넌 멀리까지 나아갈 수 있을 거야. 루이즈, 여보, 어떻게 생각하오?"

그녀는 거의 알아들을 수도 없는 나지막한 목소리로 대답을 했다.

"삐에르가 옳다고 생각해요."

롤랑이 큰 소리로 말했다.

"내가 뿔랭 씨에게 이야기해주마. 내가 그 양반 아주 잘 알지! 상사재판소 판사라서 그 운항회사 일들을 담당하고 있단다. 그리고 르니앵 씨도 있구나. 선주인데 부회장들 중 한명과 막역한 사이지."

장이 형에게 물었다.

"내가 오늘 당장 마르샹 씨의 의사를 타진해줄까?"

"그래, 그러렴."

삐에르는 잠시 생각에 잠겼다가 말을 이었다.

"가장 좋은 방법은 날 높이 평가했던 의과대학 은사님들께 내가 편지를 쓰는 거겠지. 그런 여객선에 형편없는 인간들을 태우는 일이 종종 있거든. 마루셀, 레뮈조, 플라슈, 그리고 보리껠 교수의 열렬한 편지면 의심스러운 추천서들 전부를 합한 것보다도 효과적이겠지. 한시간 내로 상황이 종결될 거다. 그 편지들을 네가 아는 마르샹 씨를 통해서 이사회에 전달하면 돼."

장이 전적으로 찬성했다.

"형 생각이 아주 좋아, 정말 좋아!"

그리고 그는 안심이 되고, 거의 만족스러워져, 성공을 확신하며 미소를 지었는데, 오랫동안 마음이 아픈 상태로 있을 수는 없었기 때문이었다.

"오늘 당장 그분들에게 편질 쓸 거지." 그가 말했다.

"조금 있다, 곧, 그러마. 오늘 아침에는 커피를 마시지 않겠어요. 너무 신경이 곤두서서요."

그는 일어나서 나갔다.

그러자 장이 어머니를 향해 돌아섰다.

"그런데, 엄마, 엄마는 뭐 하실 거예요?"

"별일 없어…… 모르겠구나."

"로제미유 씨 부인 댁까지 저와 함께 가실래요?"

"글쎄…… 그래…… 그래……"

"아시겠지만…… 거기 가는 게 꼭 필요해서요."

"그래…… 그렇지…… 그건 그래."

"그런데 그게 왜 꼭 필요한데?" 사람들이 자기 앞에서 하는 말을 늘 알아듣지 못하곤 하는 롤랑이 물었다.

"제가 가겠다고 약속했으니까요."

"아! 그래. 그렇다면 그건 다른 거지."

그러고는 파이프를 채우기 시작했고, 그사이 어머니와 아들은 모자를 가지러 계단을 올라갔다.

두 사람이 길로 나서자 장이 물었다.

"팔을 빌려드릴까요, 엄마?"

그는 어머니에게 팔을 빌려준 적이 없었다. 나란히 걷는 습관이 있었기 때문이다. 어머니가 받아들였고 그에게 기댔다.

두 사람은 잠시 동안 아무런 이야기도 하지 않다가 그가 말을 꺼냈다.

"보셨죠? 삐에르가 떠나는 데 완전하게 찬성했어요."

그녀가 중얼거렸다.

"가여운 아이!"

"왜요? 왜 가여워요? 로렌호에서 전혀 불행하지 않을 거예요."

"그렇겠지…… 나도 안다. 하지만 이런저런 많은 생각이 나는구나."

오랫동안 그녀는 고개를 숙이고, 아들과 보조를 맞춰 걸으면서 생각에 잠겼고, 남몰래 오래 품어왔던 생각을 매듭지을 때 때때로 흘러나오는 야릇한 목소리로 말을 꺼냈다.

"참 고약하지, 삶이란 건! 어쩌다가 거기에서 약간의 달콤함을 발견하면, 거기에 빠져드는 죄를 범하고 훗날 호된 댓가를 치르잖니."

그가 아주 나지막하게 말했다.

"더는 그 얘긴 마요, 엄마."

"그게 가능할까? 항상 그 생각을 한단다."

"잊게 될 거예요."

그녀는 다시 입을 다물었다가 깊은 회한을 담아 말했다.

"아! 다른 남자랑 결혼했다면 얼마나 행복했을까!"

이제 그녀는 롤랑에 대해서 분노하며, 그의 추함과 어리석음, 서투름, 정신의 우둔함과 그 인물의 보잘것없는 용모에 자신의 과오와 불행의 책임 전부를 떠넘겼다. 바로 그런 점 때문에, 그의 저속함 때문에 그녀가 남편을 속였고, 아들 가운데 한명은 절망에 빠뜨리고 다른 한명에게는 어머니의 가슴에 피가 흐르게 하는 가장 고통스러운 고백을 했던 것이다.

그녀는 중얼거렸다. "젊은 처녀가 내 남편 같은 남편을 맞는 건 정말 끔찍하지." 장은 아무런 대답을 하지 않았다. 그는 지금껏 아버지라고 믿어왔던 그 남자에 대해서 생각했다. 그 자신 아버지의 저속함에 대해 오래전부터 품어왔던 막연한 생각과, 형이 평상시에 보여주는 신랄함, 그리고 롤랑에 대한 하녀의 경멸에 이르기까지 다른 사람들이 아버지를 대할 때 보여주는 얕잡아보는 듯한 무관심 덕분에, 아마도 그는 어머니의 무서운 고백을 받아들일 준비가 됐었나보다. 다른 남자의 아들이 된다는 것이 그에게는 덜 고통스러웠다. 전날의 엄청난 감정적 충격 이후 롤랑 씨 부인이 두려워하던 반항, 격분, 분노의 반동이 없었다면, 그것은 오래전부터 의식하지 못하는 사이 자신이 그 순진하고 우둔한 남자의 자식임을 느끼면서 괴로워했기 때문이었다.

두 사람은 로제미유 씨 부인 집 앞에 도착했다.

그녀는 생따드레스 가에 있는 자기 소유의 커다란 건물 3층에 살고 있었다. 그 집 창가에 서면 르아브르 항구의 정박지 전체가 보였다.

그녀는 앞장서서 들어오는 롤랑 씨 부인을 보고서 평소처럼 두 손을 내미는 대신 팔을 벌려 포옹했다. 그녀가 걸음한 의도를 짐작했기 때문이었다.

올이 촘촘한 벨벳으로 씌운 거실의 가구는 늘 커버로 덮여 있었다. 꽃무늬 종이벽지를 바른 벽에는 첫번째 남편, 그러니까 선장이 구입한 복제화 네점이 걸려 있었는데, 그 그림들은 감상적인 바다의 풍광을 담고 있었다. 첫번째 그림은 남편을 태운 돛단배가 수평선 너머로 사라지고 있는 가운데, 바닷가에서 손수건을 흔들고 있는 어부의 아내를 보여주었다. 두번째 그림에서는, 같은 바닷가에서 같은 여인이 무릎을 꿇고 앉아 두 팔을 비비 틀며 저 멀리, 번개가 연방 번쩍거리는 하늘 아래 믿을 수 없을 정도로 격랑이 이는 바다에서 남편이 탄 배가 가라앉으려 하는 것을 지켜보고 있었다.

나머지 두 그림 역시 사회의 상층에서 벌어지는 비슷한 장면들을 보여주었다.

젊은 금발 여인이 운항 중인 커다란 여객선 뱃전에 팔꿈치를 괴고 몽상에 잠겨 있다. 그녀는 눈물과 회한으로 젖어드는 눈길로 이미 멀어진 바닷가를 바라본다.

그 여인은 뒤에 누구를 남겨두고 떠났을까?

그다음에는 여전히 같은 여인이 대양을 향해 열어놓은 창가의 안락의자에 앉아 있는데 기절한 상태다. 막 편지가 그녀의 무릎에서 양탄자로 떨어져내렸다.

그러니까 그가 죽은 것이다. 참혹한 절망!

보통, 방문객들은 그처럼 뻔히 들여다보이고 시적인 주제들에 담긴 진부한 슬픔에 감동받고 매혹당했다. 사람들은 설명 없이도, 머리를 쓰지 않고서도 즉각 이해했고, 둘 중 고귀한 여인이 느끼는 슬픔의 성격에 대해서 정확하게 알지는 못했지만 가여운 여인들에 대해서 동정을 느꼈다. 하지만 그러한 불확실함 자체가 몽상에 도움이 되었다. 그 여인은 틀림없이 약혼자를 잃었을 거야! 입구에서부터 사람들의 눈길은 저항하지 못하고 이 네가지 주제로 쏠렸고, 매혹당하기라도 한 듯 그곳에 붙들렸다. 사람들의 눈길은 그림에서 떨어져나갔다가도 계속 다시 돌아왔고, 자매처럼 닮은 두 여인이 보여주는 네가지 표정을 계속 응시했다. 특히 선명하고, 끝마무리가 깨끗하고, 공을 들었고, 의상화보처럼 우아한 데생은 적확하고 똑바르다는 느낌을 자아냈는데, 나머지 실내장식이 그런 느낌을 더욱 강조하였다.

의자들은, 어떤 것들은 벽에 붙여놓았고 또 어떤 것들은 조그만 원탁 둘레에 놓아뒀는데, 불변의 질서에 따라서 배치되었다. 티끌 한점 없는 흰색 커튼에는 어찌나 똑바르고 규칙적인 주름이 잡혀 있던지 살짝 구겨놓고 싶은 충동이 들었다. 그리고 제1제정 양식의 황금빛 괘종시계는 무릎 꿇은 아틀라스가 지탱하고 있는 일종의 지구의였는데, 그 색깔 때문에 실내에서 키우는 멜론이 익어가는 느낌이었고, 괘종시계를 덮고 있는 반원형 투명덮개 위에는 먼지 한톨 떨어져 있는 법이 없었다.

두 여인은 자리에 앉으면서 의자를 평소 자리에서 약간 움직였다.

"오늘은 안 나갔네요?" 롤랑 씨 부인이 물었다.

"예. 약간 피곤해서요."

그러더니 그녀는 어제 소풍과 새우잡이가 안겨준 그 모든 즐거움을 다시 한번 떠올리면서 장과 어머니에게 감사를 표했다.

"전, 오늘 아침에 제가 잡은 새우를 먹었어요." 그녀가 말했다. "정말 맛있더군요. 괜찮으시다면 언제 하루 날 잡아서 한번 더 그런 나들이를 가지면 좋겠……"

젊은이가 그녀의 말을 끊었다.

"두번째를 시작하기 전에 첫번째부터 마무리 짓죠?"

"뭐라고요? 첫번째는 끝난 걸로 아는데요."

"오! 전요, 쌩주앵의 바위 틈새에서 그것 말고도 낚은 게 있는데,

그 또한 집으로 가져오고 싶답니다."

그녀는 순진하면서도 짓궂은 표정을 지었다.

"그러셨어요? 그러니까 그게 뭔데요? 뭘 찾아내셨는데요?"

"어떤 여인이오! 엄마와 저는 혹시 오늘 아침 그녀가 생각이 바뀌지나 않았는지 물어보려고 왔지요."

그녀는 미소를 짓기 시작했다.

"그대로예요. 전 절대 의견을 바꾸지 않아요."

그러자 장이 활짝 벌린 손을 내밀었고 그녀가 그 위에 활기차고 단호한 동작으로 자신의 손을 겹쳤다. 그러자 그가 물었다.

"가능한 한 빨리요. 그렇죠?"

"아무때나 원하시는 대로요."

"육주 뒤?"

"전 별 의견 없어요. 어머니는 어떻게 생각하세요?"

롤랑 씨 부인이 조금은 우수 어린 미소를 지으며 대답했다.

"오! 난 아무 생각 없어요. 그저 장을 받아들여준 게 고맙지. 장을 행복하게 해줄 테니까."

"우린 할 수 있는 한 해볼 거예요, 엄마."

처음으로, 약간 감동을 느낀 로제미유 씨 부인이 일어나서 두 팔 가득 롤랑 씨 부인을 안고, 아이에게 그러듯이 오래 양 볼에 키스를 했다. 그러자 그처럼 다정한 인사를 새로 받게 되자 가여운 여인의 병든 마음에서 강렬한 감동이 부풀어올랐다. 그녀로서는 자신이 느끼는 감정을 말로 다 표현할 수 없었을 것이다. 그것은 슬프면서 동시에 달콤했다. 그녀는 아들을, 다 장성한 아들을 하나 잃었고, 그 대신 딸을, 다 큰 딸을 하나 얻게 되었다.

두 여자는 다시 마주 보고 의자에 앉았는데, 손을 맞잡은 채로 서로를 바라보고 서로에게 미소를 짓고 있었고, 장은 두 여인에게서 거의 잊힌 듯했다.

그러고는, 두 여인은 다가온 결혼에 필요한 수많은 것들을 놓고 이야기를 나눴고, 모든 것이 결정되고 해결됐을 때, 로제미유 씨 부인이 갑자기 자잘한 일 한가지를 떠올린 듯한 표정을 짓더니 물어왔다.

"롤랑 씨 의사는 물어보셨겠죠?"

갑자기 어머니의 뺨과 아들의 뺨이 동시에 붉은 기로 덮였다. 대답을 한 사람은 어머니였다.

"오! 아니, 그럴 필요 없어요!"

그러더니 설명이 필요하리라고 느끼고 머뭇거렸다.

"그이에겐 아무 말도 하지 않고 우리가 다 해요. 그이에겐 우리가 어떻게 결정을 내렸는지만 알려주면 돼요."

로제미유 씨 부인은 그 남자는 거의 중요하지 않은 인물이니 그것이 당연하다고 생각하면서 미소를 지었다.

롤랑 씨 부인은 아들과 다시 거리로 나서자 "네 집으로 가자꾸나"라고 말했다. "좀 쉬고 싶단다."

그녀는 집 생각만 하면 격렬한 공포를 느꼈기 때문에 자신에게는 안식처도 피난처도 없다는 생각이 들었다.

두 사람은 장의 집으로 들어갔다.

그녀는 등 뒤에서 문이 닫히는 것을 느끼자마자 마치 그 잠금장치 덕분에 자신이 안전한 곳에 있기라도 한 것처럼 커다란 한숨을 내쉬었다. 그러고는 아들에게 말했던 대로 휴식을 취하는 대신 옷장을 열고 정리해놓은 리넨 제품들과 손수건과 양말 수를 확인하기 시작했다. 그녀는 살림꾼인 자신의 눈에 드는 보다 정연한 정리 방식을 찾아서 기존의 배열을 바꿔보았다. 그녀는 자신의 마음에 들게 여러가지 물품들을 배치하고, 수건, 팬츠, 셔츠 들을 전용 시렁 위에 줄 맞춰 정리해놓고, 리넨 제품을 크게 세가지로, 그러니까 내의류, 침구류, 냅킨 및 테이블보류로 나눠놓고 난 뒤, 자신의 작품을 감상하기 위해 뒤로 물러섰고, 그러다가 말을 꺼냈다.

"장, 이리 와서 얼마나 예쁜지 좀 보렴."

그가 어머니를 즐겁게 해드리려고 일어나 와서 보고, 감탄의 말을 건넸다.

그가 벽난로 근처의 전용 안락의자에 다시 가서 앉자, 갑자기 그녀가 살금살금 걸어 뒤로 다가가더니 오른쪽 팔로 그의 목을 감싸며 키스했고, 다른 손으로는 흰 종이로 싼 작은 물건을 들고 있다가 벽난로 위에 내려놓았다.

그가 물었다.

"그게 뭐예요?"

그녀에게서 아무런 대답이 없자, 그는 액자 모양을 알아보고 짐작했다.

"이리 주세요!" 그가 말했다.

하지만 그녀는 못 들은 척하더니 다시 옷장으로 돌아갔다. 그가 몸을 일으키더니 고통을 자아내는 그 유품을 잽싸게 집어들었고,

218

실내를 가로질러 집무실로 들어가 책상 서랍 안에 집어넣고 이중으로 잠가버렸다. 그러자 그녀는 눈가에 글썽이는 눈물을 손가락으로 훔쳐내더니 약간 떨리는 목소리로 말했다.

"이제, 새로 고용한 하녀가 부엌살림을 제대로 사는지 보러 가야겠다. 마침 지금 나가고 없으니, 전부 샅샅이 뒤져볼 수 있을 거야."

9

마루셀, 레뮈조, 플라슈, 그리고 보리껠 교수가 제자 삐에르 롤랑 의사를 위해 최대한 아름답게 포장하는 표현들을 동원해 써준 추천서가 마르샹 씨를 통해서 운항회사 이사회에 전달되었고, 상사 재판소에 판사로 재직 중인 뿔랭 판사, 대선주인 르니앵 씨, 보지르 선장과 각별한 친구인 르아브르 시청의 부시장 마리발이 지지를 표했다.

로렌호의 의사 임명은 아직 이루어지지 않은 상태여서 운 좋게 삐에르가 단시일 내에 임명되었다.

어느날 아침, 그가 단장을 마무리 짓고 있을 때 조제핀이 그 사실을 통보하는 서한을 들고 올라왔다.

그가 처음 느낀 감정은 감형 소식을 전해들은 사형수의 감정이었다. 그리고 즉각, 그렇게 떠날 수 있게 됐다는 데에, 그리고 늘 움직이고 늘 달아나버리는 바닷물이 흘러가는 대로 몸을 맡기고 평온하게 살 수 있다는 데에 생각이 미치자 고통이 조금 완화되는 것을 느꼈다.

그는 이제 아버지의 집에서 말없는 조심스러운 이방인으로서 생활했다. 동생 앞에서 자신이 발견했던 수치스러운 비밀을 입 밖에 냈던 그날 밤 이래로, 그는 자신이 식구들과의 마지막 인연을 끊어버렸음을 느꼈다. 그런 얘기를 장에게 한 것에 대한 후회가 그를 괴롭혔다. 그는 스스로를 가증스럽고 비열하고 심술궂다고 생각했지만, 그렇게 털어놓음으로써 마음의 짐은 덜었다.

그는 이제 어머니의 시선이나 동생의 시선과 마주치는 법이 없었다. 서로를 피하는 그들의 눈길은 놀랄 만큼 재빨랐고, 서로 맞닥뜨릴까봐 두려워하는 적들이 동원하는 술수들을 구사했다. 그는 계속 궁금해하고 있었다. '어머니가 장에게 대체 뭐라고 말씀하셨을까? 인정했을까, 부인했을까? 동생은 뭐라고 생각할까? 어머니에 대해서 뭐라고 생각할 것이며, 나에 대해서는 뭐라고 생각할까?' 그는 짐작도 하지 못했고 그래서 짜증이 났다. 게다가 그들과는 거의 이야기를 나누지 않았고, 롤랑에게서 왜 말이 없냐는 질문이 나올까봐 롤랑하고만 이야기를 했다.

그는 임명 소식을 전하는 편지를 받자 그날로 가족에게 보여주었다. 아무것에나 희희낙락하는 경향이 농후한 아버지는 손뼉을 쳐댔다. 장은 마음은 기쁨으로 터질 것 같지만 어조는 진지하게 하여 대답했다.

"축하해, 진심으로. 내가 알기로 경쟁자가 많았다더군. 아마 형의 은사들이 써준 편지 덕분인가봐."

그리고 어머니는 고개를 숙이고 웅얼거렸다.

"네가 원하는 대로 되어서 무척 기쁘구나."

그는 식사를 마친 후 세부사항들에 대한 정보를 얻기 위해서 운항회사 사무실로 나갔다. 그리고 선상 생활에서 만나게 될 특수한 것들과 새로이 펼쳐질 삶의 온갖 세부사항들에 대한 정보를 구하려고, 다음 날 떠나기로 되어 있는 삐까르디호의 의사 이름을 물어봤다.

삐레뜨 의사는 승선한 상태여서 그는 그곳으로 찾아갔고, 동생과 비슷하게 생겼고 금빛 수염을 기른 청년이 여객선의 작은 선실·에서 그를 맞아들였다. 두 사람은 오랜 시간 이야기를 나눴다.

거대한 선박에 똬리를 튼 소리의 심연 속에서 혼란스럽게 계속 분주히 움직이는 소리가 들려왔는데, 부두에 쌓아놓은 물품들이 떨어지며 나는 소리가 발걸음 소리, 목소리, 상자들을 실어나르는 기계가 작동하며 내는 소리, 부수부장들의 호각 소리, 커다란 선박의 몸체 전체가 조금씩 떨리게 만드는 증기기관이 거칠게 헐떡일 때마다 윈치의 체인이 감기고 끌리는 시끄러운 소리에 섞여 들려왔다.

하지만 삐에르가 동료와 헤어져 다시 거리로 나서자 새로운 슬픔이 그를 덮쳤고, 세상의 끝에서부터 와서 바다 위로 퍼져나가는 바다안개처럼, 멀리 떨어진 해로운 대지의 악취 나는 숨결인 양 뭔가 신비롭고 불순한 구석이 있는 바다안개처럼, 그를 휘감았다.

그가 가장 힘든 고통의 시간을 보낼 때에도 그렇게 불행의 시궁창에 푹 빠지고 말았다는 느낌이 들었던 적은 없었다. 이미 겪어야 할 극심한 고통을 끝까지 다 겪었으니까. 그는 그 어떤 것에도 더는 애착이 없었다. 지금 막 그를 사로잡은 것은 길 잃은 개의 고뇌였는데, 자신의 마음에서 그가 지닌 애정 전부를 뿌리째 뽑아냈을 때조차 그러한 고뇌는 겪어보지 못했었다.

그것은 더이상 정신적으로 괴롭히는 고통이 아니라 머물 곳 없는 짐승의 불안, 더이상 머리에 일 지붕도 없고, 비, 바람, 뇌우 등 세상의 그 모든 거친 힘이 언제 덮쳐올지 모르는 방랑하는 존재의 물리적 고뇌였다. 그 여객선 위에 발을 들임으로써, 물결에 흔들리는 작은 선실에 들어감으로써, 움직이지 않는 평안한 침대에서 늘 자왔던 사람의 몸뚱어리가 앞으로 다가올 그 모든 날들의 불안에 대해서 격렬하게 들고 일어났던 것이다. 그때까지 그것, 그 몸뚱어리는 땅속에 깊이 박힌 든든한 벽에 의해서, 그리고 바람에 버티는 지붕 아래에서 늘 같은 장소에서 누리는 휴식의 확실함에 의해 보호받고 있다고 느꼈었다. 이제 외부로부터 차단된 숙소의 따뜻함이 보장될 때에는 기꺼이 도전해보던 그 모든 것이 위험이, 지속적인 고통이 되었다.

이제 발밑에는 땅바닥이 아니라 출렁이고, 노호하고, 집어삼키는 바다가 있다. 그를 둘러싼 것은 산책하고 달리고 이 길 저 길 돌아다니기 위한 공간이 아니라, 형을 언도받은 죄수가 다른 죄수들 사이에 끼어 걷기 위한 몇 미터 안되는 널빤지뿐이다. 나무도 공원도 거리도 집도 더이상 없고, 바닷물과 구름뿐이다. 그리고 끊임없이 발아래에서 여객선이 흔들리는 것을 느끼게 되리라. 폭풍우가 몰아치는 날에는 바닥에 구르지 않으려면 칸막이에 기대고 문에 매달려야 하고, 침대 난간을 움켜쥐어야 한다. 바다가 잔잔한 날에는, 웅웅거리는 프로펠러의 진동음이 들려올 것이고, 그를 싣고 가는 여객선이 나아가는 것을, 계속해서 규칙적으로 짜증을 불러일으키며 나아가는 것을 느끼리라.

그는 어머니가 어떤 남자의 애무에 몸을 맡겼다는 이유만으로 떠도는 도형수의 삶을 선고받았다.

그는 조국에서의 추방을 앞둔 사람들이 느끼는 침통한 우수에 젖어, 이제 무기력해져서 앞으로 걸어갔다.

그는 지나가는 모르는 사람들을 향한 그 오만한 경멸, 그 도도한 증오를 더이상 마음속에서 느끼지 않았고, 오히려 그들에게 말을 걸고, 그들에게 자신은 이제 곧 프랑스를 떠날 거라고 얘기하고, 귀 기울여주는 그들로부터 위로를 받고 싶어하는 서글픈 욕망을 느꼈다. 그것은 그의 마음속 깊은 곳에 묻혀 있는, 손을 내밀려고 하는 거지의 창피한 욕구, 누군가 그의 출발로 괴로워하는 것을 느끼려는 소심하나 강한 욕구였다.

그는 마로브스꼬에게 생각이 미쳤다. 그 늙은 폴란드인만이 진정 비통한 감정을 느낄 정도로 그를 사랑했다. 그래서 의사는 즉각 그를 보러 가기로 결심했다.

그가 약국으로 들어서자 대리석 약절구에 대고 뭔가 빻고 있던 약사가 살짝 소스라쳤고, 하던 일을 멈췄다.

"전혀 얼굴을 안 보이기로 했소?" 그가 물었다.

젊은이는 이유를 밝히지는 않고, 그저 이 사람 저 사람 만나 알아보고 처리해야 할 일들이 많았다고 설명했고, 자리에 앉으면서 물었다.

"그래, 사업은 잘돼가요?"

별로였다. 사업은. 경쟁이 무시무시했고, 이 노동자 밀집지역에서는 환자가 귀한데다가 가난했다. 싸구려 약만 팔릴 뿐이었다. 그리고 의사들은 50퍼센트의 이윤을 남기는 희귀하고 복잡한 처방을 좀체 내리지 않았다. 그 호인의 결론은 이랬다.

"이 모양으로 석달만 계속된다면 약국을 닫아야 할 판이지. 의사 선생, 선생을 믿지 않았다면 진작 구두닦이를 시작했을 거요."

삐에르는 가슴이 죄어드는 느낌을 받았고 타격을 가하기로 갑작스레 결심했다. 그래야만 했기 때문이었다.

"오! 전…… 전…… 이제 더는 그 어떤 도움도 되어드릴 수가 없군요. 다음 달 초에 르아브르를 떠나기로 되어 있어요."

마로브스꼬는 충격이 너무나 생생해서 안경을 벗어들었다.

"그게…… 그게…… 그게 대체 무슨 말이오?"

"그러니까…… 떠난다고요."

그 노인은 자신의 마지막 희망이 무너지는 것을 느끼며 심한 충격 상태에 빠져 있다가, 자신이 그뒤를 쫓아내려왔고, 애정을 느끼고 있으며, 그가 그토록 신뢰했으나 이렇게 자신을 저버리는 그 남자에 대해서 갑자기 심한 분노를 느꼈다.

그는 말을 더듬었다.

"설마 이번에는 의사 선생이 나를 배신하는 그런 일은 없겠지?"

삐에르는 너무 마음이 안 좋아서 그를 포옹하고 싶을 정도였다.

"배신하는 게 아니에요. 일자리를 전혀 찾지 못했고, 그래서 대서양 횡단 정기선의 의사로 떠나는 겁니다."

"오! 삐에르 선생! 내가 여기서 살 수 있게 도와준다고 그렇게 굳게 약속했잖소!"

"절더러 어쩌라고요! 저 자신도 살아야지요. 전재산이라고는 단돈 한푼도 없답니다."

마로브스꼬가 되뇌었다.

"그건 나쁘오, 나빠, 당신이 내게 그러는 건. 나로서는 굶어죽는 수밖에 없군. 이 나이에, 다 끝난 거지. 그건 나쁜 짓이야. 당신을 따라서 온 가련한 늙은이를 저버리다니."

삐에르는 해명하고, 항의하고, 자신이 그럴 수밖에 없는 이유를 대고, 달리 해볼 도리가 없었다는 것을 증명하려고 들었다. 그 변절 행위에 격분한 폴란드인은 전혀 귀 기울이지 않고서, 아마도 정치적 사건들에 대한 암시인 모양인데, 다음과 같이 말하고 말았다.

"당신들 프랑스인들은 약속을 지키는 법이 없군."

그러자 이번에는 삐에르가 기분이 상해서 일어섰고, 그에게 약간 오만한 태도로 말했다.

"마로브스꼬 영감님, 부당하시군요. 제가 그런 일을 하기로 결정했다면 그건 그럴 만한 강력한 이유가 있어서죠. 이해해주셔야죠. 안녕히 계세요. 다음번 만났을 땐 보다 이성적인 모습이기를 바랍니다."

그러고는 나가버렸다.

'이런.' 그가 생각했다. '진지하게 나를 아쉬워할 사람은 아무도 없는 모양이군.'

그는 머릿속으로 자신이 알고 있거나 혹은 알았던 사람들 전부를 한명씩 떠올려봤고, 기억 속에 줄지어 지나가는 얼굴들 가운데 자신에게 어머니에 대한 의심을 불어넣어줬던 맥주홀 여종업원의 얼굴을 찾아냈다.

그는 그녀에 대한 본능적인 원한이 여전히 남아 있어서 주저하다가 갑자기 결심을 하며 이런 생각을 했다. '결국, 그녀가 옳았지.' 그러고는 다시 갈 길을 찾아 방향을 틀었다.

맥주홀은 우연히도 사람들로 가득했고, 또한 담배 연기로도 가득했다. 축일이었기 때문에 부르주아든 노동자든 간에 손님들은 불러대고 웃고 소리 지르고 있었고, 주인이 직접 이 테이블에서 저 테이블로 뛰어다니면서 빈 맥주잔을 거둬가고, 맥주 거품이 잔뜩이는 맥주잔을 다시 가져다주면서 시중을 들고 있었다.

삐에르는 카운터에서 멀지 않은 곳에 빈자리를 발견하자 여종업원이 자신을 알아봐주기를 바라면서 기다렸다.

하지만 그녀는 그의 앞을 여러번 지나다녔지만 눈길 한번 주지 않았고, 치마 아래서 엉덩이를 살랑살랑 흔들어가면서 종종걸음을 쳤다.

그는 결국 은화 한닢으로 테이블을 두드렸다. 그녀가 달려왔다.

"뭘 드릴까요, 손님?"

"이런!" 그가 말했다. "친구들에게 인사를 그런 식으로 하나?"

그녀는 그를 똑바로 바라보더니 성급한 목소리로 말했다.

"아! 당신이로군요. 좋아 보이네요. 하지만 오늘은 시간이 없어요. 원하는 게 맥주 한잔인가요?"

"그래요. 맥주 한잔."

그녀가 맥주를 가져오자 그가 다시 말을 붙였다.

"작별인사를 하러 왔지. 난 떠나요."

그녀가 무심하게 대답했다.

"아, 예! 어디로 가세요?"

"미국으로."

"아름다운 나라라고들 하대요."

그러고는 끝이었다. 정말로 그날 그녀에게 이야기하려고 온 것은 사려없는 행동이 틀림없었다. 까페에는 사람이 너무나 많았다!

그러고는 삐에르는 바다 쪽으로 걸음을 옮겼다. 방파제에 도착하자 뻬를호가 아버지와 보지르 선장을 태우고 돌아오는 것이 보였다. 뱃사람 빠빠그리가 노를 젓고 있었다. 그리고 고물에 앉은 두 남자는 완벽하게 행복한 표정으로 파이프를 태우고 있었다. 의사는 그들이 지나가는 것을 보면서 생각했다. '단순한 정신의 소유자는 행복할지어라.'

그리고 그는 얕은 잠에라도 빠져들 요량으로 방파제에 놓인 벤치들 가운데 하나에 앉았다.

저녁때 집에 돌아오자 어머니가 눈을 들어 바라볼 엄두도 내지 못하며 그에게 말했다.

"출발하려면 여러가지 개인물품들이 잔뜩 필요할 텐데, 좀 당황스럽구나. 오늘 오후에 내의류는 주문을 냈고, 양복점에 들러 양복은 맞춰놨다. 그런데 다른 건 뭐 필요한 거 없니? 내가 모르는 것들이 있을 것 같은데."

그는 "아니에요. 필요한 것 없어요"라고 말하려고 입을 열었다. 하지만 적어도 창피하지 않을 정도로는 옷차림을 갖출 수 있게 주는 것을 받아야만 한다는 생각이 들자, 아주 차분한 목소리로 대답했다.

"아직 모르겠어요. 회사에다가 알아보죠."

그가 물어보자 회사에서는 필수품 목록을 주었다. 어머니는 그의 손에서 목록을 건네받으면서 아주 오랜만에 처음으로 그를 바라봤는데, 어머니의 눈 속 깊은 곳에는 두들겨맞은 가여운 개가 자비를 구할 때 떠오르는 표정이, 너무나 공손하고 너무나 순하고 너무나 슬프고 너무나 애원하는 표정이 떠올라 있었다.

10월 1일, 쌩나제르에서 온 로렌호가 르아브르 항구로 들어왔고 같은 달 7일에 뉴욕을 향해 출발할 예정이었다. 삐에르 롤랑은 이제부터 그의 수형 생활이 시작될 작은 선실을 접수해야 했다.

그다음 날, 그는 나가는 길에 계단에서 어머니를 만났고, 그를 기다리고 있던 어머니는 거의 알아듣기 힘든 목소리로 중얼거렸다.

"내가 같이 가서 자리 잡는 걸 도와줄까?"

"고맙지만, 괜찮아요. 다 끝났어요."

그녀가 중얼거렸다.

"오후에 네 방을 보러 가고 싶구나."

"괜히 고생하실 필요 없어요. 볼품없고 아주 협소합니다."

그는 충격을 받아 창백한 낯빛으로 벽에 기댄 어머니를 내버려두고 지나갔다.

그런데 그날 당장 로렌호를 방문하고 온 롤랑이 저녁식사 내내 그 웅장한 선박 얘기만을 하더니, 아들이 승선하게 되어 있는데도 아내가 선박 구경을 하고 싶어하는 마음이 조금도 없다는 것에 대경실색했다.

삐에르는 그뒤로 여러날 동안 거의 가족과 함께 생활하지 않았다. 신경이 곤두서고 예민한 그는 인정머리 없이 굴었고, 그의 거친 말들은 모든 사람들을 채찍으로 후려치는 것과 다름없었다. 하지만 떠나기 전날이 되자 그는 갑자기 확 바뀌어 많이 누그러졌다. 그는 처음으로 선실에서 자기 위해 떠나기 전 부모에게 키스를 하는 순간 물었다.

"내일 작별인사 나누러 배로 오시겠어요?"

롤랑이 커다란 목소리로 말했다.

"그럼, 암, 그러고말고, 제길. 그렇지 않소, 루이즈?"

"그럼요." 그녀가 아주 나지막한 목소리로 말했다.

삐에르가 말을 이었다.

"정각 11시에 떠납니다. 늦어도 9시 반쯤엔 오셔야 해요."

"맞다!" 아버지가 외쳤다. "생각이 하나 났다. 너와 헤어지고 얼른 뛰어가서 뻬를호를 타는 거야. 그럼 방파제 바깥에 나가서 기다리고 있다가 한번 더 널 볼 수 있잖니. 그렇지 않소, 루이즈?"

"그러네요."

롤랑이 다시 말을 이었다.

"대서양 횡단 여객선이 떠나는 날이면 부두에 사람들이 득시글

거리니까, 그렇게 하면 네가 우리를 다른 사람들과 혼동하지도 않을 테고. 어때, 좋지?"

"그럼요. 좋아요. 그렇게 하죠."

한시간 뒤 그는 관처럼 좁고 긴 선원용 소형 침대에 몸을 눕혔다. 그는 두달 전부터 그의 삶에서, 특히 그의 영혼에서 벌어졌던 그 모든 것들을 반추하며, 오랫동안 두 눈을 뜬 채 누워 있었다. 스스로 괴로워하면서 다른 사람들을 괴롭히다보니, 공격성과 복수심이 가득하던 그의 고통도 기세가 약해졌다. 그에게는 더이상 그 누군가를, 그리고 그 무엇이든 원망할 용기가 거의 남아 있지 않았고, 격렬한 반발심도 자신의 삶과 마찬가지로 흘러가는 대로 내버려뒀다. 그는 투쟁하는 것에도 너무나 지쳤고, 가격하는 것에도 지쳤고, 증오하는 것에도 지쳤고, 그 모든 것에 너무나 지쳤다고 느꼈기에 더는 할 수 없었고, 잠에 빠져들듯 자신의 마음을 망각으로 잠재우려고 애썼다. 선박에서 나는 새로운 소리들, 오늘같이 항구에서 보내는 고요한 밤이면 가까스로 감지할 수 있는 희미한 소리들이 그의 주위에서 어슴푸레 들려왔다. 그리고 그때까지 그토록 끔찍했던 상처에서는, 아물면서 피부가 당겨지는 감각 말고는 더는 아무것도 느껴지지 않았다.

그는 깊이 잠을 잤고, 선원들이 움직이는 소리에 휴식에서 빠져나왔다. 날이 밝았고, 새벽에 생선을 싣고 빠리로 올라갔던 급행열차가 빠리의 여행객들을 태우고 역으로 들어섰다.

여행을 앞두고 당황해하며, 불안하고 분주하게 자신들의 선실이 어디인지 찾아다니고, 서로 불러대며, 서로 묻고 우연히 답하는 그 사람들 틈에 끼어서, 그는 선박 안을 헤매고 다녔다. 그가 선장에게 인사하고 동료인 여객선 사무장과 악수를 나누고 나서 거실로 들어갔더니, 벌써 영국인 몇명이 구석자리에서 졸고 있었다. 벽을 흰색 대리석으로 마감하고 황금 쇠시리 장식을 한 커다란 방이었는데, 기다란 테이블 양옆으로 검붉은색 벨벳을 씌운 회전의자들이 끝없이 늘어서 있는 광경이 벽에 붙어 있는 거울 때문에 한없이 연장되는 느낌이었다. 갖가지 대륙 출신의 부자들이 다 같이 식사를 하게 되어 있는 이 방이야말로 정말이지 물 위에 떠 있는 국제적인 거대한 홀이었다. 그 엄청난 호사스러움은 대형호텔, 극장, 공공장소에서 볼 수 있는 종류여서, 백만장자들의 눈에는 만족스러울 만한 위압적이며 진부한 호사스러움이었다. 의사는 전날 저녁에 이민자 한 떼거리가 승선했다는 기억이 떠오르자, 이등실로 지정된 곳으로 가보려고, 중갑판 쪽으로 내려갔다. 그 안으로 들어서자, 가난하고 불결한 사람들의 구역질 나는 냄새가 확 코를 찔렀는데, 짐승의 털가죽이나 양모에서 풍기는 악취보다도 훨씬 더 역겨운, 노출된 살에서 풍기는 악취였다. 그 순간, 삐에르는 갱도처럼 어두침침하고 천장이 낮은 지하 공간에서 남자, 여자, 아이 수백명이, 겹쳐놓은 널빤지 위에 널부러져 있거나 혹은 땅바닥에 무리 지어 우글거리는 모습을 알아보았다. 얼굴들이야 일일이 구별은 안되었지만, 누더기를 걸친 그 불결한 무리들, 삶에 굴복하고 기진했고 짓밟혔고 어쩌면 미지의 땅에서는 굶어죽을 일은 없으리라는 기대를 품고서 그 땅을 향해 떠나가는 불쌍한 무리들이 어렴풋이 보였다.

과거의 노동, 헛수고로 끝난 노동, 결실 맺지 못한 노력, 악착같이 매일 다시 시작하던 헛된 투쟁, 어떤 곳인지도 모른 채 그 끔찍스러운 빈곤의 삶을 다시 시작하려 하는 이 가난뱅이들이 쏟아부었던 에너지를 생각하자 의사는 그들에게 외치고 싶어졌다. "빌어먹을, 그 암컷들과 새끼들을 끌고서 바닷물로 뛰어들란 말이오!" 그러고는 심장이 동정심으로 옥죄어들자, 더는 그들의 모습을 견딜 수가 없어서 그곳을 떠나갔다.

아버지, 어머니, 동생과 로제미유 씨 부인이 벌써 도착해서 선실에서 그를 기다리고 있었다.

"일찍 오셨군요." 그가 말했다.

"그래." 롤랑 씨 부인이 떨리는 목소리로 대답했다. "우린 널 볼 시간을 조금이라도 갖고 싶었단다."

그는 그녀를 바라봤다. 그녀는 상이라도 당한 것처럼 검은색 드레스를 입고 있었는데, 지난달만 해도 잿빛이던 그녀의 머리카락이 지금은 온통 하얗게 셌다는 사실이 갑자기 눈에 띄었다.

그는 협소한 거처에 네 사람을 앉히느라고 몹시 애를 먹었고, 자신은 침대에 올라앉았다. 열어놓은 문으로 축제일에 길거리로 쏟아져나온 사람들처럼 수많은 사람들이 지나다니는 것이 보였다. 승객마다 친구들이 전부 출동한데다, 단순한 구경꾼들마저 거대한 여객선에 잔뜩 밀어닥쳤기 때문이었다. 사람들은 복도와 거실뿐만 아니라 이곳저곳을 돌아다녔고, 선실 안으로까지 머리통들을 들이밀었는데, 그러면 바깥에서는 이렇게 중얼거리는 목소리들이 들려왔다. "거긴 의사 방이라니까."

그래서 삐에르는 문을 밀어닫았다. 하지만 식구들과 함께 갇혔다는 느낌이 들자마자 다시 문을 열고 싶은 충동을 느꼈는데, 선박의 소란스러움이 그들의 불편함과 침묵을 가려줬기 때문이었다.

로제미유 씨 부인이 마침내 이야기를 꺼내들었다.

"이 자그마한 창문으로는 공기가 거의 들어오지 않는군요." 그녀가 말했다.

"그건 현창입니다." 삐에르가 대꾸했다.

그는 유리창의 두께를 보여주면서, 덕분에 가장 강렬한 충격에도 견딜 수 있다고 말하고는, 잠금장치에 대해 길게 설명했다. 이번에는 롤랑이 물었다.

"이곳에 조제실도 있냐?"

의사는 수납장 하나를 열고서, 라틴어 이름이 적힌 네모난 흰색 종이가 부착된 약병들이 보관된 공간을 보여줬다.

그는 그중 하나를 집어들고는 그 안에 담긴 약재의 성분들을 열거하더니, 두번째 병, 세번째 병을 집어들었고, 그가 본격적인 임상학 강의를 하는 동안 나머지 사람들은 주의 깊게 듣는 시늉을 했다.

롤랑이 고개를 흔들면서 똑같은 말을 되풀이했다.

"거 정말 흥미롭구나!"

누군가 조용히 문을 두드렸다.

"들어오세요!" 삐에르가 소리쳤다.

그러자 보지르 선장이 모습을 드러냈다.

그는 손을 내밀면서 말했다.

"별리의 감정을 쏟을 텐데 방해하고 싶지 않아서 늦게 왔다오."

그 또한 침대 위에 앉아야 했다. 그리고 다시 침묵이 시작되었다.

하지만 갑자기 선장이 귀를 기울였다. 명령을 내리는 소리가 칸막이를 뚫고 그의 귀에까지 전달되었고, 그러자 그가 내용을 알려줬다.

"떠나는 길목에서 한번 더 의사 선생을 보고, 바다 한가운데에서 작별인사를 하려고 뻬를호에 탈 생각이면 지금 떠나야 해요."

롤랑 영감은, 보나 마나 로렌호의 승객들에게 강한 인상을 남기고 싶어서였을 텐데, 그 일에 몹시 집착하고 있었기에 재빨리 일어섰다.

"자, 잘 가거라, 애야."

그는 삐에르의 구레나룻 양옆에 키스를 하더니 문을 열었다.

롤랑 씨 부인은 꼼짝도 하지 않고서 핏기 가신 얼굴로 눈만 내리뜨고 있었다.

남편이 그녀의 팔을 건드렸다.

"자, 서두르자고. 단 일분도 허비할 시간이 없어."

그녀는 몸을 일으키고 아들을 향해 한 발 내딛더니 밀랍처럼 창백한 두 볼을 차례차례 아들에게 내밀었고, 아들은 아무 말 없이 키스했다. 그러더니 그는 로제미유 씨 부인과, 그다음에는 동생과 악수를 나눴고, 동생에게 물었다.

"결혼이 언제라고?"

"아직은 정확하게 몰라. 형이 이곳에 들어오는 때로 맞춰보도록 할게."

마침내 모두 선실에서 나가, 군중과 짐꾼과 선원으로 붐비는 상갑판으로 올라갔다.

증기기관이 선박의 거대한 뱃속에서 부르릉거리고 있어서, 마치 조바심으로 떨어대는 것 같았다.

"잘 가라." 늘 조급한 롤랑이 말했다.

"안녕히 계세요." 로렌호와 부두를 이어주는 작은 나무다리 끝에 서서 삐에르가 대답했다.

그는 다시 모든 사람들과 악수를 나눴고 그의 가족은 멀어져갔다.

"빨리, 빨리, 마차를 타라고!" 아버지가 소리를 질렀다.

삯마차가 그들을 기다리고 있다가, 빠빠그리가 출항 준비를 완벽하게 끝낸 삐를호를 대기시키고 있는 외항으로 그들을 데려다줬다.

바람이 전혀 불지 않는 날이었다. 건조하고 잔잔한 그런 전형적인 가을날이어서, 윤기 흐르는 바다는 강철처럼 차갑고 단단해 보였다.

장이 노 하나를 잡고 선원이 다른 노를 뱃전에 갖다대자, 두 사람은 노를 젓기 시작했다. 방파제 위에, 부두 위에, 화강암 흉벽에서까지, 이리저리 움직이고 소란스러운 수없이 많은 사람들이 로렌호를 기다리고 있었다.

삐를호는 양옆에 늘어선 사람 물결 사이로 나아가 곧 방파제를 벗어났다.

두 여인 사이에 자리 잡은 보지르 선장이 키를 잡고 있다가 말했다.

"두고 보시오. 우리가 탄 배가 정확하게 로렌호와 만나게 될 거요. 바로 저기에서."

그러자 두 노꾼들이 가능한 한 멀리까지 나아가기 위해서 전속력으로 노를 저어댔다. 갑자기 롤랑이 소리를 질렀다.

"저기 오네. 마스트와 연통 두개가 보이는군. 독에서 벗어나고 있어."

"자, 노꾼들, 이영차, 이영차!" 보지르 선장이 꾸준히 노꾼들의 기운을 복돋아줬다.

롤랑 씨 부인이 주머니에서 손수건을 꺼내들더니 눈가에 갖다 댔다.

롤랑은 돛대에 매달린 채 서 있었다. 그가 알려왔다.

"지금 로렌호는 외항에서 전진 중이야…… 더이상 안 움직이는 데…… 다시 움직이기 시작한다…… 예인선을 기다렸던 거군…… 움직인다…… 브라보……! 방파제 사이로 들어섰어…… 사람들의 환호 소리가 들리지…… 브라보……! 로렌호를 끄는 예인선은 넵튠이구나…… 이제 앞부분이 보인다…… 저기 왔다, 저기 왔어…… 제길, 정말 근사한 선박이야! 오, 제길! 좀 보라고……!"

로제미유 씨 부인과 보지르가 몸을 돌렸다. 두 남자는 노 젓기를 멈췄다. 롤랑 씨 부인만이 조금도 움직이지 않았다.

로렌호가 예인선에 끌려서, 느릿느릿 위풍당당하게 항구에서 빠져나오고 있었는데, 그처럼 거대한 여객선 앞에서 강력한 예인선이 애벌레처럼 보였다. 선창과 바닷가, 창가에 몰려 있던 르아브르의 주민들이 갑작스레 애국심이 발동해서 "로렌호 만세!"라고 외치기 시작했고, 그 근사한 출발에, 그리고 자신들의 해양도시가 바다에게 가장 아름다운 딸을 낳아준 것에 환호와 박수갈채를 보냈다.

하지만 로렌호는 두 화강암 제방 사이에 갇힌 협소한 통로를 넘자마자 마침내 자유로워졌다고 느끼고는 예인선을 내버리고 바닷물 위를 달리는 거대한 괴물처럼 혼자서 나아가기 시작했다.

"저기 온다…… 저기 와……!" 롤랑은 여전히 소리를 질러대고 있었다. "똑바로 우리 쪽으로 오는데."

그러자 보지르가 얼굴이 환해져서 되뇌었다.

"내가 뭐라고 약속했소? 내가 저들의 항로를 알고 있지?"

장이 아주 낮은 목소리로 어머니에게 말했다.

"보세요, 엄마, 가까워지네요."

그러자 롤랑 씨 부인이 눈물에 가려 보이지 않는 눈을 들었다.

청명하고 고요한 화창한 날에 항구를 벗어나자마자 전속력으로 달려서 다가오고 있는 로렌호가 보였다. 보지르가 망원경을 눈에 대고 알려왔다.

"조심! 삐에르 씨가 고물 쪽에 혼자 서 있는 게 아주 잘 보이는군. 조심!"

산처럼 우뚝하고 기차처럼 빠른 선박이 이제 뻬를호를 스칠듯이 지나가고 있었다.

그리고 롤랑 씨 부인은 이성을 잃고 미칠 지경이 되어 그를 향해 손을 내밀었고, 아들을, 자신의 아들 삐에르를, 장식줄이 들어간 모자를 쓰고 그녀에게 두 손으로 작별의 키스를 던지는 삐에르를 보았다.

하지만 그는 가버렸고, 달아나고 있었고, 점점 사라지더니, 벌써 아주 작아졌고, 거대한 선박 위에서 미세한 점처럼 지워져버렸다.

그녀는 여전히 그를 알아보려고 애를 썼지만 더는 그를 구분할 수 없었다.

장이 그녀의 손을 잡아주고 있었다.

"보셨어요?" 그가 물었다.

"그래, 봤어. 그애는 너무 착해!"

그러고 나서 도시를 향해 뱃머리를 틀었다.

"저런! 정말 빠르지." 롤랑이 잔뜩 흥분해서 확고한 태도로 단정했다.

여객선은 실제로, 대서양 속으로 녹아들기라도 하는 것처럼 시시각각 줄어들고 있었다. 롤랑 씨 부인은 여객선을 향해 몸을 튼 채였고, 배가 세상 저편의 미지의 땅을 향해 수평선 너머로 점점 멀어져가는 모습을 바라보고 있었다. 그 무엇도 멈춰세울 수 없는 그 배 위에는, 곧 그 모습이 더이상 보이지 않게 될 그 배 위에는, 아들이, 그 가여운 아들이 타고 있었다. 그리고 그녀에게는 심장 반쪽이 아들과 함께 가버리는 것처럼 여겨졌고, 또한 삶이 끝난 것처럼 여겨졌고, 그 아이를 결코 다시는 보지 못할 것처럼 여겨졌다.

"왜 우는 거요?" 남편이 물었다. "한달도 안되어서 돌아올 텐데."

그녀가 더듬거렸다.

"모르겠어요. 그저, 아파서 우는 거예요."

그들이 다시 육지로 올라서자 보지르는 친구 집에 식사하러 가기 위해 즉시 그들과 헤어졌다. 그러자 장이 로제미유 씨 부인과 함께 앞장섰고, 롤랑이 아내에게 말했다.

"이러고저러고 우리 장, 아주 맵시가 좋아."

"그래요." 어머니가 대답했다.

그리고 마음이 너무나 심란해서 자신이 무슨 말을 하고 있는지 생각도 못하는 상태였기에 덧붙여 말했다.

"저 아이가 로제미유 씨 부인과 결혼하게 되어서 정말 행복해요."

그 단순한 인물은 깜짝 놀랐다.

"오, 저런! 뭐라고? 로제미유 씨 부인과 결혼을 한다고?"

"그래요. 안 그래도 오늘 당신의 의견을 물을 참이었는데."

"이런! 이런! 그 문제를 얘기한 지 오래됐나?"

"오! 아니에요. 고작 며칠 전부턴걸요. 장이 당신 의견 묻기 전에 상대방의 분명한 동의를 얻고 싶어했어요."

롤랑은 두 손을 비벼댔다.

"좋아, 아주 좋아. 완벽해. 난 전적으로 찬성이야."

일행이 부두를 벗어나서 프랑수아프르미에 대로로 접어들려고 할 때, 그의 아내는 한번 더 몸을 틀어 먼바다에 마지막 눈길을 던졌다. 하지만 그녀의 눈에 들어온 것은, 너무나 멀고 너무나 얇아서 안개가 살짝 끼었나 싶을 정도의 아주 가느다란 회색빛 연기 말고는 아무것도 없었다.

노르망디의 '우울한 황소'[1]

삶

모빠상(Guy de Maupassant)은 1850년, 오뜨노르망디의 미로메닐 성에서 태어났다. 하급 귀족 가문 출신이던 모빠상의 아버지가 여성편력이 심하고 무책임한 인물이었던 데 반해, 모빠상의 어머니는 문학 애호가이자 영어와 이딸리아어를 할 정도로 상당한 교양을 갖췄으며, 어린 아들을 셰익스피어와 플로베르의 작품세계로 이끌었던 인물이기도 하다. 모빠상의 부모는 거듭되는 불화 끝

---

1 모빠상의 넘치는 열정과 염세주의를 암시하는 별명으로, 프랑스의 비평가 뗀(Taine)이 처음 사용하였다.

에 모빠상이 열세살 되던 1863년에 이혼하기에 이르고, 어머니가
두 아들을 데리고 노르망디의 작은 해안 마을 에트르따에 정착한
다. 유년기의 모빠상은 화목한 가정의 행복은 몰랐어도, 노르망디
의 바다와 대자연을 벗 삼아 "고삐 풀린 망아지"처럼 쏘다니는 자
유는 마음껏 누렸고, 이렇게 유년기 때 속속들이 경험한 고향산천
은 작품배경으로 자주 등장하게 된다.

모빠상은 마을 신부에게서 수학, 그리스어, 라틴어 등의 기초적
인 학문을 배우다가 열세살에 이브또의 신학교로 들어가나, 자유
롭고 무질서한 생활을 하던 모빠상에게 신학교의 규율과 규칙적인
생활은 참을 수 없는 구속일 뿐이었다. 그가 쓴 서한시 내용이 추
잡하다는 이유로 신학교에서 퇴학당한 모빠상은 자유를 되찾음과
동시에 열여섯이란 나이에 벌써 육체의 쾌락에 눈뜬다. 이러한 육
체적 방종에 쏠리는 경향은 생물학적 아버지가 그에게 준 유일한
선물처럼 보인다. 어쩌면 이미 이 시기에, 모빠상이 수많은 작품에
서 내비치고 있듯이, 사랑은 순간에 그치는 관능과 쾌락의 문제일
뿐이며, 정절은 가소로울 뿐이고, 결혼은 실패로 끝나게 되어 있는
어리석은 일이라는 생각이 뿌리내린 것인지도 모른다. 모빠상은
신학교에서 쫓겨난 뒤 루앙의 꼬르네유 고등학교에서 남은 학업을
마치게 되는데, 그의 작가로서의 삶에 지대한 영향을 미친 두 사표
루이 부예와 플로베르를 만난 것도 바로 고등학교 졸업반 때이다.
특히 십여년에 걸친 그의 본격적인 습작시절을 내내 함께해준 플
로베르는 일찍 죽은 외삼촌의 친구였고 어머니와도 막역한 관계였

다. 그로 인해 모빠상이 플로베르의 사생아라는 그럴듯한 추측이 돌 정도였지만, 모빠상에게 플로베르는 스승을 넘어서서 아버지의 빈자리를 채워준 정신의 아버지였다.

고등학교를 졸업하고 법학부에 등록하나, 이듬해인 1870년에 발발한 보불전쟁에 참전하게 되면서 학업이 중단된다. 전쟁이 끝나고 경제적 이유로 법학공부를 재개하는 대신 해군성에 취직한 모빠상은, 지겨운 밥벌이와 무모한 여성편력, 꾸준한 습작으로 근 십 년의 세월을 보낸다. 모빠상에게 행운과 불행이 동시에 들이닥친 1880년은 모빠상 인생의 결정적 전환점이 되는 해이다. 이해, 모빠상은 쎈 강 근교에 있는 졸라의 메당 별장에 출입하던 문인들과 함께 보불전쟁을 테마로 쓴 글들을 모아 펴내기로 하고, 공동 작품집 『메당의 저녁나절들』에 단편 「비곗덩어리」를 싣는다. 모빠상이 이 수려한 작품으로 대중적 성공을 거두며 마침내 길고 긴 습작시절에 종지부를 찍고 성공가도를 달려가기 시작한 이 행운의 해는 또한, 「비곗덩어리」를 놓고 "걸작"이라는 극찬을 하며 격려를 아끼지 않던 플로베르가 급작스럽게 세상을 뜨는 바람에 모빠상으로서는 돌이킬 수 없는 상실감을 맛보게 된 해이기도 하다.

평생 환멸과 향락 사이에서 삶을 버텨오던 모빠상은 방탕한 생활이 안겨준 매독 때문에 말년에는 육체적 고통뿐만 아니라 광기에 시달린다. 모빠상은 서너번의 자살시도가 실패로 돌아간 뒤, 몇 년 전 자신의 손으로 정신병원에 가둬버렸던 동생 에르베의 뒤를 이어 본인도 요양원에 갇혀 비극적 최후를 맞게 된다. 1893년, 그의 나이 마흔두살이었다. 놀라울 정도로 왕성한 창작력을 발휘한 모빠상은, 무려 삼백여편에 이르는 중단편들과 여섯편의 소설, 두편의 미완의 소설을 남겼다.

소설론

『삐에르와 장』은 소설로는 모빠상의 네번째 작품으로, 1887년 12월 1일과 1888년 1월 1일 사이에 세번에 걸쳐 『라 누벨 르뷔』에 발표된 뒤, 올렌도르프 출판사에서 한권으로 묶여 나오게 된다. 이때 1888년 1월 7일 자 『르 피가로』에 발표했던 「소설」을 『삐에르와 장』의 서문 격으로 함께 싣는다. 따라서 「소설」과 『삐에르와 장』은, 모빠상이 「소설」 첫머리에서 "이 자리를 빌려 이 뒤에 실린 짤막한 소설을 위해 변론을 펼 의도는 조금도 없다. (…) 나의 관심사는 소설 일반이다"라고 밝히고 있듯이, 처음부터 서로에게 독립적인 텍스트들이었다. 서로 이질적인 두 텍스트가 함께 묶인 이유를 굳이 찾자면, 『삐에르와 장』 편집자가 작품이 한권 분량이 되기에는 조금 미흡하다고 판단했기 때문이라는 상식적인 설명으로도 충분하리라.

　모빠상은 본인의 이론적 입장을 밝히기를 극도로 자제했던 작가이다. '모빠상은 자연주의자인가?'라는 질문이 여전히 사람들의 호기심을 자극할 정도인 마당에, 그의 소설론이 집약된 이 텍스트가 당시 쏟아지는 관심의 대상이었음은 충분히 짐작할 수 있다. 이 「소설」의 유명세 때문에 「소설」의 뒤를 이어 곧바로 등장하는 작품『삐에르와 장』이 피해를 봤다는 말은 틀린 말이 아니다. 「소설」을 먼저 읽은 사람들이 '어디 이론과 작품이 얼마나 부합되는지 한번 보자'는 심사로 작품을 읽는 바람에, 『삐에르와 장』이라는 완결성이 빼어난 탄탄한 작품이 그 작품성만으로 온당하게 평가받을 기회를 제한당한 측면이 없지 않았기 때문이다.

「소설」을 통해 드러난 모빠상의 이론적 입장은 무엇인가? 그는 과연 자연주의자인가? 모빠상은 「소설」에서 소설이론은 크게 두 가지로 나눌 수 있다고 말한다. 하나는 '순수분석 소설이론'이고 다른 하나는 '객관성 소설이론'이다. 거칠게 말하자면, '순수분석 소설이론'이 등장인물들의 이러저런 행위를 유발한 심리적 원인을 파고들 수 있는 한 깊게 파고들어 그 세세한 점 하나하나까지 드러내어 보여주어야 한다는 주장이라면, '객관성 소설이론'은 특정 정신과 특정 상황이 만났을 때 발생하게 되는 행위를 묵묵히 보여주는 것으로 충분하다고 주장한다. 모빠상은 물론, 후자를 지지한다. 그 이유는, 우리 실제 삶에서도 심리는 가려져 있고 행위만이 겉으로 나타나기 때문이기도 하지만, 보다 근본적으로는 한 사람의 생각과 감정에 타인이 접근하는 것은 불가능하기 때문이다. 다시 말해, 심리분석 소설에서 보여주는 심리란 결국 작가의 상상과 주관이 뒤범벅된 것일 뿐이고, 따라서 '진실'의 관점에서 보자면 당연히 후자가 진실에 보다 가깝게 다가선 것이다.

모빠상을 '자연주의자'로 규정하고 싶어 안달하는 사람들이라면 이 주장만을 가리키며 "거봐, 자연주의자잖아!"라고 반동강짜리 결론을 내릴 법도 하다. 그런데 모빠상은 자연주의자에게든 사실주의자에게든 최대의 난제라고 할 수 있는 '진실'과 '진실임 직함'의 문제를 정면으로 제기하고 나선다. "오로지 진실을!"을 표방하는 작가나 이론가에게 '진실은 가끔씩 진실임 직하지 않을 수 있다'는 사실은, 모빠상의 말대로 그 근본까지도 흔들어놓을 수 있는 엄청난 타격임에 틀림없다. 하지만 진실임 직하지 않은 진실로 수시로 허를 찔리는 인생살이를 빤히 보고 있으면서, '진실임 직함'이 마치 '진실'인 양 주장할 수는 없는 일이다. 모빠상은 "오로지 진실을!"을 슬로건으로 내건 유파도 결국 '진실'이 아닌, 작가의 주관적인 생각과 감각을 거쳐 변형될 수밖에 없는 '진실에 대한 완벽한 환각'을 제공할 뿐이라는 주장을 설득력 있게 펼쳐 보인다.

「소설」은 어쨌든 명색이 소설론인 만큼 기존 문학이론에 대한 모빠상의 이론적 입장을 들여다볼 수 있는 단서들을 풍부하게 담고 있기는 하다. 그 때문에, 작가들을 어느 한 유파로 분류해야만 직성이 풀리는 사람들에게는, 이 텍스트에서 그들의 입맛에 맞는 근거만을 추려서 자신의 주장을 뒷받침하는 것이 그리 어려운 일도 아니다. 또한 모빠상이 자연주의의 대가인 졸라를 존경하고 좋아했으며, 졸라가 어느정도는 모빠상의 문학적 후견인 노릇을 한 것도 사실이다. 하지만, 둘 사이의 친분이 곧 그의 이론적 입장을 의미하는 것은 아니다. 그는 장 로랭이라는 작가가 소설에서 자신을 "졸라의 마구간에서 거두는 문학 종마"라고 표현하자 결투를 신청하겠다고 날뛸 정도로, 자연주의와는 거리를 두고자 했다.

사실, 문체의 힘만으로 홀로 설 수 있는 작품을 꿈꾼 플로베르를 스승으로 둔 작가가 어떻게 자연주의의 과학적 방식과 이데올로기에 순순히 만족할 수 있겠는가? 더구나 당시는, 문학, 미술, 음악 등 온갖 분야에서 예술을 바라보는 새로운 시각과 새로운 생각이 분출하던 시기이기도 하다. 졸라, 위스망스 등 자연주의자들이 여전히 굳건히 버티고 있는가 하면, 낭만주의 최후의 대가인 위고는 세상을 뜨고, 상징주의의 시조 말라르메는 등장한 시기이기도 하며, 쎄잔, 쇠라, 시냐끄, 비사로 등 인상파, 입체파, 점묘파의 실험이 공존하는 와중에 모빠상이 좋아했던 로댕은 자연주의와 결별하고 자신만의 길을 찾아가고 있었으며, 드뷔시와 바그너가 새로운 음악의 가능성을 열어 보이며 스뜨라빈스끼의 음악을 예고하고 있던 시기이기도 하다. 모빠상이 이러한 새로운 예술경향에 대해 남긴 언급들을 보면, 스스로에게 그 어떤 것도 미리 금지하는 법이 없었던 그가 이 모든 새로운 흐름에 거부감을 느꼈다기보다는 즐거움을 느꼈으리라는 짐작이 가능하다.

모빠상은 「소설」을 발표하기 전인 1877년에 이미 한 편지에서 "나는 낭만주의와 마찬가지로 자연주의도 사실주의도 더는 믿지 않는다"라고 분명한 답을 줬다. 그의 이 발언을 그대로 받아들여 자연주의자인가 아닌가라는 이분법을 벗어던지면, 「소설」은 전혀 다른 의미를 띠고 다가온다. 모빠상은 「소설」에서, 세상에 존재하는 무수히 많은 독창적인 소설들을 어떤 기준을 사용하여 소설로 정의내릴 수 있겠는가라는 도발적인 질문을 비평가들에게 던지면서 시작하여, 창작의 지난함으로 끝을 낸다. 결국 그가 「소설」에서 시종일관 주장하고 있는 것은, 객관성을 지향하는 자연주의 소설이 심리분석 소설보다 더 훌륭하다가 아니라, 이런저런 이론의 틀에 작품을 가두려고 해봤자 작품은 그 틀을 넘어서버린다는 것이다. 모빠상은, 이론은 끊임없이 새로움의 경지를 개척하는 작품을 뒤따를 수밖에 없지 결코 작품보다 앞장서서 갈 수는 없다며, 문학 이데올로기에 작품을 가두려는 오만한 비평가들에게 경고를 보낸 셈이다. 어떤 의미로, 「소설」은 소설론의 형식을 빌린, 작가와 작품을 위한 선언문이라고까지 말할 수 있을 것이다.

『삐에르와 장』

우선, 작품을 제쳐놓고 곧바로 작품해설로 뛰어온 성질 급한 독자에게 '스포일러 조심'을 말해두고 싶다. 『삐에르와 장』의 경우, 작품해설을 먼저 읽고 작품으로 돌아가는 것은, 범인이 누구인지 미리 알고 추리소설을 읽기 시작하는 것과 다름없다.

통계를 보면, 모빠상은 한국에서 가장 많이 번역된 작가 순위에서 3위를 차지할 정도로 한국 독자들과의 인연이 깊은 작가이다. 물론 주로 번역된 작품이 「목걸이」와 『여자의 일생』에 편중되어 있기는 하지만, 모빠상의 다른 작품들도 상당수 소개되었다. 『삐에르와 장』이 처음 한국 독자와 조우한 때가 정확히 언제인지는 모르겠으나, 『삐에르와 장』 『안개 낀 모정』 『어머니의 비밀』 『어머니의 연인』 등의 제목으로 이미 오십년대 후반에 번역되었음은 확실하다. 이 제목들을 보면, 그 자체로 별다른 정보를 제공하지 않는 중립적인 『삐에르와 장』보다 작품 내용을 ('지나치게') 암시하는 동시에 선정적이기도 한 제목이나, 한국인의 정서에 호소하여 모성을 내세운 제목을 선호했음을 알 수 있다. 모빠상의 『어떤 인생』(Une Vie)이 신파 감각의 제목인 『여자의 일생』으로 한국에 알려진 것과도 같은 맥락일 것이다.

『삐에르와 장』은 줄거리만을 보면, 요즘 한국의 아침 드라마에서 흔히 볼 수 있는 이야기이기도 하다. 어느날 우연히 동생 장에게 막대한 유산이 굴러들어오면서 사건이 시작된다. 유산을 물려준 사람은 부모의 오랜 지인이며 가족이 없는 마레샬. 그렇다 해도 이런 식의 유산상속은 이상하고, 둘 다 예뻐했던 형제건만 동생에게만 유산을 물려준 것은 더더욱 이상하다. 주변 사람들이 어머니의 정절을 의심하는 암시를 한다. 삐에르의 머릿속에서 의혹이 싹트기 시작하고, 사랑하는 어머니에 대한 의심에서 벗어나 마음의 평화를 누리려는 생각에 어머니의 과거를 집요하게 파헤치기 시작한다. 드디어 밝혀지는 어머니의 불륜과 동생의 출생의 비밀.

이 진부한 이야기는 모빠상을 만나면서 완벽한 문학작품으로 탄생하게 된다. 모빠상은 "짤막한 소설"로 규정하고 있지만,『삐에르와 장』은 한정된 등장인물과 제한된 시공간을 보여준다는 점에서는 장편과 중편의 경계에 자리한다. 이러한 장르적 특성은 군더더기의 제거와 문학적 효과의 집중적 발현으로 이어진다. 요컨대 필요할 경우, 인물이든 풍광이든 시간이든 깊이와 넓이를 부여받지만, 작품 전체의 논리에 비추어 필요하다 싶으면 과감히 생략된다. 등장인물들만 보더라도, 어머니의 불륜으로 극심한 고통에 빠져드는 삐에르의 심리변화는 이루 말할 수 없이 섬세하게 그려낸다. 반면, 가장 친한 친구와 아내의 불륜사실은 눈치도 못 채는 오쟁이 진 남편 롤랑 영감을 그릴 때면, 욕설, 시끄러운 목소리, 눈치없고 무딘 성격 등 굵은 선 몇개만 사용하여 어리석은 부르주아지의 모습을 생생하게 보여준다. 시간의 흐름 역시, 삐에르의 심리의 추이를 따라가기 위해 삐에르가 눈 뜨고 잠자리에 들 때까지의 하루를 충실하게 따라가는가 싶다가도, 과감하게 여러날을 단 한 줄에 담아버리기도 한다.

이 자그마한 소설에는 또한 모빠상의 주요 생각들이 넘치게 들어 있다. 쇼펜하우어의 생각이 모빠상의 염세적 세계관에 영향을 주었다는 의견들도 있지만, 쇼펜하우어의 저작이 프랑스에 처음 번역된 시기를 염두에 둔다면, 오히려 모빠상이 자신의 염세적 성향과 잘 맞아떨어지는 그의 저작을 즐겨 읽었다고 해야 할 것이다.

모빠상의 염세주의는 소설 전반에 걸쳐 요소요소에서 나타난다. 가령, 여성, 결혼, 가정, 모성에 대한 그의 부정적 생각은 어머니 롤랑 씨 부인의 일생을 통해 뚜렷이 드러난다. 아들 삐에르에게는 부덕과 모성의 화신이었던 롤랑 씨 부인은 알고 보면 남편을 속이고 남편의 가장 친한 친구와 불륜을 저지른 여인이다. 또한 롤랑 씨 부인은 삐에르의 고통에 마음 아파하면서도 자신의 고통을 덜기 위해 삐에르를 떠나보내는 일을 묵인한다. 모성보다는 자기애가 승리한 셈이다. 이리하여 적자인 아들은 집에서 쫓겨나고 서자인 아들이 그 자리를 차지하는 아이러니가 발생한다. 장과 로제미유 씨 부인의 결혼 역시 맨송맨송하기 짝이 없는 사랑 밑에 숨은 이해관계를 충실히 따른 결과일 뿐이다.

다행스럽게도 작가로서의 모빠상은 개인의 여성관과는 상관없이 균형감각을 유지한다. 이 소설에는 한 폭의 인상파 그림처럼 아름다운 트루빌 바닷가 풍경묘사를 배경으로 극단적인 여성혐오 발언을 내뱉는 삐에르만 있는 것은 아니다. 부르주아 결혼제도의 희생물이며, 세상은 불륜이라고 하지만 자신은 진정으로 사랑하는 남자에게 평생 충실했던 정숙한 여인이라고 강변하는 롤랑 씨 부인도 있다. 하지만 그러한 롤랑 씨 부인도, "참 고약하지, 삶이란 건!"이라는 씁쓸한 결론을 내놓는다는 점에서는, 희망을 품고 신대륙을 향해 떠나는 가난한 사람들을 기다리고 있는 것은 여기에서와 동일한 절망일 것이라고 경고하는 삐에르 못지않게, 모빠상의 염세주의를 충실히 반영한다.

『삐에르와 장』의 가장 큰 매력은 무엇보다도 형식과 내용의 완벽한 어우러짐이다. 문체와 형식의 아름다움에 그토록 민감했던 작가답게 모빠상은 『삐에르와 장』을 한편의 데깔꼬마니 그림처럼 만들었다. 총 9장으로 구성된 이 작품에서는, 롤랑 씨 부인이 삐에르가 자신의 불륜 사실을 알고 있음을 알아채면서 장과 삐에르의 역할이 전도되는 5장을 축으로, 균형미가 아름다운 대칭 그림이 완성된다. 가령, 뻬를호와 노르망디호로 시작되었던 장면은 뻬를호와 로렌호로 마무리되며, 첫 장면에서 바다낚시 때문에 총출동했던 주요인물들은 마지막 장면에서 떠나는 삐에르를 배웅하기 위해 다시 총출동한다. 또한 유산상속 소식이 전해진 뒤 삐에르가 방파제에서 마로브스꼬의 약국, 맥주홀로 이어지는 경로를 밟아나갔다면, 집을 떠나기로 한 뒤에는 맥주홀, 약국, 방파제의 경로를 밟음으로써, 전반부의 경로를 그대로 되짚어나가는 모습을 보여준다. 또한 다른 만큼 닮은 삐에르와 장은 서로의 분신답게 5장을 기점으로 역할을 바꿔 등장한다. 전반부에서 삐에르가 능동적 주체로서 어머니의 비밀을 드러내고 장이 수동적인 모습을 보였다면, 후반부에서는 장이 능동적 주체로서 어머니의 비밀을 덮고 어머니를 보호할 방법을 모색한다. 여기저기 도사리고 있는 대칭점들을 찾아내는 일은 삐에르의 조사가 진행되는 내내 유지되는 호기심, 긴장감과 더불어, 이 작품을 읽는 쏠쏠한 재미들 중 하나이기도 하다.

오늘날의 모빠상

모빠상이 활동하던 당시는 부르주아사회와 자본주의가 만나면서 신문, 잡지를 위시한 대중매체가 급격한 팽창을 보였던 시기이다. 당시의 신문, 잡지는 지금과 달리 독자의 구미에 맞을 만한 연재소설이나 단편소설에 많은 지면을 할애함으로써 문학의 유통과 소비과정에서 중요한 역할을 담당하였다. 요컨대 당시 활발히 소비되던 단편의 위상은 지금과는 비교할 수 없을 정도로 높았고, 모빠상은 단편에서 그 누구도 따라올 수 없을 재능을 발휘하면서 작가로서 엄청난 대중적 인기를 누렸다. 그뒤 문학 텍스트의 유통구조가 바뀌면서 단편의 몰락이 시작되었고, 더불어 모빠상의 위상도 내리막길을 가기 시작한다. 프랑스에서 한참 동안 부차적 장르인 단편 작가로 주로 인식되던 모빠상이 플로베르와 졸라의 그늘에서 벗어나 재평가되기 시작한 것은 1970년대 들어서면서이다. 여기에 소개하는 『삐에르와 장』은, 한국에서는 대표작으로 알려져 있으나 단편작가가 처음 쓴 장편답게 엉성한 면이 없지 않은 『여자의 일생』에 비해, 완벽한 짜임새를 보여준다. 독자는 문체의 아름다움과 형식미가 돋보이는 『삐에르와 장』을 통해, 모빠상의 작품이 그러한 부침을 겪고도 당당하게 살아남을 수 있었던 비결을 눈치챌 것이다.

끝으로, 이 번역은 갈리마르 출판사의 쁠레이아드 판(Guy de Maupassant, *Romans*, édition établie par Louis Forestier, Paris: Gallimard, 1987)을 판본으로 삼았음을 알려둔다.

정혜용(번역가)

작가연보[1]

유년기와 청년기 (1850~72)

1850년   8월 5일, 디에쁘 부근의 미로메닐 성에서 출생. 어머니는 로르 르
뿌아뜨뱅, 아버지는 귀스따브 드 모빠상.

1856년   동생 에르베 드 모빠상 출생.

1861~63년 부모의 불화.

1863년   부모의 별거. 어머니 혼자 『삐에르와 장』의 배경으로도 등장하는
에트르따에서 아들 둘을 양육한다.

1864년   에트르따에서 바닷물에 빠진 영국 시인 스윈번을 구조하고 그에

---

1 Christophe Carlier, *Pierre et Jean*(1888) —Maupassant, Hatier 1997 참조.

게 매료된다. 스윈번은 모빠상에게 박제한 진짜 사람 손을 선물로 주고, 모빠상은 이 끔찍한 선물을 평생 간직한다. 이 경험은 단편 「박제된 손」(1875)의 바탕이 된다.

1867년   1863년에 입학한 이브또의 신학교에서 추잡한 시를 썼다는 이유로 퇴학당한다.

1868~69년 루앙의 고등학교에 기숙학생으로 있으면서 루앙 도서관에서 근무하던 시인 루이 부예와 서신 교환을 하게 되고, 부예를 통해 부예의 고등학교 동기이자 절친한 친구인 플로베르를 소개받는다. 이 두 사람은 모빠상의 작가로서의 삶에 지대한 영향을 미치게 된다. 바깔로레아 합격.

1870년   프로이센과의 전쟁 발발. 군대에 소집되어 프랑스의 패주를 목격한다.

습작기(1872~80)

1872년   생계를 위해 해군성에 취직. 일요일이면 쎈 강에서 요트놀이를 하고 여자들과 사귀느라 직장 일은 뒷전이었지만 습작은 게을리하지 않아서, 꾸준히 플로베르에게 원고를 보내 가르침을 받는다.

1875년   첫 작품 「박제된 손」 발표.

1878년   플로베르의 소개로 문교부에서 일한다. 평생 그를 괴롭히게 될 매독의 초기 증세를 느낀다. 졸라와 가까워져 빠리 근교 메당에 있는 졸라의 빌라에 출입한다.

1880년 　「비곗덩어리」가 실린 공동 작품집『메당의 저녁나절들』을 출간하
　　　　여 엄청난 성공을 거둔다. '르 골루아 신문사'에 입사. 플로베르의
　　　　죽음(5월 8일)으로 지독한 상실감에 시달린다.

성공가도 (1880~90)

　모빠상은 삼십대에 왕성한 창작력을 자랑하며 인기작가로 떠오른다. 그는
삼백편의 중·단편, 여섯편의 소설, 여행기, 시 등을 선보인다.『르 골루아』나
『르 질 블라스』『르 피가로』등의 신문에 꾸준히 작품을 발표한다. 빠리의 쌀
롱들이 그에게 문을 열어젖혔고, 그는 그곳에서 매력적인 손님 노릇을 한다.
모빠상이 화류계 여자들과만 교류를 한 것은 아니어서, 연애사건을 거듭 불러
일으키며 사생아 셋을 두게 된다.
　주요 작품들이 출간된 이 시기의 그의 삶은 작업과 여행으로 점철된다. 그
는 에트르따의 자기 집이나 꼬뜨 다쥐르 해변에 머무르고, 자기 소유의 요트
'벨아미'를 타고 지중해를 누비기도 한다.

1883년 　『여자의 일생』(소설)과『멧도요』(꽁뜨집) 출간.

1885년 　『벨아미』(소설)와『낮과 밤의 이야기들』(꽁뜨집) 출간.

1857년 　『오를라』(꽁뜨집) 출간.

1888년 　『뻬에르와 장』(소설) 출간.

1889년   『죽음처럼 강한』(소설) 출간. 8월에 동생 에르베를 정신병원에 입

원시킨다. 간호사들에게 끌려가던 에르베는 형을 돌아보며 "기!

한심한 놈! 날 가둔단 말이야! 미친놈은 바로 너야! 내 말 들려! 우

리 집안에서 미친놈은 바로 너야!"라고 외친다. 그는 11월 13일에

세상을 뜬다.

광기 (1890~93)

1891년   눈의 통증으로 고생하며 끔찍한 두통을 호소한다. 자신에게서 광

기를 느끼기 시작한다.

1892년   1월 1일에 자살을 시도한다. 블랑슈 의사의 요양원에 입원한다.

1893년   42세에 사망한다.

고전의 새로운 기준, 창비세계문학

오늘날 우리는 인간의 존엄과 개성이 매몰되어가는 시대를 살고 있다. 물질만능과 승자독식을 강요하는 자본주의가 전지구적으로 확산되면서 현대사회는 더 황폐해지고 삶의 질은 크게 훼손되었다. 경제성장만이 최고의 선으로 인정되고 상업주의에 물든 문화소비가 삶을 지배할수록 문학은 점점 더 변방으로 밀려나고 있다. 삶의 본질을 성찰하는 문학의 자리가 위축되는 세계에서는 가진 자와 못 가진 자 할 것 없이 모두가 불행할 수밖에 없다.

이 시대야말로 인간답게 산다는 것의 의미가 무엇인지 근본적인 화두를 다시 던지고 사유의 모험을 떠나야 할 때다. 우리는 그 여정에 반드시 필요한 벗과 스승이 다름 아닌 세계문학의 고전이라는 점을 강조한다. 고전에는 다양한 전통과 문화를 쌓아올린 공동체의 경험이 녹아들어 있고, 세계와 존재에 대한 탁월한 개인들의 치열한 탐색이 기록되어 있으며, 새로운 세상을 꿈꾸는 아름다운 도전과 눈물이 아로새겨 있기 때문이다. 이 무궁무진한 상상력의 보고이자 살아 있는 문화유산을 되새길 때만 개인의 일상에서 참다운 인간적 가치를 실현하고 근대적 삶의 의미와 한계를 성찰하는 지혜를 얻을 수 있을 것이다.

'창비세계문학'은 이러한 문제의식에서 출발한다. 세계문학의 참의미를 되새겨 '지금 여기'의 관점으로 우리의 정전을 재구성해야 할 필요성이 그 어느 때보다 절실하다. '정전'이란 본디 고정된 목록으로 존재하는 것이 아니라 그때그때 주어진 처소에서 새롭게 재구성됨으로써 생명을 이어가는 것이다. 우리는 먼저 전세계 문학들의 다양성과 차이를 존중하면서 국가와 민족, 언어의 경계를 넘어 보편적 가치에 기여할 수 있는 가능성에 주목하고자 한다. 근대를 깊이 성찰한 서양문학뿐 아니라 아시아와 라틴아메리카, 중동과 아프리카 등 비서구권 문학의 성취를 발굴하고 재평가하는 것 역시 세계문학의 지형도를 다시 그리려는 창비의 필수적인 작업이 될 것이다.

여러 전집들이 나와 있는 세계문학 시장에서 '창비세계문학'은 세계문학 독서의 새로운 기준이 되고자 한다. 참신하고 폭넓으면서도 엄정한 기획, 원작의 의도와 문체를 살려내는 적확하고 충실한 번역, 그리고 완성도 높은 책의 품질이 그 기초이다. 독서시장을 왜곡하는 값싼 유행과 상업주의에 맞서 문학정신을 굳건히 세우며, 안팎의 조언과 비판에 귀 기울이고 독자들과 꾸준히 소통하면서 진정 이 시대가 요구하는 세계문학이 무엇인지 되묻고 갱신해나갈 것이다.

1966년 계간 『창작과비평』을 창간한 이래 한국문학을 풍성하게 하고 민족문학과 세계문학 담론을 주도해온 창비가 오직 좋은 책으로 독자와 함께해왔듯, '창비세계문학' 역시 그러한 항심을 지켜나갈 것이다. '창비세계문학'이 다른 시공간에서 우리와 닮은 삶을 만나게 해주고, 가보지 못한 길을 걷게 하며, 그 길 끝에서 새로운 길을 열어주기를 소망한다. 또한 무한경쟁에 내몰린 젊은이와 청소년들에게 삶의 소중함과 기쁨을 일깨워주기를 바란다. 목록을 쌓아갈수록 '창비세계문학'이 독자들의 사랑으로 무르익고 그 감동이 세대를 넘나들며 이어진다면 더없는 보람이겠다.

2012년 가을
창비세계문학 기획위원회
김현균 서은혜 석영중 이욱연 임홍배 정혜용 한기욱

창비세계문학 9

삐에르와 장

초판 1쇄 발행 / 2012년 10월 5일
초판 2쇄 발행 / 2022년 2월 1일

지은이 / 기 드 모빠상
옮긴이 / 정혜용
펴낸이 / 강일우
책임편집 / 심하은
펴낸곳 / (주)창비
등록 / 1986년 8월 5일 제85호
주소 / 413-120 경기도 파주시 회동길 184
전화 / 031-955-3333
팩시밀리 / 영업 031-955-3399 편집 031-955-3400
홈페이지 / www.changbi.com
전자우편 / lit@changbi.com

한국어판 ⓒ (주)창비 2012
ISBN 978-89-364-6409-7 03860